異世界Ω《オメガ》と白狼領主の幸せな偽装結婚

Haruna Yuu Presents

榛名　悠

イラスト――亀井高秀
デザイン――齊藤陽子(CoCo.Design)

異世界Ω《オメガ》と白狼領主の幸せな偽装結婚

■1■

緋山志貴《ひやましき》の記念すべき二十四歳の誕生日は、最悪の一言に尽きた。

めでたいことなど何もなく、プレゼントを受け取る代わりに退職届を提出し、無職になった。

ごめんなさいねと、心苦しげに頭を下げた園長は、最後まで志貴をかばってくれた恩人だ。彼女は何も悪くない。むしろ迷惑をかけてしまった自分こそ申し訳がなかった。

念願叶《かな》って就いた保育士職。専門学校を卒業後、約三年半の間世話になった保育園での仕事は楽しかった。子どもが好きな自分には天職だと思っていた。

その大好きな仕事を辞めざるをえなかった理由の一つが、志貴の忌々《いまいま》しき第二の性にある。


人間には第一の性、いわゆる男女の性とは別に、第二の性が存在する。

それがアルファ、ベータ、オメガの三つの層に分かれるバース性だ。

人口が最も多く、一般層とされるのがベータ性。総人口の大半を占め、他の二つのバース性の影響を受けないのがこの性の特徴である。

対して、圧倒的に少数のアルファとオメガは特殊性として認知されてきた。

アルファは総人口の二割弱程度、オメガにいたっては更にその半分以下だ。非常に稀有《けう》な存在ではあるものの、双方の特徴は大きく異なる。

アルファといえば、知力体力、容姿等、あらゆる面において優れた遺伝子を持つ、生まれながらのエリート性だ。どんな分野でも成功者にはアルファが多く、世界を動かしている。

一方、オメガの最たる特徴は、第一の性である男女は問わず妊娠出産が可能な点だ。また、数ヶ月に一度のサイクルで発情期《ヒート》が訪れ、その時期のオメガはアルファの性衝動を誘うフェロモンを発する。それによって生じるトラブルを回避するため、多くのオメガは抑制剤を服用してフェロモンの放出を抑えている。

志貴の第二の性はオメガだ。

自分がオメガであることは、物心つく頃には察していた。

志貴は施設で育った。志貴の両親は、息子のバース診断の結果を知った後、幼い志貴をオメガ専用施設に預けて姿を消した。そんなふうに我が子の性を受け入れられず子どもを手放す親は一定数いて、施設には似た境遇の子がたくさんいた。育った環境の中で、性に関する知識は自然と身についていった。

志貴が初めてヒートを経験したのは十八の時である。

さすがに自分の体に異変が起こった時はパニックになったが、施設の仲間に付き添ってもらい、すぐに医師の診察を受けた。処方された抑制剤を服用すると、症状は瞬く間に落ち着いた。以来、ヒートが近くなると抑制剤を飲むようにし、きちんと対策をしてきたつもりだ。

けれども、園児の保護者たちは、オメガの志貴を子どもを預ける保育士としてふさわしくないと判断したのだ。

——志貴先生が、アルファのパパを誘惑しようとしてたんですよ！　かわいらしいお顔をしていらっしゃいますけど、裏で何をやっておられるかわからないですよね。オメガの本性を抑えきれなかったんじゃないですか？

ことの発端は、とある園児の父親——同じ高校出身の二つ上の先輩、篠宮《しのみや》と、勤務先の保育園で再会したことだった。

現在、弁護士として働いている篠宮は四歳児のパパだった。学生結婚だと聞いたが、今年から仕事場が園の近くになり、息子の送迎をする彼とたまたま顔を合わせたのである。

懐かしさもあって、篠宮との再会は嬉《うれ》しかった。学年は違ったが、同じ委員会で世話になった先輩だ。アルファの篠宮は容姿端麗、成績優秀。かつスポーツ万能で、周囲からの人望も厚かった。その上、志貴がオメガだと知っても分け隔てなく接してくれる優しい先輩だった。

オメガに対する差別は昔と比べたら減ったといわれるが、実際は現代にも根深く残っている。志貴が施設育ちであることはすぐに噂《うわさ》が広まり、更に黒目がちの瞳と襟足のすっきりとした艶《つや》めいた黒髪が中性的な整った顔立ちと相まって人目を引いた。男子生徒に揶揄《からか》われることは日常茶飯事、時には女子からもやっかまれることがあった。そんな中で、アルファの篠宮がオメガの志貴をとてもかわいがってくれたことは感謝しており、学生時代のいい思い出だった。正直に言うと、ひそかに憧れてもいた。

だからといって、当時の篠宮には美人アルファの彼女がいたし、彼とどうにかなりたいと考えることと自体おこがましいと思っていた。志貴にとっては、たまに篠宮と校内ですれ違った時に声をかけてもらえることがたまらなく嬉しく、それだけで満足だったのだ。

そんな篠宮と八年ぶりに再会して、志貴も少々浮き足立っていたかもしれない。

篠宮が結婚したことは風の便《たよ》りで知っていた。相手が大学で知り合った年上のベータ女性で、学生結婚をしていたとは初耳だったものの、愛息子《まなむすこ》の律《りつ》を抱き上げる篠宮はとても幸せそうで、志貴も微笑《ほほえ》ましく思ったものだ。

ところが、それからしばらく経《た》ったある休日に、街中で偶然会った篠宮が志貴に打ち明けたのは、夫妻が離婚問題に直面しているという現実だった。

互いの気持ちの擦《す》れ違いが徐々に大きくなり、修復不可能になったのが原因だ。

夫婦間で話は進んでいて、離婚後は母親が律を引き取ることが決まっていた。この先は、これまでのように愛する我が子に会えなくなると、篠宮は落ち込んでいたのである。

話を聞いてからというもの、志貴は篠宮に同情し、気にかけるようになった。

それから何度か、篠宮と園の外で会った。もともと高校の先輩後輩という間柄、志貴も地元の友人と会う感覚でいたのだろう。篠宮に呼び出されれば断れなかった。

篠宮は夫婦の話し合いが上手く進んでいないのか、会うたびにやつれていくのが心配だった。

そんな篠宮も高校時代の他愛もない思い出話をしている時はとても楽しそうで、自分と会うことで少しでも気晴らしになるのならそれでいいと思っていた。

仕事終わりにどこかで落ち合って、食事をして、最後は篠宮を励まして別れる。ただそれだけだ。それ以上の感情も関係もない。

しかし、それを別の保護者が目撃していたのだ。

子どもを預けている園の保育士が、特定の保護者とプライベートで接触している。しかもそれが、アルファの保護者とオメガの保育士というのが問題だった。人目を引く志貴の容姿も不安材料となり、瞬く間に噂となって保護者の間に広まってしまった。

職場での志貴は第二の性について隠すつもりはなく、かえって隠す方が保護者に余計な不安を与えると思って、必要があればその都度きちんと答えるようにしていた。なので、志貴がオメガであることは周知の事実であり、保護者の多くがベータ性であったことから、特に何かを言われることはなかった。ところが今年に入ってから、篠宮がたびたび園に顔を出すようになった。見るからにアルファ特有の恵まれた体軀《たいく》をしたイケメンパパ篠宮は、保護者の間でも有名だったのだ。

この二人がこっそり園外で会っていることを、問題視した保護者たちが一斉《いっせい》に声を上げたのである。

志貴は追い詰められた。もちろん、志貴は篠宮を誘惑などしていない。フェロモン云々《うんぬん》の話はオメガに対する酷い偏見だ。しかし、篠宮とは何もないと必死に弁明したところで、プライベートで会っていたのは事実であり、画像まで撮られていては、保護者の間に生まれた不審感を払拭することはできなかった。園への抗議も日に日に大きくなり、園長や同僚が自分のせいで頭を下げる姿を見るのはつらかった。

これ以上、みんなに迷惑をかけるわけにはいかない。

志貴は退職する決意をし、そうしてこの日、大好きな子どもたちと別れて、天職だと思って働いていた職場から去ることとなったのだった――。

ドンッと、ふいに前方から誰かにぶつかられて、志貴の回想は強制的に打ち切られた。

顔を上げると、パンツスーツの若い女性が迷惑そうに志貴を睨《にら》みつけていた。「す、すみません」慌てて謝ると、女性は露骨に溜《た》め息《いき》をつき、足早に去っていった。

園長に退職届を渡した後、あてもなく街中をふらふらと彷徨《さまよ》い歩いていたところである。

目の前から、大学生ぐらいのカップルが歩いてきた。ふと視線を辺りにめぐらせると、手をつなぎ腕を組み、仲睦《なかむつ》まじげに寄り添う何組かのカップルが目に入る。いずれもベータ同士だろうか。なんの気兼ねもなく楽しそうだ。

志貴も恋愛に憧れた時期はあった。

もし、自分が誰かと恋に落ち、結ばれて、子どもが生まれたとしたら……。

志貴はその子の第二の性に関係なく、全力で愛を注ぎ、守っていくだろう。愛するパートナーに対しても同じだ。寄り添い、支え合って生きていきたい。

施設で一緒に育った仲間も、誰もが心の中では温かい家族や家庭に憧れていたと思う。そうして希望を抱き、社会に出て行った者も多い。

だが、その後耳にしたのは、彼らのいい知らせよりも悪い噂の方が圧倒的に多かった。

誰かを愛し愛されたいと、幸せを見つけるために歩み出した彼らの多くは、運命の相手だと信じたアルファに都合よく弄《もてあそ》ばれ、涙を流してきた。中には、命にかかわるような酷い目にあった者もいたと聞く。

もし、自分がその立場に晒されたらと想像して、必要以上に人とかかわることが怖くなった。

自分にはこの先もずっと、昔憧れたような恋愛はできないのかもしれない。

施設の仲間が語って聞かせてくれた様々な夢物語に心躍らせ、ドラマや漫画の中で繰り広げられるアルファとオメガのドラマティックな恋物語に胸をときめかせていた頃が懐しい。

だが所詮、それらはすべて虚構の世界なのだ。現実は残酷で、時代は変わったといってもいまだにオメガを下に見るアルファやベータはいるし、今回のように理不尽な目にあうこともある。

不必要に傷つくのは嫌だし、怖い。誰かと深くかかわりたいと思う気持ちは年々薄れていき、今はもうすっかり諦めていた。一方で、オメガの性質とは一生付き合っていかなければならず、それならば平穏に、安全に暮らせるのなら、恋など知らなくてもいいとすら思う。

再会した篠宮に対しても、その気持ちは変わらなかった。それ以前に、彼は離婚調停中とはいえ、既婚者だ。息子もいるし、特別な感情を持つことなどありえない。

それなのに、オメガはアルファと見れば誰にでもフェロモンを撒《ま》き散らして誘惑する。そんな目で見られていたことが、何よりショックだった。

いっそ、第二の性なんてなくなってしまえばいいのに。バース性のない、どこか知らない場所に行きたい……。

「あっ、そうだった。薬、もらっておかないと」

ぼんやりと虚《うつ》ろな目で歩道を眺めながら、ふと唐突に思い出した。

そろそろ手持ちの抑制剤がなくなる。億劫《おっくう》だな、でもなくなったら困るし……。現実逃避したいのに、すぐさま現実に引き戻される。

はあ、とスニーカーの爪先《つまさき》に溜め息を零《こぼ》す。重たい体を引き摺《ず》って、志貴はとぼとぼとかかりつけの個人病院に向かった。

病院を出ると、空は濃い青と紫の美しいグラデーションに染まっていた。ブルーアワーだ。

普段の志貴なら、綺麗《きれい》な空をしばらく眺めていただろう。だが、今日はとてもそんな気分にはなれなかった。すぐに俯き、パーカーのファスナーを引き上げる。

十月に入り、日の入りが早くなった。日中はいまだ残暑が厳しいが、夕方になると途端に肌寒くなる。抑制剤が入った袋をリュックサックに入れて、志貴は帰路についた。

異変に気づいたのは、しばらく歩いてからだった。

後ろから誰かがついてくる。

気のせいかと思ったが、念のために志貴が立ち止まると、背後の足音もぴたっと消えた。歩調を速める。すると後ろの足音も同じスピードでぴったりついてくる。革靴ではなく、志貴と同じスニーカーの靴音。同時にひやりと背筋が冷えた。一人だと思っていたが、速度が上がったことで歩調が乱れ、足音が数人分重なっていたことに気がついたからだ。少なくとも二人いる。

——そういえば。最近この辺でもあったらしいよ、オメガ狩り……。

ふいに同僚だった彼女たちから耳にした噂話が脳裏に蘇《よみがえ》った。

近年、全国で多発しているオメガを狙った悪質な犯罪行為——通称、オメガ狩り。

連日ニュースになっている。集団でオメガを襲って金品を奪ったり暴力を加えたりする少年犯罪事件のことだ。

ストレス発散目的だと言われているが、中にはゲーム感覚でオメガを追いかけまわし、逃げまわるオメガの様子を撮影してインターネット上に投稿するような悪質なケースも増えている。

志貴はぞっと寒気を覚えた。

まさか、狙われているのは自分なのか。

だが、なぜ志貴がオメガ性だとわかったのだろう。

そこでふと気がついた。もしかしたら病院からつけられていたのかもしれない。表の看板には明確にそうと書いてはいないものの、あの病院にオメガ性専門外来があるのは調べればわかることだ。窓口で抑制剤を受け取っているところを見られたのかもしれない。

心臓が早鐘を打ち始めた。

志貴は足早に歩いた。後をつけてくる靴音にすべての意識を集中させる。まもなく丁字路に差し掛かる。角を曲がった瞬間、志貴は勢いよく地面を蹴《け》った。

全速力で走る。

すぐに背後から男数人の声が聞こえてきた。「オメガが逃げたぞ!」「追え!」

捕まってたまるか。志貴は死に物狂いで薄暗くなった路上を駆け抜ける。

幸い、この辺りはよく通るので地理に詳しかった。この一帯は高台になっていて、坂や階段があちこちにあり、緑も多い。そして、公園の近くには交番があったはずだ。

狭い路地を抜けると階段の手すりが見えた。

階段は雑木林の中にあって、下りたその先が公園だ。ここからだと木々が邪魔して見えないが、階段下の道路を右手に折れたらもうすぐそこに交番が見えたと記憶している。

とりあえず交番に駆け込もう。階段を一気に半分まで駆け下りたところで、眼下の通りに耳障りな音を立てて一台のバイクが滑り込んできた。

タンデムシートから柄の悪そうな少年が一人降りる。志貴を見上げてにやりと笑った。「見ぃつけた」

「——!」

反射的に志貴は振り返った。だが、階段の上からはすでに声が聞こえている。彼らは仲間だろう。このままだと挟み撃ちにされてしまう。

志貴は意を決して、脇の雑木林に飛び込んだ。

木々に囲まれた斜面を必死に駆け下りる。少年が何かがなり声で叫ぶのが聞こえたが、気にする余裕はなかった。

このまま突っ切って住宅地に出たら、誰かがいるかもしれない。交番も目の前だし、助けを呼べる。

ズルッと、スニーカーの底が落ち葉の積もった土の上を滑った。

咄嗟《とっさ》に踏ん張ろうとしたものの、足場が悪すぎて、あっという間に全身のバランスを崩した。そのまま斜面を転がり落ちる。

数メートルほど落ちたところで、根元からぱっくりと二股に分かれた大きな木に運良く体が引っかかって止まった。助かった。

「……ううっ、イテテ……」

あちこち打ち付けて全身に痛みが走る。右のこめかみに違和感を覚えて触ると、指先にぬるっとしたものが付着した。血だ。枝か何かが掠《かす》って切ったのだろう。目の縁まで血が流れてくる気配がして、志貴は慌ててジーンズのポケットからハンカチを取り出した。こめかみを押さえて止血する。

ふいに頭上から光が差した。

はっと顔を上げると、斜面の上からいくつものライトの光が交差するのが見える。スマホを懐中電灯代わりにしているのだろう。思った以上に明るく、木々の隙間から少年たちの影がちらちらと見え隠れする。物騒な会話まで聞こえてきて、志貴は息をのんだ。

はっきり確認できた限りでも相手は四人。それ以上いる可能性もある。このままでは捕まるのも時間の問題だ。

悔しい。どうして自分がこんな目にあわなければいけないのだろう。

ただ生まれもった性がオメガだというだけで、犯罪行為の標的にされるなんておかしいではないか。

神様はどうして第二の性なんてものをつくったのか。——ああ、本当に。こんな理不尽な世界から抜け出して、どこか別の世界に行けたらいいのに……。

ふいにどこからか女性の高い声が聞こえた気がした。

志貴は逃避しかけた思考をすぐさま現実に引き戻した。

——……っち……。

少年たちに見つからないよう身を潜め、息を殺し、耳を研ぎ澄ます。

——こっち、早く……。

はっと志貴は振り返った。やはり聞こえる。斜面下方から、女性の声を確かに聞いた。

しかし次の瞬間、志貴は驚愕《きょうがく》した。

まっくらな茂みの中、白い手がぬっと突き出て、志貴に向けて手招きしていたからだ。

「っ！」

思わず声を上げそうになって、必死に堪《こら》えた。口もとを手で覆いながら、恐る恐る闇の中を凝視する。

二股の木の根元、鬱蒼《うっそう》と生《は》えた草の間から、ぼんやりとほのかな光が漏れていた。そこから、まるで大輪の百合の花の如《ごと》く、しなやかな女性の白い手が生えている。

手がぱたぱたと動く。こっちこっちと、志貴を呼び寄せるように懸命にもがく。その様がどうにも必死すぎて、ホラーな画《え》なのに、どこか滑稽に映った。

白い手が懇願するように言った。

——急いで、お願い。どうか、この手を取って……！

今度ははっきりと聞き取れた。志貴はますます混乱する。手を取ってと言われても。

その時、頭上で少年たちが叫んだ。「おい、こっちで何か動いたぞ。この下だ」

ぎくりとした。まずい、見つかった。一旦遠ざかっていたスマホのライトが、再び志貴のいる場所の真上でいくつも交差する。

切羽詰まって焦る志貴に、白い手が再び言った。

——早く、こっちに！

「……っ」

考えるより先に体が動いた。ライトの光がすぐそばの斜面にまで下りてくるのを目の端に捉えると同時に、志貴は反射で白い手を摑《つか》んでいた。

途端に手がぐっと握り返してくる。

一見、細くて華奢《きゃしゃ》な女性の手だが、その見た目に反して物凄い握力だ。絶対に逃がさないとばかりにきつく志貴の手を摑むと、一気に茂みの中に引きずり込んできた。ほのかな光が一際明るく膨張したかと思うと、パカッと口を開く。

「ひっ、わっ、ちょ、ちょっと待っ――っ！」

思わず叫んだ声ごと、志貴は光の渦に飲み込まれた。

ぐにゃりと視界が歪《ゆが》む。

明るいかと思ったら目の前は真っ暗で、草木の感触はなく、ただただ落ちてゆく。奇妙な浮遊感。なぜか唐突に、園児たちに読んで聞かせた『不思議の国のアリス』の一場面を思い出した。白ウサギを追いかけて、穴に落ち、不思議な世界へ向かう有名なシーン。

ふいに耳もとであの声がした。

――応えてくれてありがとう。本当に感謝してるわ。そして……ごめんなさい。

「え？」

咄嗟に振り返った。

目が慣れたのか、暗闇の中を誰かと擦れ違ったのがわかった。

黒髪のセミロングの若い女性。一瞬、視線がかち合った気がしたが、彼女はすぐに顔を逸《そ》らした。志貴の横をまるで泳ぐようにしてすうっと上ってゆく。

見上げると、はるか頭上に小さな光が見えた。彼女はその光に吸い込まれるようにしてみるみるうちに遠ざかり、ぽかんと見送る志貴の下方で、突如強大な引力が発生する。

「ッ！　っ、っ、っ――！」

得体の知れない力に引っ張られて、暗闇を急降下し――


突然ポーンと筒の底が抜けたみたいにして、圧縮した空気ごと体が宙に放り出された。

声にならない悲鳴を上げて、志貴は背中から地面に叩きつけられた。

「うっ、ぐっ、……っ、イッ、タタタぁ……」

咳《せ》き込みながら目を開けると、真っ暗だった視界が一転していた。

薄暗い辺りには樹木が乱立し、地面は草が生い茂っている。

夢でも見ていたのかもしれない。

落ち葉に足をとられて斜面を転がり落ちてから、しばらく気を失っていたのだろうか。

ゆっくりと上体を起こす。注意深く辺りを見回したが、少年たちの気配はなかった。

しんとした静寂の中、ほっと胸を撫《な》で下ろした。

生きている。助かった。

志貴の姿が見当たらなくて、彼らも諦めたに違いない。運がよかった。体はあちこち痛いが、こめかみの血も止まり他は打ち身程度で済んだようだ。手足は動くし、意識もはっきりしている。

我知らず盛大な溜め息がこぼれた。とりあえず無事だが、なんとも散々な誕生日だった。疲れた。早く家に帰って眠りたい。

よいしょと、腰を上げた時だった。

くーんとか細い獣の鳴き声が聞こえた。

一瞬静寂が戻り、再びくーんと鳴き声。

志貴は頭上を見上げた。鳴き声はこの上から降ってきた。どっしりした背の高い木の上、月明かりを透かした枝葉の間に、小さな影がちらちらと動いて見える。

「子犬……？」

手鞠《てまり》みたいな小さなそれが、くーんと助けを請うように鳴いた。

どうやら木の上から下りられなくなっているようだ。

念のため周囲にひとけがないことをもう一度確認し、志貴は幹に手をかけた。足場を探りながら、するすると登っていく。

木登りは得意だった。園児が真似ると危ないので保育園で披露することはなかったが、子どもの頃は施設の裏の雑木林でよく遊んだものだ。木に登って下りられなくなった猫を保護したり、巣から落ちた雛《ひな》を戻してやったりしたこともある。

「木に登る犬は初めてだな。こんな高いところにひとりで登ったのか」

珍しく思いつつ、志貴は子犬に手を差し伸べた。

しかし、子犬は警戒してなかなかこっちにこない。あまりのんびりして、またどこからか湧いてきた不良少年たちに絡《から》まれたらことだ。

「おいで、大丈夫。怖くないから。一緒に下りよう」

なるべく子犬を怖がらせないように注意しつつ、少々強引に距離を詰める。風が吹き、枝葉が大きく揺れた。子犬がびくっと怯《おび》えた一瞬の隙をつき、志貴は素早く手を伸ばして抱き寄せる。

腕の中で子犬がじたばたと暴れた。

「暴れると余計に危ないよ。ここから落ちたら怪我するかもしれない。いい子だから、少しだけじっとしていて」

志貴の言葉が伝わったのだろうか。そう錯覚するほど、子犬は急におとなしくなった。志貴はパーカーのファスナーを下ろして、その中に子犬を入れると、慎重に木を下りた。

「はい、到着」

子犬を地面に下ろしてやる。すぐにどこかに駆けて行くかと思ったが、子犬はその場に留《とど》まり、じっと志貴を見上げてきた。

月明かりの下、小さな姿が浮かび上がる。毛並みのいい真っ白な獣毛はふわふわしていてまるで雪玉みたいだ。三角耳とふさふさの尻尾《しっぽ》、宝石を嵌《は》め込んだような青色の目。ぬいぐるみがちょこんと座っているみたいだが、なんという犬種だろう。

動物は好きで、割と詳しい方だと思う。ブルーアイで思いつくのがシベリアンハスキーやダルメシアンなどだが、それらとも違う気がした。

「君、なんていう犬なの？　かわいいね」

子犬が尻尾を振る。心を開いてくれたのだろうか。嬉しくなって抱き上げたその時、背後から複数の足音が近づいてくるのが聞こえた。

志貴はびくりとして全身に緊張を走らせた。子犬を急いでパーカーの中に押し込むと、足音がする方とは反対の方角へ走った。

しかし、数メートルも行かないうちに、目の前の大木からぬっと人影が現れる。ぎょっと驚いた志貴はその場に尻餅をついた。

さきほどの少年には見えない、中年の坊主頭の男が志貴を見下ろして叫んだ。「おーい、獲物を見つけたぞ！」

途端に草を踏み鳴らし、足音が一斉に寄ってくる。志貴は焦った。もがくようにして立ち上がり、逃げようとするも、すぐさま屈強な坊主頭に捕まった。

「ひ、うぐっ、は、離せ……っ」

「せっかくの獲物を逃がすかよ。こんな森の中をふらふらと歩いてたんだ、襲ってくださいと言っているようなもんだろ」

うへへと坊主頭が下卑《げび》た笑いを漏らす。すぐに別の二人が合流した。どの顔も中年の髭面《ひげづら》で、みな体格がよく、露出多めの簡素な服を纏《まと》っていた。

雰囲気が全体的に古めかしく、最近映画配信サイトで見かけた山賊の衣装を思い出す。更に違和感を覚えたのは、彼らが揃《そろ》って頭部に装着している獣の耳のようなアイテムだった。坊主頭にいたっては、いかつい顔の両側にウサギのような長い耳を垂らしている。

どうにも似合わないと思っていると、クマらしき丸耳の男が志貴にナイフを向けてきた。

「変わった服装をしてやがる。どこの坊ちゃんだ？　まあいい、金になるものはすべて置いていってもらおうか。おい、とっとと身ぐるみ剝《は》いじまえ」

ボス然としたクマ耳の掛け声で、男たちが一斉に志貴に襲い掛かってきた。

「やめろよ、触るな……っ」

「だまれ、クソガキ」

パンッと頰を張られて、じんじんと熱い痛みに涙が滲《にじ》む。

やっぱりこうなるのか――。

悔しくて、悲しくて、情けない。志貴は必死に抵抗したが、多勢に無勢、あっという間にその場に引き摺り倒された。

暴れながらも胸元をかばい、男たちの隙をついてパーカーの中から子犬を取り出した。なけなしの力で子犬を男たちの輪の外に逃がす。よろよろと立ち上がった子犬と目が合った。志貴は男たちに手足を拘束されながら、早く逃げろと視線で急《せ》かした。一瞬戸惑う仕草をしてみせた子犬も、志貴の気持ちを汲《く》み取ったように、くるりと背を向けてとてとてと走り出した。ほっとした直後、ゥォォォォ〜ンと、闇に紛れて子犬の甲高い遠吠えが聞こえてきた。

「おい、このガキなんかおかしくねえか？　耳がねえぞ」

「本当だ、尻尾もない。獣人じゃないのか」

体中をべたべたとまさぐられて、嫌悪感に全身を震わせた。

「やめろよ！　気持ち悪い、どこ触ってんだよ、この変態コスプレ野郎……っ！」

「うるせえ、黙れ！　獣人じゃないなら、なんだ。耳も尻尾もない……まさか、異世界人か！　ほう、こりゃ金になるかもしんねえな。手足を縛れ、このまま連れてくぞ」

「やだ、やめろって、さわんなよ……んぐっ、んんんっ」

すえたにおいのする布で猿轡《さるぐつわ》を噛まされた。闇雲に暴れていた手足もすぐにとられてしまい、縄の感触が皮膚に食い込む。

まさか拉致されて、売り飛ばされてしまうのだろうか。

オメガがアルファと交わり妊娠すると、生まれてくる子どもは高確率でアルファ性を有することが証明されている。嘘か本当か知らないが、その特殊な性のために長らく虐《しいた》げられてきたオメガの人権を守る保護法が施行され、オメガを取り巻く環境が大きく変わった現代においても、裏社会ではオメガの母体目当てのアルファとの間で闇取引が行われているという話だ。売買されたオメガはアルファの子を産むためだけに生かされる。

ぞっと血の気が引いた。

「んんっ、んんんん――っっ」

冗談じゃない。志貴はなけなしの力を振り絞って抵抗した。だが、男たちは丸太のような腕で志貴を押さえつけて縛っていく。もうダメだ、誰か助けて――！

目の前に大きな白い塊が飛び込んできたのはその時だった。

白いそれは屈強な男たちを次々と突き飛ばすと、志貴をかばうように四本の肢《あし》で立つ。

獰猛《どうもう》な獣が男たちに向かって吠えた。

耳を劈《つんざ》く咆哮《ほうこう》。大地が轟《とどろ》く。地面に叩きつけられた男たちは驚き、飛び上がると、鋭く尖《とが》った牙《きば》を剝《む》く巨大な獣に恐れをなして、転がるようにして逃げていった。

辺りが静寂に包まれた。

白い獣がゆっくりと振り返った。

志貴はびくっと全身を硬直させた。恐ろしい金色の眼《め》に見据えられて息をのむ。

分厚い毛並みに月光が反射し、純白に光り輝く様は、神々しくすらあった。

逞《たくま》しい体は巨大で、特徴的な三角耳と太く長い尾。一見、犬のように見えるが、一般的な大型犬と比べて骨格がはるかにがっしりとしていて全体的に大きい。透き通った瞳は獲物を視線で射殺してしまいそうなほど鋭い眼光を放ち、目尻がきりっと釣り上がっている。少しでも動いたら最後、すぐさま飛び掛かってきて、その凶暴な牙で喉笛を食い破られるだろう。獰猛で気高《けだか》い獣。間違いない、これは――狼《おおかみ》だ。

志貴は怯えきった自分の喉がヒュッと鳴るのを聞いた。

なぜ、こんな場所に野生の狼がいるのだろうか。日本ではありえないことだ。

白狼が尻尾を翻《ひるがえ》して、こちらに向き直った。ゆっくりと歩み寄ってくる。

途端に脳裏に男たちを追い払ったあの鋭い牙が蘇る。暴漢から助けてくれたものの、白狼の本当の意図はわからなかった。志貴のことを獲物だと見なして、これから食べるつもりでいるのかもしれない。志貴はたちまち恐怖に全身を引き攣《つ》らせた。咄嗟に起き上がって身構えようとするも、実際は手足を縛られているのでみっともなくバタバタと暴れるだけだった。

どうにか猿轡だけは外れる。震える声で叫んだ。

「こ、こっちに来るな……！　やめろっ、お、お願いだから、食べないで……っ」

狼相手に人の言葉が伝わるわけがない。だが他にどうすることもできず、我を忘れて懇願する。

『食べる？』

ふいに狼が低い声で言った。

志貴は自分の耳を疑った。凝視する先、狼が再び口を開き、人語を喋《しゃべ》った。

『どうして俺がお前を食べなくてはならない』

呆《あき》れたように、滑《なめ》らかな美しい低音が放たれる。そして次の瞬間、狼はゆらりとその輪郭《りんかく》を崩した。白い獣は闇に溶けるかの如く姿を消すと、入れ代わるようにしてそこに長軀《ちょうく》の男性が立っていた。

志貴よりも五つ六つ年上だろうか。美しい銀髪と目を瞠《みは》るほど端整な顔立ち。しかし、やはり頭には獣の耳がついていた。ふさふさとした尻尾も背後で揺れている。白くて立派な毛並みをした狼のそれだ。軽装だが、舞台衣装のようなチュニックとズボン、足もとはブーツを履き、まるで異国の古い映画を見ているみたいな出で立ちだった。

いもむしのように地面に転がって茫然《ぼうぜん》と見上げる志貴を男が一瞥《いちべつ》する。そうかと思うと彼は黙ってしゃがみ、志貴の手足を縛っていた縄を解いてくれた。

「動けるか。怪我はないか」

ぽかんとする志貴は咄嗟に言葉が出てこず、首を振って返した。

男が手を差し出す。志貴も恐る恐る手を伸ばし、指先が触れた瞬間、ちりっと熱い痺《しび》れのようなものが体を走り抜けた。びっくりして反射的に手を引っ込めると、男も驚いた顔をしている。

静電気だろうか。

「大丈夫か」

「……あ」志貴は我に返って頷《うなず》いた。「は、はい。すみません」

改めて手を差し伸べられて、志貴はその手を取った。今度は何も起こらなかった。

引き上げてもらい、どうにか上半身を起こした志貴の前で、男がおもむろに片膝を地面についた。仰々しく跪《ひざまず》き、志貴と視線の高さを合わせると言った。

「弟が世話になった。実は、ある者に連れ去られたと一報を受けて、捜していたところだったんだ。弟を助けていただき、心より感謝する」

「弟？　え？」

まったく話が見えない。琥珀《こはく》色の美しい瞳にじっと見つめられて、志貴は一層困惑する。

「あ、あの。俺、何がなんだか、よくわからなくて。さっきから頭が混乱して……」

首を傾《かし》げた途端、ぐらりと視界が揺れた。

突然激しい頭痛と眩暈《めまい》に襲われる。

「おい、どうした？　どこか痛むのか？」

男の声に何も答えられなかった。急速に意識が遠退《の》くのを感じる。気分が悪い。体がどんどん傾いていくのがわかる。自力で姿勢をたもっていられない。

「――……！　……っ」

最後に男が何か叫ぶ声を聞いた気がしたが、もう頭は上がらず、視界が暗転していった。

■2■

次に目が覚めると、志貴は豪奢《ごうしゃ》なベッドの上にいた。

目に眩《まぶ》しい真っ白な天井。狭いアパートの自宅でないことは明らかだった。木目が人の顔に見える天井も生活音が丸聞こえの薄い壁もなく、手入れの行き届いた広い部屋にはアンティークの上等な家具がセンスよく配置されている。横たわっているのはいつもの煎餅《せんべい》布団とは違うスプリングのきいたふかふかのベッド。リネンも清潔で、吸い込んだ空気がすがすがしい。まるで高級ホテルの一室だ。

ここは一体どこだろうか……？

まだ夢を見ているような心地だった。ふわふわとした頭で記憶を呼び起こそうとして、ふいに軽い頭痛に見舞われる。

カーテンが半分開いた窓から明るい光が差し込む。すっかり日が昇っている。いつの間に眠ってしまったのかも、まったく記憶がなかった。

志貴はベッドに肘《ひじ》をついて体を起こす。途端に全身を激しい筋肉痛が襲った。

「……うぅっ、イタタ……っ」

思わず声を上げて身悶《みもだ》えると、視界の端で影が動いた。

「お目覚めになられましたか、花嫁様」

まさか人がいるとは思わず、ぎょっとした。声がした方に勢いよく首を振ると、一人の若者が立っていた。少し長めの栗色の髪に涼しげな切れ長の目をした、志貴と同世代ぐらいの男性だ。白シャツに黒のズボンはシンプルだが清潔感があって、すらっとしたスタイルによく似合っていた。

ただ、一つおかしな点は、彼の頭に茶毛の長いウサギの耳が生えていることだった。

男は水差しからグラスに水を注ぎ、「どうぞ、お飲みください」と志貴に差し出してきた。

反射的に受け取ったものの、状況がわからず口をつけるのを躊躇《ためら》う。戸惑っていると、男が言った。

「水です。お声が嗄《か》れていらっしゃるようなので、まずは潤《うるお》してください」

そう言われると、喉が乾燥している気がする。

ぼんやりとウサギ耳を見つめているうちに、途切れていた記憶が徐々に戻ってきた。

恐る恐るグラスに口をつける。慣れ親しんだ無味無臭の水だ。一口飲むと、途端に猛烈な喉の渇きを覚えた。志貴は一気にグラスの水を飲み干す。

空になったグラスを男に返すと、今度は温かいティーカップを渡された。

「ハーブティーです。寝起きの頭がすっきりしますよ」

「……いただきます」

温かい湯気からレモンの爽やかな香りがする。一口啜《すす》って、ようやくほっと息をついた。おいしい。カップに口をつけながら、志貴は目で青年の姿を追う。黒いズボンの尻には、茶毛のふわふわした尻尾が生えていた。ウサギのまるい尻尾だ。ためしに頬を抓《つね》ってみたら、しっかり痛かった。

どうやら蘇った記憶のすべてが夢だったというオチではなさそうだ。

ここは、志貴がいた現代日本ではない……？

脳の処理が追いつかず、頭が混乱する。それでは、志貴を連れ去ろうとしたあの中年の暴漢たちも、暴漢から助けてくれた大きな白狼が変化した銀髪の美丈夫も、実際に存在している人物だろうか。

みな頭と尻に獣の耳と尻尾を生やしていた。そのことに対して誰も何も気にとめていなかった。むしろ、獣の耳と尻尾が生えていないつるんとした志貴の頭と尻の方がおかしいのだと、そういう口ぶりだった気がする。異世界人と、暴漢の一人が志貴のことをそんなふうに言ってなかったか。一体、志貴の身に何が起こって、今いるここはどこなのだろう。

「飲み終わりましたら、お着替えをいたしましょう」

サイドテーブルに綺麗にたたまれたシャツとズボンが置かれた。改めて布団の中を見やると、志貴は白いバスローブを着ていた。

「あの、えーっと……」

「棗《なつめ》といいます。花嫁様」

青年が名乗った。最後の言葉の意味がよくわからなかったが、志貴はきょろきょろと辺りを見回しながら訊《たず》ねた。

「ナ、ナツメさん……？　あの、俺が着ていた服はどこにあるんでしょうか」

「あの不思議なお召し物でしたら、随分と汚れていましたので、洗って干してあります」

「あ、そうなんだ。それはありがとうございます。お手数をおかけしました」

確かにあちこち走り回った上に、何度も転んで全身泥だらけになっていた。上質なベッドシーツを汚さなくてよかったと、そこは感謝する。

「あの、訊《き》いてもいいですか」

「はい」

「俺、どうしてここに寝ていたんですかね。ここって、どこですか。俺、ゆうべの記憶が途中まででしかなくて」

シャツを志貴に手渡して、棗が淡々とした口調で応じた。

「この国は獣人の住まう世界、そしてここは狼族の長、白露《はくろ》様が統治する領地です。こちらはその白露様のお屋敷ですね。花嫁様は、ゆうべ白露様が連れてこられました。到着された時には、すでにぐっすりとお休みになられているようでしたので、白露様がこのお部屋に運ばれたのです」

この広い部屋は、その白露という人物が『花嫁様』のために準備した特別室だという。

白露という名は初めて聞く。さらっと言われて聞き流しそうになったが、ここは人間ではなく、獣人が住む世界だとも。

棗と見つめ合い、思わずごくりと喉を鳴らした。獣人とは彼のように獣の耳と尻尾を持つ人間ではない種族のことで、つまりここは地球とは別次元に存在する獣人が暮らす異世界ということらしい。

俄《にわか》には受け入れ難い事実だったが、そう言われるといろいろと腑《ふ》に落ちることもあった。ひとまず異世界なのに言葉が通じるのは助かる。志貴は先ほどから引っかかっていたことを訊ねた。

「えっと……さっきから話の中に出てくる花嫁様っていう言葉ですけど、それって、誰か別の人のことですよね？　まさか、俺のことじゃないですよね？」

棗が怪訝《けげん》そうな顔をしてみせた。

「まさか、とはどういう意味でしょう。花嫁様は花嫁様です。白露様の花嫁様は――」

その時、部屋のドアがノックもなしに開いた。誰かが入ってくる気配があったが、志貴の場所からはちょうど棗が立っていて見えない。

「棗、どうだ。変わりないか」

甘さのある低い声が言った。

「白露様」棗が答える。「花嫁様は、つい先ほどお目覚めになられたところです。お水とお茶を召し上がりました」

「ああ、目が覚めたか。よかった」

棗の隣に背の高い男が現れた。彼が件《くだん》の白露という男のようだ。志貴はベッドの上から見上げた。長軀の男も志貴を見下ろしてくる。

美しい琥珀色の瞳と目が合った瞬間、ちりっと痺れのようなものが全身を駆け抜けた。

体内で熱い火花が飛び散るような感覚。

たちまち志貴の脳裏に閃《ひらめ》くものがあった。

この感覚をごく最近にも経験したはずだ。その証拠に男の端整な顔にはひどく見覚えがある。

何より、美しい銀糸の髪を掻《か》き分けてすっくと生えた雪山のような三角形の獣耳。男の背後にはふさふさとした白い尻尾が見え隠れしている。

ゆうべの狼男だ。

志貴は驚きに目を瞠って男を凝視すると、彼——白露がその美貌《びぼう》に淡い笑みを湛《たた》えて言った。

「突然、意識を失って倒れたから驚いたぞ。医者が疲れて眠っているだけだと言うから寝かせておいたが、調子はよさそうだな。すっかり顔色がよくなった。昨夜のことは覚えているか？」

問われて、我に返った志貴は戸惑いがちに頷いた。

「……だいたいは」

「そうか。私は白露という。この屋敷《やしき》の主《あるじ》だ」

「志貴です。緋山志貴」

「シキか。美しい、いい響きだ。口に馴染《なじ》む素敵な名だな。とても気にいった」

初めて名を褒められて、志貴はどう反応していいのかわからなかった。その名をつけた実の両親は、もう随分と前に志貴を捨てて行方《ゆくえ》をくらました。

「シキ」と、白露が舌の上でその二文字を優しく転がすように柔らかな声で呼んだ。「昨日は挨拶ができなかったから、改めて礼を言う。ゆうべは弟が世話になった。助けてもらって感謝する」

慇懃《いんぎん》に頭を下げられて、志貴は慌てた。

「お、弟……？　あのっ、いえ、こちらこそ。危ないところを助けていただき、どうもありがとうございました」

急いでベッドの上で姿勢を正し、深々と頭を下げた。白露が言った。

「奴らは盗賊だ。あの辺りで獲物が通るのを待ち構えていたのだろう。被害報告が数件上がっていて、警備を強化する予定だったんだが、怖い思いをさせてしまい申し訳なかった。シキには災難だったが、おかげで盗賊どもを捕らえることができた。弟の件と合わせて、協力に感謝する」

「あの」志貴は頭を上げておずおずと返した。「何か勘違いをされていらっしゃるようなんですけど、弟さんのことは俺じゃないです。弟さんを助けたのは別の方だと思います」

「いや、」白露が怪訝そうな表情を浮かべた。「そんなはずはない。シキに助けてもらったと、本人が言っているんだ」

「え、弟さんがですか？　人違いだと思いますけど」

「木から下りられなくなっていたところを、見つけたシキが登って助けにきてくれたと聞いたが

――」

その時、わんわんっと甲高い鳴き声が聞こえた。白い毛玉が転がるようにして部屋に駆け込んできたかと思うと、勢いよくベッドの上に跳び乗ってくる。

「あ」志貴は声を上げた。「昨日のわんこ！　無事に逃げられたんだな、よかった」

急いで上掛けをめくって、子犬を両腕に抱き寄せる。もふもふの尻尾を一生懸命に振っている子犬は嬉しそうに伸び上がり、志貴の頬をぺろぺろと舐《な》め始めた。くすぐったくて声を出して笑ってしまう。

志貴と子犬のやりとりを意外そうに眺めていた白露が思わずといったふうに呟《つぶや》いた。

「そいつが懐くとは珍しい」

「もしかして、この子の飼い主さんでしたか。かわいいわんちゃんですね」

志貴の言葉に、なぜか傍《そば》に控えていた棗がぎょっとして慌てふためく。白露が苦笑した。

「それが私の弟だ。名を雪月《ゆづき》という」

「え？」

「弟の雪月だ。ちなみに、犬ではなく狼だがな」

志貴は急いで自分の腕の中を見下ろした。どんぐりのような目が志貴を見やり、『わんっ』とはしゃぐように鳴いた。見た目も鳴き声も完全に犬のそれである。だが、そうではないと言う。

「……もしかして、この子――雪月くんも、人の姿に変身できたりするんですか？　喋ったりも？」

ゆうべ、白狼が人語を巧みに操るのを目《ま》の当たりにした。兄弟というなら、雪月も白露と同様、人の姿に変化でき、狼姿の時でも人語を喋ることができるはずだ。

ところが、白露が俄に表情を曇らせた。

「我々獣人は、基本的には獣とヒトの姿を自在に行き来できる。雪月も変化ができるにはできるんだが——普段はその狼の姿でいることがほとんどだ。言葉も、以前は話していたんだがな」

「以前は？」

引っかかる物言いだと思った。志貴が何の気なしに訊き返すと、白露が小さく息をついて言った。

「ある時を境に、まったく喋らなくなってしまった。もう何年も、狼の鳴き声しか聞いていない。医者からは心因性の失声症だと言われている」

沈黙が落ちた。

白露が再び静かに口を開いた。

「私たち兄弟は三年前に両親を亡くしているんだ。死因はこの領地を襲った疫病だ。感染すると高熱が何日も続いて意識障害を起こし、やがて死に至る。医者も手の施しようがなく、収束するまでの一年の間に多くの民が命を落とした」

白露と雪月の両親、前領主夫妻も病に感染し二月《ふたつき》の内に相次いで息を引き取った。その後は、以前から父親の補佐役を務めていた白露が跡を継ぐこととなった。

一方、年の離れた弟の雪月はまだ幼く、甘える相手がいなくて毎日泣いていたという。日に日に感染者が増えていく中、兄弟が罹患しなかったのは幸いだった。

白露はどうにかしてこの疫病を食い止めようと奔走した。疫病の流行は国の東部領土広域にわたっており、遅かれ早かれ国内全土に広がることが予測され、国も非常事態として動き出した。白露はすでに窮地に追い込まれていた複数の地域の領主と協力して病の原因を探る中、過去に今回と似た疫病を克服した前例を発見。詳しい調査の結果、当時、多くの民の命を救ったある薬草の存在に辿《たど》り着いたのである。

国王の命により、白露たちはさっそく薬草を手に入れるために遠方の山に向かった。

だが、薬草は山の魔女のものであり、無断で大量に持ち去ろうとしたがために魔女の怒りをかってしまったのだ。薬草と仲間を先に逃がした白露は、追いかけてきた魔女と戦い、命からがら逃げてきた。しかし、魔女の呪いからは逃れられなかった。

——呪いに憑《つ》かれた領主が治める国はやがて廃《すた》れてしまうだろう。そうしてお前の命も奪って、最終的には私のもとに戻ってくる。食い止めたければ自力で呪いを解くことだ。

美しくも恐ろしい魔女は酷薄な笑みを浮かべて、ぼろぼろの白露に言い放ったという。

——漆黒の聖なる乙女を花嫁として迎え、子をなすがいい。さすれば呪いは解け、国は滅びるどころかますます繁栄するだろう。お前も生き永らえる。「漆黒の聖なる乙女」がお前と国の運命を左右する女神というわけだ。女神がお前に微笑むか、それとも白狼の心臓が私のコレクションに加わるか、見ものだな……。

「魔女の薬草のおかげで、この国は疫病から救われた。だが、私にかけられた呪いはこの体に残ったままだ」

白露が自らシャツのボタンを外し、上半身をはだけてみせる。

大胆にさらけだされた屈強な裸体を目にして、志貴は思わず息をのんだ。

鍛え上げられた筋骨隆々の上半身、脇の下から心臓を通り、背中を回って腰の辺りまで、ぐるりと体を締め上げるみたいに荊《いばら》状に細長い痣《あざ》が浮かび上がっていたからだ。まるで罪人の如く、重たい鎖を巻き付けられているかのようだった。

「この痣は生きている。今も少しずつ範囲を広げていて、やがて来《きた》るべき時が来たら、一気に皮膚を突き破り、心臓ごと飲み込まれてしまうのだろう。時間はそう残されていない。俺の身はどうなっても構わないが、父が守ってきたこの領地と民はなんとしてでも守らなければならないんだ」

白露が自身の左胸に手のひらをあてて、痣を掻き毟《むし》るようにして拳《こぶし》を握り締めた。そう言われると、途端に紫色の痣が白露の筋肉が盛り上がった肌の上をゆっくりと蠢《うごめ》いているような錯覚に囚われる。先割れの舌を突き出した毒蛇のように見えて、ぞっとした。

「このおぞましい痣を見て、雪月は相当ショックを受けていた。ただでさえ両親を亡くして悲しみに暮れているところに、兄のこんな変わり果てた姿を見せられて、幼心に怖くて仕方がなかったのだろうな。いずれ自分の体にも同じ痣が浮かび上がるかもしれないと恐れ、何かにつけて極端に怯えるようになってしまった。その頃からだ、雪月の様子がおかしくなったのは。まったく言葉を喋らなくなり、ヒトガタにも変化しなくなった。意思表示は唸《うな》ったり吠えたりするのみで、もう笑い声も随分と聞いていない」

再び重い沈黙が横たわった。

戸惑う志貴は自分の腕の中に視線を落とした。いつからかすうすうと寝息が聞こえていて、雪月が気持ち良さそうに志貴の胸元に小さな獣の体を摺り寄せている。

その寝顔を見やり、白露がふっと優しげに眦《まなじり》を下げた。

「昨夜はシキのことが心配でよく眠れなかったようだ。シキが無事で安心したのだろう。こいつが他人に気を許すことは本当に珍しい。すっかり懐いて、まるで母親に抱かれているみたいだな」

手を伸ばし、柔らかな獣毛を撫でようと指先が触れた途端、雪月がビクッと体を大きく震わせた。パチッと目を開けた雪月が途端に怯えた表情をして志貴にしがみつく。あからさまな拒絶。反射的に動きを止めた白露はたちまち顔を強張《こわば》らせる。行き先を見失った手をぎゅっと握り締めると、すぐさま引き急いでシャツを着た。

志貴は慌てて話題を戻した。

「あの、今の話に出てきた『漆黒の聖なる乙女』という人はどこにいるんでしょうか。白露さんの呪いが解けていないということは、その人はまだ見つかっていないんですよね。捜すための何かヒントになるようなものはないんですか？」

白露がこちらを向いた。志貴を指差す。

「シキ、きみは異世界人――人間だ。我々獣人たちの住むこちらの世界の者ではない。その黒い髪が何よりの証拠だ」

「髪？」

「そうだ。この国に漆黒の体毛を持つ者は存在しない。黒はあちらの世界の色だからだ。更に漆黒の体毛を持つ人間の中には特別な力を持つ、『聖なる乙女』が存在する。私たちはその『聖なる乙女』をこちらの世界に喚《よ》び寄せるために、召喚術を行ったんだ」

「それじゃあ、俺はその召喚術でこっちに？」

しかし、白露は「いや」と首を横に振った。

「シキは私たちではない、別の者が行った術によって喚び寄せられた。こちらに来る際、黒い髪の女と出会わなかったか？　自分の身代わりとしてシキを召喚した当の本人だ」

問われて、すぐに思い当たった。

「そういえば。木の根元からおかしな手が生えていて、その手に真っ暗な穴の中に引きずり込まれたんです。穴に落ちていく途中で、女の人と擦れ違った気が……」

「やはり」それまで黙っていた棗がぽつりと呟いた。「レイカ様は、特例の召喚術を行って逃げたのですね」

「レイカ様？」

棗がはっと慌てて口を閉ざした。白露が後を引き取るように言った。

「シキと入れ違いにむこうの世界に戻った女の名だ。彼女こそが、『漆黒の花嫁』として一月《ひとつき》前に召喚師が異世界から喚び寄せた花嫁候補だった」

「えっ、あの女の人が？」

志貴は目を瞠った。白露が頷く。

「だが、明日のお披露目式を前にして、彼女は雪月を人質にとって屋敷から逃げ出した。私が屋敷を空けるタイミングを狙っていたのだろう。召喚された『聖なる乙女』は、その身に特別な力を宿していて、眠っていた力が完全に目覚めれば高度な魔術を操ることも可能だ。レイカはそのことをある者から教えられて知り、ひそかに術の訓練をしていたんだ」

レイカに術を仕込んだのは、白露が屋敷に招いた旅人だった。婚姻の儀式を行うまでは花嫁の機嫌を損ねてはならないと、彼女に気を使う白露が面白い話を聞かせる旅人の評判を耳にして屋敷に呼んだのだ。レイカは話し相手として彼を気に入ったようで、その後も男は度々屋敷を訪れていた。

「だが、そいつの正体はタチの悪い術師だったんだ。彼女をそそのかし、面白半分に術を教え込んで、屋敷から逃げ出す手引きまでしたのもその悪徳術師だ。報酬として、レイカに屋敷から持ち出させた金品を受け取り、姿をくらまそうとしていたところを捕らえたものの、彼女はすでにこの世界から消えてしまった。新たな『漆黒の花嫁』と入れ代わってな」

レイカは自分の身代わりを喚び寄せることで時空をつなげて、志貴と入れ代わりにもとの世界に戻ったのだという。

更に彼女は屋敷から逃げ出すための人質として雪月を攫《さら》ったが、無事に脱出した後、森の中で解放したらしい。しかし、暗闇の中に突然放り出された臆病者の雪月は怖くて動けなくなり、木に登って身を隠しつつずっと震えていたそうだ。そこにレイカと入れ違いに召喚された志貴が現れた。

志貴が盗賊たちに襲われていることを、白露に知らせたのは雪月だった。普段ほとんど声を出さない雪月の必死な遠吠えを聞いて、攫われた弟を捜していた白露が駆けつけたのだ。

志貴は今自分がここにいる経緯《いきさつ》を大まかに理解した。そして、大変なことに気がついた。

「それって、俺があの時、彼女の手を取ってしまったせいで、白露さんは大事な花嫁候補を逃がしてしまったってことですよね」

オメガ狩りにあって絶体絶命のピンチだった志貴にとって、突然現れた彼女の手は自分をそこから救い出してくれるかもしれない天の助けに思えた。だが、一か八かでその手を摑んだために、白露は魔女の呪いを解く鍵《かぎ》を失ってしまったことになる。

「ごめんなさい。俺、取り返しのつかないことをしてしまったんじゃ……」

青褪《あおざ》める志貴の肩に、白露がそっと手を置いた。「そのことなんだが――」

その時、部屋のドアがノックされた。

「失礼します」と、ドアを開けて入ってきた侍女が一礼して言った。「白露様、神父様がいらしています。明日のお披露目式について、確認しておきたいことがあると……」

白露と棗が顔を見合わせる。二人は視線だけで素早くやりとりをかわすと、頷いた棗がすぐさま部屋を出て行った。

「時間がないな」白露が切羽詰まったように呟いた。

意を決した表情で志貴に向き直ると、両肩に手を乗せてくる。ぐっと力をこめて言った。

「シキに大事な頼みがある。明日のお披露目式に私の花嫁として同席してほしい」

「……は？」

思わず声が裏返った。なんの冗談だろうか。ところが、じっと目を見つめてくる白露の顔があまりにも真剣すぎて、それが冗談ではなく、本気だと知れる。無意識にごくりと喉が鳴った。

「……い、いや」志貴は咄嗟に首を横に大きく振った。「ムリムリ、無理です。だって俺、男ですよ？　花嫁なんて無理だし、レイカさんの代わりになれるわけないじゃないですか。偽者だってすぐバレますよ」

「それは大丈夫だ。レイカの容姿は限られた者しか知らない。領民の間に広まっている噂は花嫁が漆黒の異世界人だということだ。シキのその艶やかな黒髪に加えて黒曜石のような瞳を見て、疑う者など誰もいない」

「そうですよ」戸口に控えていた侍女が興奮気味に口を挟んできた。「明日の仕度《したく》なら我々にお任せください。必ずや完璧《かんぺき》な花嫁に仕上げてみせましょう！」

「いやいや、だからそういう問題じゃなくて……」

「シキ」

ふいに甘く響く低音が志貴の名を呼んだ。不覚にもドキッとする。

白露は志貴を見つめ、すっとその場に跪いた。ベッドの脇に腰掛けてぽかんとする志貴の手をうやうやしげに取る。

まるで少女漫画の王子様のような立ち居振る舞いに、一瞬見惚《みと》れてしまう。

美しい琥珀色の瞳に上目遣いで見つめられると、志貴の胸はわけもわからず高鳴った。

「領民たちは明日のお披露目式を楽しみにしている。この領地を救うために現れた聖なる乙女と私の結婚を心から祝福してくれているんだ。どうか力を貸してくれないか——シキ」

白露が忠誠を誓う騎士の如く、志貴の手の甲にそっとくちづけた。

びっくりした志貴は目と口を丸く開いて固まり、気づくと首を縦に振っていた。

二十四年生きてきて、まさか自分が花嫁衣裳を着る日が来るとは思わなかった。

「シキ様、とてもお似合いですぅ！」「本当、なんて素敵なんでしょう」「美しい黒髪に純白のドレス、まるで女神様のようだわ」

花嫁衣裳に身を包んだ志貴を侍女たちが取り囲み、歓喜の声を上げた。

「……そ、そうかな?」

大仰《おおぎょう》に持ち上げられて、志貴は引き攣り笑いを浮かべるしかない。鏡に映った自分の変貌《へんぼう》ぶりに、お前は一体どこの誰だと突っ込みたくてたまらなかった。

とうとうお披露目式当日。

昨日からあれやこれやと急ピッチに進められた花嫁役の準備に追われて、志貴はすでにぐったりしていた。どういう変換技術が脳内で起こっているのかわからないが、ここは日本ではないのに言葉が通じて文字も読めるのは幸いだった。今日一日のスケジュールの流れを一通り頭に叩き込み、ようやく最終段階までこぎつけたところである。

純白のウエディングドレスは、レイカが着る予定のものだった。それを仕立て人たちが夜通しで志貴の体形ぴったりに直してくれたのである。

もとの中性的な顔立ちに魔法のようなメイク技術のおかげで、我ながら上手く化けたと思う。とはいえ、違和感は拭《ぬぐ》い切れない。

身長一七二センチ、細身の体形だが、女性と比べるとやはり骨格が大きく筋肉質だし、胸囲も腰回りも貧相。

それでも、使用人たちはこぞって志貴のドレス姿を褒めちぎり、子狼までもが小さな前肢《まえあし》をパシパシと叩き合わせて拍手をくれた。雪月はすっかり志貴に懐いて、昨日からずっと志貴のあとをついてまわっている。純白のドレスの傍でちょろちょろと白い毛玉が動くので、時々踏みそうになって焦った。

短い髪は急に伸びないが、とりあえず本番ではベールを被《かぶ》ると聞いたし、隣に立つのはあの大男の白露である。多少の誤差は誰も気に留めないだろう。形だけはなんとかなりそうだ。

白露は式の打ち合わせ等の予定が詰まっていて忙しそうだった。志貴の仕度を使用人に任せると、自分はどこかに出かけていき、それきり姿を見ていない。

志貴が花嫁の代役を引き受けることになったと、白露が屋敷の全使用人に告げたあとの皆の動きは速かった。

即座にスケジュールを組み直し、全員が翌日のお披露目式に向けて準備に取りかかった。

また、男の志貴が花嫁役を務めることについても、特に疑問は持たれなかった。

『聖なる乙女』とは、神託を受けた召喚師によって正式に召喚された選ばれた異世界人を総じてそう呼ぶのだという。ゆえにその性別は女性に限らない。今回の場合、重要なのは志貴が黒い髪と瞳を持つ異世界人であることだった。

白露の指示を受けて、世話焼きの侍女たちは志貴をピカピカに磨き上げた。

大浴場での背中流しから始まって、全身マッサージにヘアエステ、ネイルにメイクまで。

特に髪の手入れは念入りにされた。侍女たちが「本当にお美しい黒髪ですね」と、短い髪に香油を丁寧になじませながら何度も感嘆の溜め息をついていたほどだ。

獣人の世界では、『漆黒』は『聖なる色』であり、特別な色とされる。黒い体毛と瞳を持つ者は獣人には存在せず、『聖なる色』をその身に宿す人間も、ここでは特別に扱われてきた。

古くから災厄を鎮めるための救世主として、神託を受けた召喚師が召喚した選ばれし者たちは、たびたびこの世界を救ってきたという。

レイカもその選ばれた人間だった。

だが、彼女は呪いを受けた白露とこの領土を救うどころか、悪徳術師と結託してこの世界から逃げ出したのだ。そして、意図せず彼女の計画に手を貸す形になってしまった志貴は、成り行きで身代わりの花嫁役を引き受けざるをえない状況に追い込まれてしまったのである。

白露は混乱する志貴にこう言ったのだった。

――なんとしてでも、このお披露目式だけは無事に乗り切りたい。首を長くして待ち望んだ希望の光がようやく現れて、喜びに沸く民たちをもう不安にさせたくはないんだ。その後のことは改めて考える。花嫁役を引き受けてくれたら、シキの今後についても最優先に召喚師に相談し、善処しよう。

つまりは、花嫁役を引き受けなければ、お前がもとの世界に戻りたくても一切協力しないぞと、暗に脅されたのだった。

この世界になんのツテもなく、どう生きていけばいいのかもわからない志貴に拒否権はなかった。信じられないような非現実的なこの状況が、まぎれもない現実なのだ。

ここでは、志貴は重宝される立場にあり、しかし裏を返せば、あの盗賊たちのように志貴を売り飛ばそうと考える連中に狙われる可能性もあるということだ。それなら、素直に白露に協力し、もとの世界に戻れるよう彼に取り計らってもらう方が賢明だろう。屋敷にも置いてもらえる。

こちらでの暮らしは、想像していたよりも随分と快適だった。

屋敷の広い浴場には大きな浴槽が据えてあり、たっぷりの温かい湯が張ってあった。シャワーも使えるし、シャンプーやトリートメントはないものの、いい香りがする上等な石鹸《せっけん》がある。肌はしっとりと潤い、髪も軋《きし》まず、指どおり滑らかなつるつるの洗いあがりだ。

トイレは便座が四角く、四本脚という少々変わった形状だが、最初こそ構造がわからず使い方に手間取ったものの、慣れれば洋式水洗トイレと変わらない。

食事も温かい料理と冷たい料理をきちんと分けて出すし、食材も調理方法も豊富でおいしかった。志貴が思ったよりも、この世界のライフライン設備は整っているようだ。召喚術なんてものが存在する世界なのだから、ライフラインも魔法が関係しているのかもしれない。

「シキ様、いかがでしょう。どこかきついところはございませんか」

花嫁衣裳を微調整していた仕立て人が、志貴の回想を破るように訊いてきた。

「あ、はい。大丈夫です。ぴったりでどこも問題ないです」

仕立て人たちが微笑んだ。

「シキ様がいらしてくれて本当によかったです。よりによって白露様の留守中に、あの方が雪月様を攫って姿を消すとは夢にも思いませんでした」「本当、屋敷中が騒然となりましたものね。私たちも生きた心地がしませんでしたよ」「そうそう、お披露目式を翌々日に控えて、まさかあの方があんな行動に出るとは。もうすっかり覚悟を決めた様子でいらしたのに」

その時の使用人たちの混乱ぶりは相当なものだったのだろう。想像して同情をしたものの、一方で、レイカの気持ちもわからなくはないと思ってしまう。

突然、異世界に召喚されて、「あなたは花嫁様に選ばれました」と言われても、到底受け入れられない。気の毒だと彼女にも同情してしまうのは、自分がレイカと同じ人間だからだ。

仕立て人の一人が不満そうに言った。

「あの方は、白露様の一体何が気に入らなかったのでしょうね。花嫁が獣人でもいいというなら、白露様のお嫁になりたいと密かに願っていた者は山ほどいたんですよ」

「ああ、やっぱり」

志貴は同調して頷いた。「こんな大きなお屋敷に住んでいて、あの見た目なら間違いなくもてるよね。美意識は人間と似ているかな。たぶん、俺たちの世界に来ても、引く手数多《あまた》だと思う。その上、まだ若いのに領地を引き継いで、流行り病から領民を救ったんでしょ？　英雄だって、このお屋敷の人たちみんなが言ってたよ。確かにかっこいいよね、同じ男としても憧れる」

初めてヒトガタの白露を目にした時、この男は間違いなくアルファだと、志貴は強く確信したほどだった。他を寄せ付けない圧倒的なオーラを放ち、その類稀《たぐいまれ》な存在は明らかに異質で光り輝いて見えた。

もしここが現代日本だったら、最上アルファの寵愛をめぐって、アルファやベータ、オメガも巻き込み、壮絶な争奪戦が繰り広げられていたに違いない。

だが、ここは異世界だ。第二の性の概念がない、獣人たちが暮らす世界。

レイカにとって、白露が地位も名誉もあり、どれだけ美貌の持ち主だったとしても、彼が人間でないことが一番の問題だった。だからこの異世界から逃げ出した。

仕立て人たちが俄に色めき立った。志貴が白露を褒めたことが我が事のように嬉しい様子だった。

「そうなんですよ。白露様は外見だけでなく中身もそれはそれは立派なお方で、誰からも慕われているんです。私たちにもとてもよくして下さいますし、皆白露様のことが大好きなんです」

「前領主夫妻が流行り病で亡くなられ、悲しみも癒えぬうちに、白露様は身を挺《てい》してこの領地と民を救って下さいました。ですが、そのせいで白露様自らが呪いを被《こうむ》ってしまわれて」

「ようやく運命の花嫁様が現れて、これで白露様にも幸せが訪れると喜んでいたのに……」

彼女たちが揃って悲しい顔をした。

志貴は焦った。その大事な花嫁を逃がしてしまった後ろめたさが、再び志貴の中に込み上げてくる。

「でもほら、また召喚師さんが白露さんに相応《ふさわ》しい花嫁候補を召喚してくれるだろうし、黒髪黒眼が条件なら、むこうの世界にはたくさんいるからすぐに見つかるよ。案外、レイカさんよりももっと白露さんと相性がいい人が現れるかもしれないし」

仕立て人の一人がぽつりと言った。「シキ様も、白露様ととてもお似合いだと思いますよ」

「え、俺？」

志貴は思わず笑ってしまった。「いやいや、全然だって。そもそも俺は正式に召喚されたわけじゃなくて、手違いでこっちに来ちゃっただけだから。残念ながら、俺には白露さんの花嫁になる資格はありませんよ。髪と目の色が黒いだけの、間に合わせの偽者ですから」

冗談めかすと、なぜか仕立て人たちは気の毒なものを見るような目で志貴をじっと見つめてきた。何かおかしなことを言っただろうか。言い知れない圧を感じて、志貴は思わず一歩後退《あとじさ》る。

「と、とりあえず、白露さんには盗賊から助けてもらった恩があるし、こんな素敵なお屋敷にも泊めてもらって、俺にできることがあれば何でもやらせてもらうつもりでいるから。ここにいる間は、みなさんも遠慮なく俺を使って下さい。本当に感謝しているので、きちんと恩返しをして向こうの世界に戻りたいと思ってるんです」

「そんな、シキ様を使うだなんて」と、彼女たちは揃って首を横に振った。更に互いに顔を見合わせてアイコンタクトを交わすと、一人が一歩前に出て、もじもじとしながら志貴の顔を覗《のぞ》き込むようにして言った。「それよりも、あの、一つ気になることが……もしかして、シキ様は、白露様のことを……なんじゃ……」

「え？　ごめん、声が小さくてちょっと聞こえなかった……」

耳を彼女の方へ向けたその時、部屋のドアがノックされた。

仕立て人たちがびくっとして一斉に口を閉ざす。一瞬の沈黙が落ち、ドアが開いた。

「どうだ、準備は整ったか？」

部屋に入って来たのは白露だった。すでに彼も白の正装に着替えていて、その見惚れるほど洗練された姿に、志貴も含めた全員がほうと息をついた。

白露が花嫁衣裳を纏った志貴を見やり、目を瞠った。

「これは驚いたな。想像以上によく似合っている。見紛《みまが》うことなき漆黒の花嫁だ」

眩しそうに目を細めて、「本当に美しい」と呟く。

「そ、そうですか？」

そんなに熱心に見つめられると、無性に恥ずかしくなって困った。

「大丈夫ですかね、こんなんで。ちゃんと花嫁役を務められるか心配なんですけど」

ふいに白露が歩み寄ってきて、志貴の前に立った。おもむろにその場に跪く。

昨日と同様、志貴の手を取ると、そっと甲にくちづけた。そうして上目遣いにやわらかく微笑み、とろけるような甘い声で告げてくる。

「自信を持て。とても綺麗だぞ、シキ。あまりにも美しすぎてくらくらしそうだ」

「……っ！」

たちまち顔がかあっと火を噴いた。きっと茹蛸《ゆでだこ》のように真っ赤になっているに違いない。

動揺を隠せない志貴をよそに、白露は何食わぬ顔ですっくと立ち上がった。志貴の肩をやさしく抱き寄せると、耳もとで囁《ささや》いた。

「大丈夫、シキは私の隣で笑顔で手を振っているだけでいい。その他のことはすべて私に任せろ。さあ、皆が待ち望んでいたお披露目式だ。美しい我が花嫁をとくと見せてやろうじゃないか」


花嫁のお披露目式は、多くの領民が大歓迎する中、盛大に行われた。

特に中心街は様々な露店がずらっと軒を連ね、お祭りムード一色だった。子どもから老人まで陽気に盛り上がり、誰もが異世界からやって来た『漆黒の花嫁』のお披露目を今か今かと待っている。

白露と志貴が豪奢に飾り付けられた馬車に揺られて登場すると、領民の興奮は最高潮に達し、四方八方から歓声の波が押し寄せてきた。

オリンピック選手の凱旋パレードみたいである。

「……す、すごい」

志貴は呆気《あっけ》に取られた。

「白露様！　花嫁様！」「本当に黒い髪と黒い目をされているぞ」「なんて神々しい」「お美しい

漆黒の花嫁様！」「おめでとうございます！　白露様とどうぞお幸せに」「白露様と共にこの領地を救ってくださる女神様に万歳！」

志貴は白露に言われた通り、精一杯の笑顔で民に手を振り続けた。

誰もが今日のこの瞬間を待ち望んでいた。二人の結婚を心から祝福してくれている。

そんな思いがひしひしと伝わってきて、志貴が後ろめたく思わないわけがなかった。

こんなに盛り上がっているのに、志貴が偽者の花嫁だと知ったら、彼らはどう思うだろうか。

志貴は召喚師に選ばれた『漆黒の花嫁』ではなく、それどころか大事な花嫁を逃がしてしまったいわば大罪人である。

「おい、どうした。顔が強張っているぞ」

白露が外に目を向けたまま、小声で言った。彼は飛び交う祝福の嵐に律儀に言葉を返しながら、身を乗り出すようにして手を振り応えている。

志貴はすぐさま我に返って、急いで笑顔を取り繕った。

「すみません。熱気にあてられてしまって」

「大丈夫か。もう少しだ、耐えてくれ。まあ、俺も少々驚いている。思った以上の盛り上がりだからな」白露が苦笑した。「それだけ、皆この日を心待ちにしていたということだ」

ふと白露の一人称が変わっていることに気がついた。彼も興奮しているのだとわかる。

「本当にすごい熱量ですよね。どの人の顔も嬉しそうで、心から祝福してくれているのが伝わってきて、だからこそ、なんだか申し訳なくて。みんな偽者の俺なんかのために……」

「それはどうだろうな」

「え？」

わあっと一際大きな歓声が上がった。

前方に顔を向けると、広場の中央に柵《さく》で囲まれた大樹がどっしりと立っていた。シラカバのように白い樹皮に覆われた幹は根元からいくつかに枝分かれし、それぞれが編み目のごとく複雑に絡み合って天高くまっすぐに伸びている。

緑色の三角形の葉を覆いつくすほどに、真っ白なかわいらしい花が咲き乱れていた。

志貴は思わず溜め息を漏らした。「うわあ、綺麗」

歓声と共に叫ぶ民の声が聞こえてくる。

「白露様、見てください。聖樹が昨日よりも更に花をつけました」

「花嫁様が近づくにつれて花がどんどん開き、この通り満開ですよ」

「ああ、本当だ」白露が思わずといったふうに馬車の上で立ち上がり、大樹を仰いだ。「たった二日でここまで花が開くとは」

「そんなに珍しいことなんですか？」

志貴が訊ねると、白露は興奮した声で応えた。

「聖樹とは、文字通り聖なる樹《き》だ。聖なる者が現れた時、その力を得て花が咲くといわれている。

俺もこれほど満開の花をつけた聖樹は初めて見るな。レイカが現れた時には百年ぶりに蕾《つぼみ》を付けたが、花はまだ咲いていなかった。それから一月ほど蕾のままだったのに、レイカが去り、志貴が現れた途端に、一気に花が開いたんだ。これは、俺が思うに――」

ざあっと風が吹いた。

青い空に風に煽《あお》られた白い花びらが無数に舞い散る。

まるで風花のようだ。

ぼんやりと見惚れる志貴の耳に、「なんとめでたい。聖樹も白露様と花嫁様のご成婚を祝福しておられるぞ」と、誰かの声が聞こえてきた。

■3■

志貴は与えられた役目をどうにかやり遂げた。

領民たちの大歓迎の中、迎えたお披露目式は何事もなく無事に執り行われ、夜は近領から招いた来賓客を中心に、領主邸でパーティーが催された。

二度のお色直しをさせられた志貴は豪華な料理に手をつける暇もなく、終始白露と連れ添って挨拶回りに勤《いそ》しみ、最後はダンスまで踊らされた。

当然ながら、社交ダンスの経験は皆無である。こうなると見越して、前日から使用人たちに徹底的にステップを叩き込まれた上に、白露の的確なリードのおかげでどうにか恥をかかずに済んだのだった。

パーティーがお開きになり、客をすべて見送ると、志貴はどっと疲労感に襲われた。

「あー……もう無理。足が棒になって動かない。体もあちこち痛いし、笑いすぎて、顔が引き攣ったまままもとに戻らない」

全身くたくただ。無駄に装飾の多い重たいドレスと履き慣れないヒール。この姿で朝からずっと人前に出て、笑顔を取り繕ってきたのである。一気に緊張の糸が切れた。

「うぅ、眠い……わっ」

ふらふらと部屋に戻った途端、ヒールの爪先でドレスの裾を踏みつけた。危うく顔面から床にダイブしそうになったところを、がっしりとした腕に抱きとめられた。

「大丈夫か」

半分瞼《まぶた》が落ちた顔で見上げると、心配そうな顔をした白露と目が合った。

「眠そうだな」と、白露が苦笑する。

「すごく眠いです」

「今日は本当によく頑張ってくれた。礼を言うぞ、シキ」

優しく抱きしめられて、まるで子どもにそうするように頭を撫でられた。大人になってそんなことをされるのは初めてで、志貴は大いに戸惑う。眠気が一気に吹き飛んだ。園児以外とのスキンシップに慣れておらず、白露の腕の中で咄嗟に体を強張らせる。

これまでの志貴は、そのオメガの性のために他人との接触をできる限り避けて生きてきた。何か間違いが起きてからでは遅いからだ。しかし、第二の性が存在しないこちらの世界ではそんな心配をする必要はないのだと思うと、少し気が楽になった。

強張った体から自然と力が抜ける。疲労の蓄積した体を労《いた》わるように誰かに抱きしめてもらうのがこんなにも心地よいことなのだと、初めて知った。

疲れて重たいはずの体がふわふわする。再び眠気が戻ってきた。今にも手放してしまいそうな意識をどうにかつなぎ留めながら、志貴は白露の逞しい胸板に身を預けて言った。

「白露さんも、お疲れさまです。……俺、ちゃんとできてましたか？」

「ああ。美しい花嫁だと、皆から羨《うらや》ましがられた。ダンスも上手だったぞ。よく一日であそこまで覚えたな」

「屋敷のみんなが付きっきりで教えてくれて……何回か足を踏んじゃって、ごめんなさい」

「気にしなくていい」と、白露が笑う。ひどく優しい手つきで頭を撫でられて、その気持ちよさがくせになり、ますます白露に身を委ねてしまう。

「……上手くいって、よかった。これで、俺の花嫁役も終わりですね……」

志貴はきちんと約束を果たした。次は白露の番である。

もとの世界に戻れるよう、召喚師に取り計らってくれる約束だ。

「その約束だが」

うつらうつらする志貴の頭上で、白露が言った。

「悪いが、保留にさせてもらうかもしれない」

「……え？」

志貴は遠ざかる意識を寸前でつなぎとめた。パチッと目を開く。

「ええっと、すみません。たぶん聞き間違いだと思うんですけど、今、保留って聞こえた気がして……」

顔を上げると、間近で白露と目が合った。なぜか神妙な顔つきで頷く。

「聞き間違いではない。一旦、保留にさせてもらいたいと言ったんだ」

「ちょっ」一瞬で目が覚めて志貴は叫んだ。「ちょっと待って下さい。話が違うじゃないですか。俺、今日一日言われた通りに花嫁の代役を務めましたよ。そうしたら、もとの世界に戻してくれるって約束したじゃないですか」

「確かにそうなんだが、それがそうもいかなくなったんだ」

「は？　どういうことですか。俺はちゃんともとの世界に戻れるんですよね？」

たじろぐ白露に詰め寄ったそこへ、ドアをノックする音が鳴った。「入れ」白露の声を受けて、棗が部屋に入ってくる。

「たった今、先生から検査報告が届きました。シキさまのお体は『M1－AAA型』と判明。つまり、子を産む能力が十分に備わっており、花嫁として申し分ない資質に恵まれた体だとのことです」

「やはりそうか」

白露が目を輝かせた。棗が淡々と続ける。

「更に、召喚師様からも言伝《ことづて》が届いております。先ほど、新たな神託を授かったそうです。シキ様は、前花嫁候補よりも『漆黒の聖なる乙女』として高い素質が認められ、まさに白露様の花嫁に相応しいお相手だということです。満開の聖樹は、『漆黒の花嫁』の加護によるものであり、よってこれより、シキ様が白露様の正式な花嫁となり、ツガイとなることが認められました」

「やはりそうだったか！」

白露が声高らかに叫んだ。

「神託がくだされたということは、もうこれは間違いない。シキ、お前が俺の本当の『漆黒の花嫁』なんだ」

志貴はぽかんとなった。白露が何を言っているのかさっぱりわからない。

すでに目が冴えていたが、おかしな夢を見ているような気分だった。首を傾げて立ち尽くす志貴の両肩を白露が力強く摑む。「シキ！」興奮を抑えきれないといった風に、志貴の体を前後に揺さぶりながら言った。

「俺は初めてシキと出会ったあの瞬間、まるで雷に打たれたかのような衝撃が全身を駆け抜けたのを覚えている。あんなことはレイカの時にはなかった、初めての経験だった。自分の体に何が起きたのだろうと不思議だったが、今理解したぞ。あれこそがきっと、シキが本当の運命の相手だという、神の啓示だったに違いない。この呪われた体が、『漆黒の花嫁』と引き合って反応したんだ」

そんなバカな。啞然《あぜん》とする志貴とは対照的に白露はなおも興奮状態で詰め寄ってくる。

「シキも何か感じなかったか？　俺と出会った、あの瞬間に」

「……お、俺は……」

確かに、志貴も初対面の白露の手に触れた瞬間、何か熱い痺れのようなものが体を駆け抜けたのを思い出す。単なる静電気だと思っていたが違うのだろうか。

ふいに白露がその場に跪いた。

流れるような自然な仕草で志貴の手を取る。

強烈な既視感。一連の行動が正確にインプットされた寸分違《たが》わぬ動きは、まるで精密機械だ。

白露は今回もうやうやしげに志貴の手の甲にそっとくちづけた。

そうして、眩しいものでも見るような眼差《まなざ》しで志貴を見上げると、こう言ったのである。

「シキ、私の花嫁になってくれ。どうか私と共に魔女の呪いからこの領地を救ってほしい」


この国で三本の指に入る上級召喚師から届いた新たな神託は邸内を騒然とさせた。

それを受けて白露が志貴に正式に求婚をしたことも、すべての使用人たちに知れ渡っていた。

話の展開に頭がついていかず、気絶したように眠ってしまった志貴が翌朝目覚めると、肩書きが勝手に『花嫁代理』から『新・漆黒の花嫁』に昇格していたのだった。

「おめでとうございます、シキ様」「白露様の求婚を受けられたのですね」「シキ様が正式に白露様とツガイになられると聞いて、我々がどれほど嬉しいか！」

使用人たちから口々に声をかけられて、志貴は一種の恐怖を覚えた。

『ツガイ』と、耳障りなその言葉が彼らの口から飛び出した時には、一瞬ドキッとした。しかし、こちらで言う『ツガイ』は、むこうの世界の『番』とはまったく意味が異なる。バース性でいう『番』とはアルファとオメガの間にのみ発生する特別なパートナー契約のことであり、発情期のオメガとの性交中にアルファがオメガのうなじを噛むことによって成立する。一方、こちらの世界の『ツガイ』は単に夫婦のことを指す。

とはいえ、志貴は白露の花嫁になるとは、一言も言っていない。

なのに、使用人たちはすでに白露と志貴が婚姻関係を結んだかのような盛り上がりだ。

それほど、こちらの世界では召喚師の言葉が絶対的な力を持つ。

召喚師というのは、唯一神の御告げを授かることのできる特別な存在であり、白露のように獣人ヒエラルキー上位の種族が権力を持つのとはまた違い、召喚師はその存在自体が別格として人々から崇《あが》められるのだ。

更に驚いたことに、志貴は身に覚えのない医師の診察を受けていた。

三日前に屋敷に連れてこられた際、白露が医師を呼びつけ気を失っていた志貴を勝手に診察させたというのだ。いくつかの特殊な検査を知らないうちに受けさせられていたのである。

その結果、志貴が男性でも妊娠可能な体質——オメガ性の人間だとばれたというわけだ。

獣人は女性のみが妊娠するが、第二の性のある人間は男性でも出産可能な者がいることを、獣人の中にも知る者が一定数いるらしい。

ところが後からわかったことだが、レイカの召喚が行われた時にはいくつかの手違いが発生していた。吉日のその日、国内の各地で様々な召喚術が行われたために伝達ミスが起こり、『漆黒の花嫁』の条件を女性に限定して召喚したのだ。

もし、条件から第一の性である男女の区別をはずしていたら、最優先に召喚されていたのは志貴だっただろう――と、最新の神託を授かった上級召喚師は断言したという。彼曰く、志貴と白露の相性は次元を超えた唯一無二のもので、これ以上ない最高のツガイになるのは間違いないそうだ。魔女の呪いを解くことができるのは志貴以外にいない、と。

かつて白露に呪いをかけた魔女は、呪いを解く方法をこう告げた。

――漆黒の聖なる乙女を花嫁として迎え、子をなすがいい。さすれば呪いは解け、国は滅びるどころかますます繁栄するだろう。お前も生き永らえる。

花嫁になるとはつまり、白露とそういう関係になるということだ。

冗談じゃないと志貴は思った。そんな申し出を受け入れるつもりは毛頭ない。

当初の話とまるで違うではないか。志貴はお披露目式だけという条件で、花嫁の代役を引き受けたのだ。その見返りとして、白露が召喚師に志貴をもとの世界に戻してもらえるよう話をつけてくれるはずだった。

それがどうしてこんなややこしいことになっているのだ。大体、魔女の呪いを解くためには『漆黒の花嫁』との子をなせばいいだなんて、まったくもって失礼な話である。オメガの自分が子を産むための道具のように扱われているみたいで、不愉快極まりなかった。

とはいえ、白露も民と領地の未来と自分の命がかかっている。

とにかく一度、白露ときちんと話がしたい。

昨夜は白露一人が先走って、志貴はなんのことだかまったく話が見えていなかった。気がついたら屋敷の中はすっかり祝福ムードに包まれていて、志貴は今、混乱の最中にいる。

白露を捜して彷徨っていると、ちょうど顔見知りの侍女と出くわした。

「あの、白露さんを見かけてませんか？　さっきから捜してるんだけど、見つからなくて」

侍女は「あら」と、意味深に微笑んで言った。

「白露様なら、朝早くに出かけられましたよ。心配されなくても、夜にはちゃんとお戻りになられますから」

「えっ、夜まで戻らないんですか」

「あら、寂しいですか。でも、白露様もいろいろと準備がありますからね。なにせ、今夜は満月ですもの」

「満月？」

志貴は首を傾げた。

「満月だと何かあるんですか？　俺、すぐにも話したいことがあるんですけど」

「あらやだ」

侍女がうふふと笑った。「満月の夜は子をなすのに絶好なんですよ。この時が一番、獣人は性フェロモンが高まるんです。人間の体にも少なからず影響を与えるそうなので、聖なる乙女に関する儀式は満月の力を借りるのがよいとされています。こちらでは、昔から結婚式は満月の前日、それから夜通し宴が行われて、翌日、満月の夜に初夜を迎えるのが一般的な流れですからね。今回のお披露目式も、満月に合わせて予定が組まれていたんです。花嫁の代役なら今夜の満月も関係のないものになっていたのでしょうけれど、もうそんなことはないですものね。今夜はきっと、お二人にとって最高の初夜になりますよ」

「――しょっ、初夜!?」

志貴は目を丸くして声を引っくり返した。侍女が「はい」と嬉しそうに頷く。

まずい。志貴は焦った。昨夜の白露の異常な興奮ぶりが脳裏を過《よ》ぎった。何をしているのか知らないが、侍女の話だと白露が今留守にしているのは今夜の準備のためだという。このままだと強制的に白露と同衾《どうきん》させられてしまう。

ぞっとした。

狼狽《ろうばい》をあらわにする志貴とは対照的に、侍女が涙ぐみながら「シキ様」と言った。

「本当に……本当によかったですね。もし、シキ様が何もなかったかのようにあちらの世界に戻られてしまわれたら、私はシキ様が不憫《ふびん》でなりませんでした。もとの世界に戻ったとしても、シキ様のお心はこちらに取り残されたまま、さぞお辛《つら》い思いをされていただろうと想像してしまうと不憫で不憫で……」

「いや、なんの話をしてるのかさっぱり読めないんだけど。それより、白露さんが今どこにいるのか教えてくれませんか」

「そんなに慌てなくても、夜には戻ってこられますよ」

「夜だと困るんですよ。今すぐ話がしたくて……」

志貴の声を掻き消すほどの大声で侍女が「ああっ」と叫んだ。

「シキ様、こんなところでのんびりしている暇はありませんよ。体の隅々までピカピカに磨き上げて、白露様を驚かせましょう。任せてください、我々も今夜のために精一杯努めさせていただきますからね。さあさあ、時間がありませんよ。夜までにやることが山ほどあるんですから」

「え、ちょ、ちょっと」

「急いでください。まずは浴場へ行きますよ」

強引に背中を押されて、志貴は慌てる。すぐに志貴を捜していた別の侍女たちが次々と加わって、志貴は引き摺られるようにして、浴場へ連行された。


「白露様がじきに戻られると、先ほど従者から連絡がありました。満月の力を最大限に発揮するため、清めの儀式を行っておられるそうです。それまでお茶を召し上がっておくつろぎ下さいませ」

侍女が甘い香りのするハーブティーのカップをテーブルに置いた。「クッキーもどうぞ」と皿を置く。

志貴の膝の上に当たり前のように座っている子狼に勧めると、嬉しそうに手を伸ばした。

ノックする音が聞こえた。

別の侍女が戸口で手招きしている。雪月にミルクを渡した侍女が、「少し外します。雪月様とごゆっくりしていらしてください」と、一礼して部屋を出ていった。

お披露目式の時と同様、たっぷり時間を使って体の隅々まで磨き上げられた志貴は、上等な絹で織られた丈の長い上着を羽織らされていた。上着を脱ぐと、透け感のある薄いシャツとショーツを申し訳程度に身につけているだけで、ほぼ裸のようなものである。入念にマッサージまで施されて、つるつるもちもちになった肌に変な汗が滲む。

志貴は俄に緊張してきた。

大変困ったことになった。

いつの間にか使用人たちに取り囲まれて、あれよあれよというちにこの有様だ。

白露も身を清めている最中だという。白露も使用人たちも、もうすっかり初夜の準備万端だ。

そんな状況で志貴のこの気合いの入った格好を白露が目にしたら、勘違いするに決まっている。

「まずい。ここにいたら、非常にまずい」

志貴は焦っていた。前肢で器用にコップを傾けながらミルクを飲んでいた雪月が、びくっと振り返った。ぶつぶつと呟いた独り言が聞こえたのだろう。くるんとした円い目で見上げてくる。

「……ごめん、雪月」

志貴は膝から雪月を抱き上げると、隣の椅子に座らせた。

「白露さんはいい人なんだと思うよ。でも、俺はまだ出会ってたったの三日だし、あの人のことを何も知らない。それに、やっぱり俺は好きでもない人と結婚はできないよ。無理だ」

『くうん？』

雪月が不安そうに小首を傾げる。志貴はもふもふの白い頭を撫でた。

椅子から立ち上がり、ワゴンの上のピッチャーから、雪月のコップにミルクを注ぎ足す。皿からクッキーを二枚取って、雪月に持たせてやった。

嬉しそうに目を輝かせた雪月がクッキーとミルクに夢中になっている隙に、志貴は急いで部屋の奥に移動した。寝室のベッドからシーツを引き抜き、チェストの引き出しに入っていた鋏《はさみ》で裁断する。それぞれを結び合わせて即席のロープを作り上げた。漫画などでよく見かける脱出方法だが、上手くいくだろうか。

窓を開けると、外はもうすっかり夜の帳《とばり》が下りていた。

バルコニーに出てシーツの端を手すりにしっかりと固定する。手すりの隙間から残りを下に垂らした。ここは二階だ。二階と言ってもこの屋敷は天井が高いので、志貴が住んでいたアパートの三階くらいの高さがある。何度か外から屋敷を見る機会があったので、大体の構造が頭に入っていた。このすぐ下の部屋はカーテンが閉まっていて、使われていないようだ。今も身を乗り出して覗いてみたが、明かりはついていなかった。

志貴は一旦部屋に戻り、クローゼットを開けた。侍女が洗濯してしまっておいてくれた私服に着替える。スニーカーも履き、リュックを引っ張り出した。

ころんと、リュックの開いた口から何かが飛び出して床に転がった。

なんだろうか。志貴は急いでそれを拾い上げると、つるんとした赤いガラス玉だった。片方の手の中に握り込めるほどの小さなもので、卵形に近い楕円形をしている。見覚えのないものだった。おもちゃだろうか。リュックは仕事用に使っていたものだったから、園児がこっそり持ち込んだおもちゃが混ざってしまったのかもしれない。

隣の部屋からカタンと物音がした。志貴はガラス玉をリュックに放り込むと、急いで背負った。

ベッドの上に白露に宛てた簡単な書き置きを残す。世話になった礼と求婚を断る主旨のものだ。

そっと隣の部屋の様子を窺《うかが》うと、ミルクを飲む雪月の後ろ姿が見えた。おやつに夢中で志貴が姿を消したことに気づいていないようだ。志貴はこっそり息をつき、「じゃあね、元気でね」と小さな背中に向けて呟いた。

戻って、再びバルコニーに出る。

手すりを乗り越え、シーツを伝って慎重に下りた。

腕と足の筋肉をかなり使ったが、地面に足がついてほっとした。

志貴はすぐさま走り、広い敷地内にある雑木林に身を隠した。

レイカの件があったのに、見張りがいないのは幸いだった。邸内には廊下に使用人が待機していたが、さすがに窓の外までは誰もいない。

志貴が白露の求婚を受け入れ、晴れて正式なツガイになったものと、誰もが信じて疑わない状況がかえって助かった。

暗い林の中を月明かりを頼りに走る。

やがて背の高い塀が現れた。志貴は得意の木登りの要領で傍の木によじ登ると、枝から塀に飛び移った。施設時代に、上の子たちに習って高い木や塀を登って遊んでいたのがこんなところで何度も役に立つとは思わなかった。難なく屋敷の外に脱出する。

領主邸は小高い丘にあった。整備された馬車道が通り、丘を下った先には森が広がっていて、森を抜けるとお披露目のパレードを行った中心街に入る。

ひとまず森の中に隠れて夜を明かそう。

日が昇ったら、街へ向かう。もとの世界に戻る手がかりを探すのだ。レイカに術が使えたのだから、同じ聖なる乙女として召喚された志貴にだって、十分その素質はあるはずだ。

真っ暗な森の中を歩いていると、ふいにどこからか水音が聞こえてきた。

志貴はびくっと歩みを止めた。

息を殺し、耳を欹《そばだ》てる。

しんと静まり返った辺りに、ピチャン、ピチャンと水の滴《したた》り落ちる音が響いている。

志貴は周囲を見回しながら、音の聞こえる方へと慎重に歩みを進めた。

まもなくして、鬱蒼とした木々の波が途切れる。夜にもかかわらず、そこだけ昼間のような明るさの場所に出た。

池だ。

木々に囲まれた透明度の高い水面に月光が反射して、眩しいほどキラキラと神秘的な光を放っているのだった。池の水は中央に向けて濃いグラデーションを描き、深く澄んだ青色は夜を吸い込んだみたいだ。まるで一枚の美しい絵画を見ているような気分になり、志貴は思わず息をのんだ。

水面に大きな蓮《はす》の葉が浮かぶ、その真ん中に誰かが立っている。

全裸の男が水浴びをしていた。

両手に掬《すく》い取った水を満月の光にかざし、その水を自らにかける。

長身の鍛え上げた屈強な体に珠《たま》のような水滴が飛び散った。そうして男はしばし頭上を仰ぎ、静かに月光を浴びる。なめした革のような艶めいた肌から水が滴り、ピチャン、ピチャンと水面を打つ音が静寂の中に響き渡った。樹の隙間から白い月の光が幾重にも重なって太い帯のように差し込み、たった一人の男に注がれる。筋肉の甘美な陰影がくっきりと浮き出る様は思わず溜め息が漏れるほど完璧で、志貴にギリシャ彫刻を思い出させた。

男の頭部には白銀に光り輝く獣の耳があった。引き締まった尻からは同じく白銀のふさふさとした狼の尻尾が生えている。

白露だった。

まさかこんなところで彼と鉢合わせるとは思わなかった。

幸い、彼は志貴がここにいることに気づいていないようだ。今ならまだ逃げられる。

そう頭では思うのに、どういうわけか体が動かなかった。

満月の光を全身に浴びながら清めの儀式を行う白露は神々しくすらあり、圧倒的なオーラにあてられて、志貴の心臓は異常なほど高鳴っていた。

パシャッと、白露が池の水を自らにかける。

張りのある肌に弾《はじ》かれた水滴が、月光を浴びてキラキラと光り輝く。まるで白露自身が眩《まばゆ》い宝石を生み出しているかのようだ。彼の体に巻きつく忌々しい痣ですらそれも含めて一つのアートのようで、ため息が出るほどに美しい。

神秘的な光景に目を奪われながら、志貴はごくりと喉を鳴らした。

先ほどから異常な喉の渇きを覚える。水音に呼応してだんだん酷くなっていくようだ。

白露の裸体を盗み見る傍から急速に志貴の体は火照《ほて》り出し、さすがに自分でもおかしいと気づく。

まさか、ヒート――？

いや、そんなはずがない。志貴は浅い呼吸を繰り返しながら、自分に言い聞かせるようにかぶりを振った。

前回のヒートがきたのが先月の終わり頃。それからまだ一月も経っていない。志貴のヒート周期は三月に一度とほぼ安定している。ストレスなどで多少は前後するものの、さすがにこれだけ短い周期で迎えたことはなかった。

だが、この体の火照りと喉の渇きはやはり異常だ。症状はヒートの時と似ていて、どうしようもない体の昂《たかぶ》りに耐えられなくなった志貴はその場に頽《くずお》れた。

「な、んで……」

どくどくと心臓の脈打つ音が聞こえる。全身の血が滾《たぎ》ったように熱く、もどかしい。

恐る恐る股間に手を伸ばして愕然《がくぜん》とした。硬く張り詰めた自身は明らかに発情していた。体の疼《うず》きはますますひどくなる一方だ。

志貴は朦朧《もうろう》とした頭で、半ば無意識にジーンズの前立てをくつろげた。すぐ傍の幹に背を預ける。股間に触れようとしたその時、「そこにいるのは誰だ」と、低い声が聞こえた。

瞬時に我に返った。ほぼ同時に乱暴に草を掻き分ける音がして、頭上に影が差す。顔を撥《は》ね上げた志貴はみるみるうちに血の気が引くのがわかった。

「シキ……？」

ぽたぽたと水を滴らせながら、白露が険しい顔で志貴を見下ろしていた。

ところがそこにいるのが志貴だとわかると、数度瞬《しばたた》き、戸惑うような表情を浮かべた。

「どうした。なぜお前がこんなところにいる？　まさか一人でここまで来たのか」

辺りを見回し、他に誰の気配もないことに白露が不審を募らせる。

「つ」志貴は慌てて言った。「月が綺麗だったから、その、そう、散歩をしてたんだ」

「散歩？」白露が訝《いぶか》しげに問いかけてきた。「こんなところまで？」

志貴は言葉に詰まった。

ここは屋敷の敷地外の森の中だ。

使用人たちの目を盗んで屋敷を抜け出し、塀を乗り越えて逃げてきたとは言えなかった。白露から逃れるためのはずが、結局、本人に出くわしてしまった。何かいい言い訳がないかと必死に考えるが、熱っぽい頭は朦朧として何も浮かばない。

気まずい沈黙が横たわる。

「おい」と、じれたような低い声が降ってきた。

志貴はびくっと体を強張らせた。白露が水滴を撒き散らしながら草を踏み分け歩み寄ってくる。

次の瞬間、志貴の背中をびりっと熱い痺れのようなものが駆け抜けた。

一旦治まったはずの熱が一気にぶり返し、再び体の疼きが蘇ってくる。白露との距離が縮まるにつれて、疼きが大きくなっていく。

「シキ？」跪いた白露が怪訝そうに志貴の顔を覗いて言った。「おい、どうした」

視線を搦い取られるようにして見つめられた途端、理性が焼き切れそうになった。まるで突発的にヒート状態に陥った感覚だった。時にオメガの体は、魅力的なアルファのフェロモンにあてられて、強制的にヒートが起こってしまうことがある。だが、この世界にアルファは存在しないはずだ。獣人の白露を前にして、どうして自分の体がこんな反応を示すのか志貴はわけがわからなかった。ただ、どうしようもなく体が熱く、自制が利かない。目は潤《うる》み、半開きの口からは熱っぽい吐息がいくつもこぼれ落ちる。

白露が目を細めた。ふっと唇を引き上げる。

「あまりそんな目で見てくれるな。まだ清めの最中だというのに、我慢できなくなる」

顎を軽く摑まれて上を向かされる。次の瞬間、唇をきつく塞がれた。

「……んぅっ……」

歯列を割って、肉厚の舌が入ってくる。縦横無尽に口腔《こうこう》をまさぐられて、志貴はすぐに何も考えられなくなった。

次第に息苦しさを気持ちよさが上回り、白露の巧みな舌使いに翻弄されながらも志貴は懸命に動きを合わせる。体の奥から噴き出すかの如く湧いてくるもどかしい熱をどうにかしたくて、貪《むさぼ》るように舌を絡め合う。

濃密な口づけを交わしながら、白露の手がふいに志貴の下肢に触れた。

「あ……っ」

甘美な痺れに志貴は体をひくつかせた。耳もとで白露が囁く。「散歩と言いつつ、本当は待ちきれなくてここまで俺を迎えに来てくれたんじゃないのか？　侍女たちが言っていた。シキもこのたびの新たな神託を喜んでいたと。さっそくその気になってくれて嬉しいよ」

「ふ……」

耳に吐息がかかるだけで全身を甘い痺れが駆け巡る。すでに前立てをくつろげていた股間は痛いほどに硬く張り詰めていた。そこを揶揄うみたいに大きな手のひらで下着ごと優しく包み込まれると、鼻から甘ったるい声が抜けた。

白露がチュッと志貴の頬にキスを落として、言った。

「シキ、俺を受け入れてくれたことを感謝する。不自由のないよう全力で尽くすから、安心して俺の子を産んでくれ」

その瞬間、手放しかけていた思考にさざ波が立った。突然冷や水を浴びたかのように熱が引き、遠ざかっていた理性が舞い戻ってくる。すうっと正気に戻るのが自分でもわかった。

何をしているんだ、俺は——。

白露とそういう関係になりたくないから、屋敷を逃げ出したのではなかったのか。

それなのに抗えない情動に任せて白露とキスを交わし、更にその先まで自ら白露を求めてしまうところだった。己の矛盾する言動に茫然となった。

「シキ……」

白露が甘い声を聞かせてゆっくりと覆い被さってきた。

息を弾ませ、幹にぐったりと寄りかかっていた志貴の腰にがっしりとした腕が絡みつく。力強く抱き寄せられたかと思うと、そのまま地面に押し倒された。

組み敷いた志貴の上に、白露が乗り上げてくる。

「――やっ」志貴は焦った。「待っ……んんっ」

だが抵抗する体はびくともせず、再びやすやすと唇を塞がれてしまう。すぐに舌を差し入れられて、口内を荒々しく蹂躙《じゅうりん》された。もがく志貴の体をひやりとした大きな手のひらが無遠慮にまさぐる。快感を煽るような艶《なまめ》かしい手つきに志貴は涙を浮かべて身悶えた。

「ん……んぅ、ふっ……」

短い息継ぎの合間に白露と目が合った。濃い欲望の色を宿した琥珀色の瞳にぞくりと全身が震える。

白露は本気で志貴を抱くつもりだ。

咄嗟に志貴の全細胞が強い拒絶を示した。白露のことが嫌いなわけじゃない。だが、自分は彼とそういうことはできない。ましてや、好きでもない相手の子を産むなんて、志貴には恐怖でしかなかった。

脇腹をまさぐっていた白露の手が下着にかかった。

志貴はびくっと腰を撥ね上げた。気づくと、白露の唇に思い切り歯を立てていた。

「――っ」

唐突にくちづけが解かれた。ぱっと顔を上げた白露が、驚いた顔で志貴を見下ろす。月明かり

に照らされた彼の口もとに、じわりと赤い血が滲むのが涙越しにも見て取れた。

沈黙が降り落ちる。

自分のひどく乱れた息遣いを聞きながら、志貴は涙声で訴えた。

「……す、すみません。やっぱり無理です。俺はあなたの花嫁にはなれない。召喚師さんにお願いして、別の花嫁を召喚して下さい」

嗚咽《おえつ》を漏らす志貴の頭上で、白露が息をのんだのがわかった。

静寂の中、志貴のすすり泣く声だけが響き渡る。

「なぜだ」

必死に感情を押し殺したような、低い声が言った。

「やはりお前も、この呪われた体を前にして気味が悪くなったか」

険しい顔の白露が、痣がくっきりと浮いた胸元に自らの爪《つめ》を立てた。

志貴は喉を引くつかせながら、首を横に振って返した。

「そ、その痣は、白露さんが命がけで大切な人たちを守った証《あか》しでしょう。そっ、そんな、すごいものを、気味悪く思うわけがないじゃないですか……っ。む、むしろ、尊敬していますよ。さっきも、水浴びをしている姿がすごく綺麗で、見惚れてしまったし……っ」

その瞬間、白露が虚をつかれたかのように目を瞠った。戸惑いがちに再度問うてくる。

「だったら、なぜなんだ。ついさきほどまで、俺を受け入れるような素振りを見せていたじゃないか。だというのに、急に、突き放すようなことを言われても……」

弱ったふうに声が揺れる。

それは間違いなく志貴に非がある。白露に勘違いされても仕方ない行動をとってしまった。だが、自分でもどうしてあんなにも急激に体が熱くなり、誰かを求めてしまいたくなる衝動が込み上げてきたのかわからないのだ。白露の裸体を見て、不覚にも擬似ヒートのような症状が起こってしまったとしか言いようがなかった。

しかし、即物的な体の反応に反して、心が拒絶するのは止められなかった。同時に幸せな恋愛や結婚を諦めていたはずの自分が、本音ではそれらに強く憧れ、羨望していることに気づかされてしまった。

志貴はみっともなく泣きじゃくって言った。

「俺は、好きでもない人と結婚はできないし、こういうこともしたくないんです。もし、いつか子どもを産むことがあるのなら、その時はちゃんと順序を踏んで、大好きな人と心から愛し合って、その先につなげたい……っ」

再び沈黙が横たわった。

静かな森の中に志貴の嗚咽だけがしばらく響いていた。

ふいに抑揚の欠けた低い声が呟いた。

「そんなに愛とは大事なものか」

「……？」

志貴はしゃくり上げながら顔を覆っていた両手を外した。涙でぐしゃぐしゃになった視界に白露の顔を捉える。涙を拭うと、見下ろしてくる白露と目が合った。白露の琥珀色の瞳が一瞬、寂しげに揺らいだ気がした。

「わかった」

そう言うと、白露は組み敷いていた志貴の上から素早く体を退けた。

「無理強いをして悪かった。侍女たちの言葉を鵜呑《うの》みにして、てっきりシキも漆黒の花嫁の宿命を受け入れ、覚悟を決めてくれたものだとばかり浮かれていた。シキの気持ちをないがしろにするつもりはなかったんだ。だからもう泣くな。これ以上はお前が怖がることはしないと約束する。こんなにも……泣かれるほど嫌われているとは、思わなかった」

ふっと力なく笑んだ表情が奇妙に歪んだ。無理に笑おうとして失敗したようだった。

白露がそっと手を伸ばした。反射でびくっと志貴は全身を強張らせる。気づいた白露が咄嗟に手を止めた。空中でぎゅっと手を握り締め、すぐに引く。悲しげに眇《すが》めた目が、不自然に志貴から逸らされた。

そこで、遅れ馳《ば》せながら志貴も気がついた。おそらく白露は涙に濡《ぬ》れた志貴の頬を指で拭ってくれようとしたのだろう。志貴の露骨な反応は白露を傷つけたに違いない。

志貴は慌てて顔を拭うと、急いで上半身を起こした。

「き、嫌っているわけじゃないんです」

目の合わない白露に向けて言った。

「白露さんはいい人だし、みんなから慕われているのも知っています。俺にもいろいろとよくしてくれて、本当に感謝しているんです。ただ、結婚とか初夜とか、展開が急すぎて、全然気持ちが追いつかないままどんどん話が進んでいくから、パニックになってしまって――。じ、実は、俺が今ここにいるのも、散歩なんかじゃありません。黙って屋敷から逃げてきたんです。この先のことを想像して、ここにいるのが怖くなったから」

はっとこちらを向いた白露の顔は驚きに満ちていた。

「白露さんのことは人として好ましいと思います。でも、結婚相手として好きかどうかと言われると、また別なんです。まだ出会って間もない、どういう人なのか何も知らない相手と結婚して子どもを産むなんて、やっぱり俺には考えられません。こちらの世界の結婚事情がどういうものなのかはわからないけど、俺自身はさっきも言ったとおり、結婚するなら自分が心から好きになった相手と望んでそうなりたい。その考えはこの先も変わらないから……」

「では、俺のことを嫌っているわけではないんだな」

「え？」

唐突な切り返しに、志貴は思わず押し黙った。

じっと見つめてくる白露から無言の圧を感じる。

「そ、それは、その……もちろん、嫌いじゃないですけど……」

おずおずと答えると、白露が硬い表情をふっと緩めた。

「そうか。それならよかった。では、俺にもまだチャンスはあるということだ」

「チャンス？」

「シキは、俺という獣人がどういう者なのか何も知らないから、結婚も子をなすことも考えられないのだと言ったな」

確認するように問われて、志貴は戸惑いながらも頷いた。「はい」

「それなら、俺のことをもっとよく知ってもらえればいい。その上で、改めて求婚の返事をくれないか」

志貴は目をパチパチと瞬かせた。白露が真剣な面持ちで続けた。

「代わりの花嫁などいない。シキが俺の花嫁なんだ。神託も下り、誰もがそうと認めている。この機会を逃せばもう次はいつ現れるかわからない。その頃に俺が生きているかどうかもわからないしな。だから、俺は決めたぞ。全力でシキを口説く。求婚は後日改めて仕切り直すこととし、今度こそ必ずお前を笑顔で頷かせてみせよう」

「……え？」

思わず訊き返した志貴に、白露は意気揚々と言った。

「期限は一月半後、次の満月まで。俺はお前に好いてもらえるよう精一杯努力する。もちろん、シキの嫌がることは一切しないと約束する。その上で、シキには俺のことをもっと知ってほしい」

吸い込まれそうな瞳に熱っぽく見つめられて、不覚にも胸が高鳴った。

「だが万が一、期限までにシキの気持ちが変わることがなければ、その時はきっぱり諦めるつもりだ。残念だが縁がなかったということで、お前がもとの世界に戻れるよう尽力しよう」

「本当ですか？」

咄嗟に訊き返すと、白露は「ああ」と頷いた。

「反対する者が多数だろうが、そこは俺が責任をもって説得する。この約束は神に誓って必ず守る。その代わりシキも約束してくれ。その間はもう黙って俺の前からいなくなろうとしないと」

少し考えて、志貴は頷いた。

「……わかりました」

「よし、取引成立だ」

白露がようやくほっとしたように微笑んだ。

■4■

次の満月まで、あと一月半。

それまでに志貴の意思が変わらなければ、すなわち白露の求婚をやはり受け入れることができないと志貴が判断したならば、その時は今度こそ必ず志貴をもとの世界へ送り戻す。白露は神に誓ってそう約束した。

自ら期限を決めて宣言したのだから、その言葉に嘘はないだろう。

志貴も正直な話、衝動的に屋敷を飛び出したはいいものの、それから先のことは何も考えていなかった。右も左もわからない異世界で、どうやって一人生き延びていけばいいのかわからない。そもそも志貴はレイカのように魔術が操れるわけではなく、もとの世界に戻るすべを手に入れたわけでもない。まったくの無計画だ。

無鉄砲に動き回るよりも、白露の提案をのんだ上で時期を待って、安全かつ確実にむこうの世界に戻れるのなら、それに越したことはなかった。

白露には申し訳ないが、この先も志貴の気持ちが変わることはない。漆黒の花嫁とやらになるつもりはないし、このまま残りの一月半をつつがなく過ごすことに決めた。

そんなわけで、志貴は花嫁のふりをもうしばらく続けることになった。

白露と取り交わした契約は、二人だけの秘密である。

表向きは領主夫人の肩書きを渋々受け入れ、おかげで屋敷の使用人たちはすっかり志貴を奥様扱いし、偽者にはもったいないほどの好待遇を受けていた。

四日前、志貴が屋敷から脱走したことがばれた邸内は、阿鼻叫喚の嵐だったという。

最初に志貴の姿が消えたことに気づいたのは雪月で、彼も一緒になって屋敷中を捜しまわったそうだ。それからしばらくして、志貴が白露と共に戻ってくると、多くの使用人が泣き崩れた。

子狼の雪月は転がるようにかけてきて、志貴に飛びつき大泣きしていた。そんな珍しくも感情を露《あら》わにする弟を見やり、白露だけが一人、別の意味で感動していたのだが、志貴は迷惑をかけた彼らにただただ申し訳なく、大いに反省したのだった。

白露と連れ添って帰宅したことで、その夜二人は無事に初夜を迎えたのだと、すべての使用人が思ったことだろう。中にはすでに二人が子を授かったものと喜び、浮かれている者もいる。

しかし、そんなわけがないのだ。

一緒のベッドで眠ったのはそう彼らに見せかけるために仕方なかったとはいえ、実際に志貴の隣で寝ていたのは、人ではなく狼姿の白露だったからだ。

――この姿では何もできないから安心しろ。これでもまだ心配だというなら、脚を縛っても構わない。

白露は嫌がることは一切しないと約束したとおり、志貴に指一本触れることはなかった。

更に志貴を怖がらせたくないから床で寝ると言い出して、さすがに屋敷の主にそこまでさせるわけにはいかず、志貴の方からベッドに入るようお願いしたのである。

白露の伴侶だと周りに思わせる必要がある以上、それらしく振る舞わなければならない。

多忙な白露とは違い、志貴にできることといえば施設生活と一人暮らしで身についた家事ぐらいである。掃除は割と得意だ。

しかし、ハタキを持って棚の埃《ほこり》を払っていただけで、侍女が血相を変えて飛んできた。

「シキ様！　おやめください。そんなことは我々の仕事です。シキ様はあちらでお茶でも飲んでいてください」

「もうお茶はいらないよ。自分の部屋の掃除ぐらいは自分でやるから」

「何を仰《おっしゃ》っているんですか。それよりも、シキ様はご自身のお体のことだけを考えてくださいませ。何か変わったことはございませんか？」

「変わったこと？」

「ほら、腹が張っているとか、気分がすぐれないとか。お子を授かると、少なからず体調に変化が生じますから」

うっと言葉を詰まらせる。

「あ――、その話……」

動揺を隠せず、思わず目が泳ぐ。そんな志貴の心中など知りもせず、侍女はうきうきした様子で「楽しみですねえ」と、声を弾ませた。

漆黒の花嫁が現れ、盛大なお披露目式も行われたことで、領民たちはすっかり安心して浮かれているのだと、白露も言っていた。

外を歩けば顔を合わせた民から次々に祝福の言葉をかけられる。そうして決まって彼らが口にするのが、二人の子はいつ生まれるのかということだった。

魔女の呪いを解くには、二人の間に子が生まれる必要がある。

領民たちはその日が来るのを心待ちにしているのだ。

しかし、期待する彼らには申し訳ないがそんな日が来ることはないだろう。一月半後に志貴はこの世界から姿を消し、呪いは解けることなく、民も白露も危機に晒され続けることになる。

同情心がまったくないと言ったら嘘になる。

白露の英雄譚は本当に素晴らしいと思うし、一刻も早く呪いから解放されればいいと願うのだけれど、そこに志貴との結婚出産云々が絡んでくると複雑だった。

恋愛経験が皆無に等しい志貴に、いきなりその状況はハードルが高すぎる。恋愛をすっ飛ばしての政略結婚を、そう簡単には受け入れられない。

白露も、志貴のことが好きで愛情があるから求婚したわけではないのだ。

呪いを解くために、領主としてこの結婚が最善だと判断したからこそ、志貴と取引したのである。

だが、白露は本当にそれでいいのだろうか。

切羽詰まった現状に雁字搦《がんじがら》めになっているのはわかる。だとしても、これまで存在すら知らなかった異世界人と、この先の一生を添い遂げることを神に誓えるのだろうか。

——そんなに愛とは大事なものか。

ふいに白露の言葉が脳裏に蘇った。

怪訝そうに顔を顰《しか》める様子は、愛する相手と結ばれたいという志貴の考え方が理解できないといったふうにとれた。白露は完全に割り切っているのだろうか。民を思う領主としては立派だが、それでは彼自身の感情はどうなってしまうのだろう。

侍女に掃除道具を取り上げられてしまい、手持ち無沙汰《ぶさた》になった志貴は庭を散歩することにした。手入れの行き届いた広い庭園を探索しながら、何とはなしに白露のことを考える。

志貴と白露の寝室は一緒である。かりそめの初夜から毎晩同じベッドで眠っているが、白露は毎回狼姿に変化してからベッドに入るのが決まりだった。

——お前が嫌がることはしないし、こちらも嫌われたくはない。

口ではそう言いながらも、痺れを切らした彼の気がいつ変わるかわからない。

志貴は念のため、リュックに入れてあった抑制剤を飲み続けているが、獣人相手にオメガのフェロモンが影響を及ぼすかは不明だった。そもそもフェロモンなど関係なく、白露がその気になれば無理やりにでも子を作ろうと力技で押し切ることだってできる。体格や力の差は歴然で、そうなったらもうどうしようもない。もし、白露の子を授かってしまえば、おそらく志貴はもうもとの世界に戻ることはできないだろう。きっと逃がしてはもらえない。一生白露の伴侶として、この世界で暮らしていかなければならないのだ。

そんなことを妄想し、内心びくびくと怯える志貴の思考を、白露は見抜いたのかもしれない。彼は毎晩狼の姿に変化し、志貴に「隣にいってもいいか」と、必ず一言断ってからベッドに潜り込むのだった。

白銀のもふもふとした獣毛に覆われた狼の体を志貴が思いのほか気に入っていることを、白露も知っているのだ。変化は志貴を安心させるためだろう。

狼姿だと、今度は逆に志貴の方が手を出してしまいそうになるから困る。シーツの中でふかふかの尻尾に手が触れるたび、もっと触りたい衝動に駆られる。そして、そんな悶々《もんもん》とした気持ちに応えるかのように、絶妙なタイミングで白露が身じろぎ、その拍子にもふもふの尻尾がちょうど志貴の顔の横に差し出されるのだ。

志貴はその尻尾に擦り寄るようにして眠りにつく。肌触りのよい柔らかな獣毛に獣臭さは一切なく、ほっと落ち着くような陽だまりのにおいがした。抱えていた不安ごと志貴を優しく包み込んでくれる安心感。おかげで、なんやかんや考えつつも、毎晩快眠できるのだから、白露への警戒心も少しずつ薄れていく自覚があった。

そういえばと、白露に取引きを持ちかけられた時のことを思い出す。彼は志貴を全力で口説くと言ってなかったか。

「今のところ何もされてないんだけどな」

志貴は思わずぼやいた。いや、何かされても困るのだが、あまりにもあの時の白露が意気込んでいたものだから、内心身構えていた志貴としては肩透かしを食らったような気分だった。

というのも、多忙な白露は仕事が立て込んでいて、朝は早くに出かけていき、帰宅は夜遅い。そのため志貴と二人きりになるのは就寝時ぐらいなのである。だのに、その時間帯に狼姿なのだから、口説きたくてもできないというのが本音なのかもしれない。

白露側の事情を知る身としては申し訳ないと思いつつ、それでも志貴を怖がらせないように気を使ってくれる彼には好感が持てた。

ふいに風もないのにわさわさと葉擦れの音がした。

「？」

不思議に思って見上げると、木をびっしりと覆う緑葉の隙間からちょろんと白い毛が生えている。高い枝に引っ掛かった白い毛玉がもぞもぞと蠢く。よくよく見ると、小さなそれは白い尻尾が生えた獣の尻である。

「雪月？」

呼びかけると、もぞもぞ動いていた尻がぴたりと止まった。すぐに慌てたようにかわいい尻が尻尾ごと重なり合った葉の中に一旦引っ込む。一瞬の沈黙の後、今度は葉と葉の間から円《つぶ》らな瞳が恐る恐るこちらを覗いた。

やはり雪月だ。志貴は微笑んで言った。

「こんなところで何やってるんだよ。勉強は終わったの？」

雪月には家庭教師がついていて、毎日読み書きなどを教わっているそうだ。ヒトガタに変化した姿はまだ見たことがないが、雪月の年齢は人間でいうと保育園の年長クラス。屋敷から出たがらないので、心配した白露が家庭教師を探して連れてきたのだと聞いている。

葉の隙間から、きょろきょろと動く丸い目が何やら訴えてくる。

「どうした？　もしかして、また下りられなくなった？」

冗談交じりに話しかけると、途端に前肢で葉を掻き分けるようにしてずぽっと雪月が顔を突き出した。木漏れ日を透かす葉の中に、真っ白な大輪の花が咲いたみたいで目に眩しい。雪月がくうんと泣きそうな声で鳴いた。

どうやら図星らしい。

「ちょっと待ってて。今そっちに行くから」

志貴は木の様子を確認する。どっしりとしていて凹凸のある幹なので登りやすそうだ。足場を見定めて、慎重に登ってゆく。間もなくして雪月のいる枝の傍まで辿り着いた。

手を差し伸べて言った。「雪月、もう大丈夫だよ。おいで」

枝にしがみつくようにして助けを待っていた雪月を無事に保護し、志貴は綿シャツのボタンを二つ外してその中に雪月を入れる。肌着に雪月の爪がきゅっと食い込む。少し震えている。よしよしと撫でてやり、志貴は片方の足を下方へずらした。

「シキ、何をやっているんだ」

突然声が聞こえてきて、志貴はびくっと体を震わせた。その拍子に枝を掴もうとした手を滑らせる。「あっ」落ちる——そう思った時には、すでに体が幹から離れていた。

宙に放り出されて、志貴は咄嗟に胸元の雪月を両手で抱きしめた。

ドスッと背中に衝撃があった。だが想像していたものとは違って、志貴は恐る恐る目を開ける。地面に強《したた》かに打ち付けていたであろうはずの背は、誰かを下敷きにして仰向《あおむ》けに倒れていた。

「——白露さん!?」

自分たちを受け止めてくれたのが、寸前で落下地点に滑り込んだ白露だと気づき、志貴は飛び起きた。「白露さん、大丈夫ですか。しっかりしてください!」

「……っ」白露がゆっくりと上半身を起こす。「平気だ、問題ない」

腰を擦《さす》りながら応じる。「お前は大丈夫か? どこも怪我をしていないか」

「俺は何ともありません。雪月も大丈夫?」

シャツの胸元を引っ張って覗くと、雪月の丸い目がきょとんと見上げてきた。大丈夫なようだ。

「雪月?」白露が驚いたように言った。「なんだお前、ここにいたのか。先ほど帰宅したら、家庭教師の先生が顔を青くしてお前の姿が見えなくなったと言うものだから捜しに来てみれば……

シキと一緒にいたのか」

「俺もさっき見つけて。木に登って、下りられなくなっていたみたいです」

白露が呆れた顔をした。

「さては勉強が嫌で逃げ出したのか？　まったく、急にいなくなったら心配するだろうが」

子狼の頭を軽く小突く。すると、振り向いた雪月がかぷっと白露の指を噛んだ。「痛っ」と、白露が声を上げる。兄を睨みつけた雪月はぷいっとそっぽを向いて、志貴にぎゅっとしがみついた。甘えるように鼻先を押し付けてくる。

「兄にはこの仕打ちのくせに、本当によく懐いたものだ」

やれやれと白露が溜め息をついた。

「普段は誘っても外出するのを嫌がって屋敷に引きこもってばかりいるんだが、シキを捜して外に出たのかもしれないな」

「俺を捜して？」

「俺たちは人間より嗅覚が鋭いからな。シキのにおいを辿って追いかけてきたのかもしれない。それでなぜ木に登ったのかは知らないが」

「ああ」志貴は頷く。「高いところからだと捜しやすいと思ったのかな。俺も子どもの頃はよく木に登ってたから、気持ちはわかります」

柔らかな白い獣毛を撫でてやると、雪月が気持ちよさそうに首をすくめた。

「今日はもうお仕事は終わったんですか？」

今朝も白露はいつも通り早くに出かけて行ったが、昼前に戻って来るのは志貴が知る限り初めてのことだ。

先月の大雨で畑の用水路が詰まって大工事をすることになったらしい。白露は連日被害のあった場所に赴いて民の話を聞いて回り、国からの補助金の要請や業者とのやりとり等で忙しくしていた。

白露が頷いた。「なんとか目処《めど》がついた。後は任せて、昼食に間に合うように早めに切り上げて帰ってきたんだ。今日こそは絶対にシキと一緒に食事をしようと昨日から決めていた。ずっと一人で放っておいて悪かったな」

申し訳ないと謝られて、志貴は面食らってしまった。白露が仕事で忙しいのは、最初からわかっていたことだ。

領主と一言に言っても様々で、領民から必要以上に税を徴収して私腹を肥やす者もいれば、自分のことは二の次で民のことを思い力を尽くす者もいる。白露は断然後者だった。

領民のために、彼らがよりよい暮らしを送れるよう常に考え、自ら率先して動く。そんな領主様だからこそ、領民からの信頼は絶大だった。それはこちらの世界にやって来て間もない志貴ですら感じ取れるほどで、お披露目式の盛り上がりようがいい例だ。

なので、白露が一日のほとんどを留守にしていても特に気にしなかった。

領民のために朝から晩まで忙しく駆け回っているのだ。その間一切放って置かれようとも、志貴は平気だった。次の満月までおとなしく過ごすだけだ。

ところが、白露が忙しさのあまり志貴を構えずにいたことを思いのほか気にしていたと知って、驚いた。

「わざわざ、俺と食事をするために、早く帰ってきたんですか」

「本当は食事の時間ぐらいは一緒に過ごしたかったんだが、気持ちよく眠っているお前を朝早く起こすわけにはいかないしな。夕食には間に合わないし、どうにかお前が眠ってしまう前までには帰れるように毎晩馬を飛ばして戻っていたんだ。さっきも気持ちが急くばかりに、到着したと同時に馬から転げ落ちそうになって危なかった」

白露が思い出し笑いをしてみせる。志貴は戸惑った。そんなに白露が自分のことを考えてくれていたとは思わなかった。

胸の奥が急にむずむずしだして、何か得体の知れない感情が湧き上がってくる。

「あの」志貴は咄嗟に提案した。「もしよかったら、いい天気なので外でお昼を食べませんか」

青空を見上げて眩しげに目を眇めた白露が、「そうだな」と頷く。

「じゃあ、厨房に行って、料理長さんに何か作ってもらえないか頼んでみますね」

「すぐに作りますよ」と、どこからか声が聞こえてきた。振り向くと、数メートル離れた一階の窓から料理長たちが手を振っていた。行方不明の雪月を捜して、使用人たちも屋敷中を回っていたらしい。隣の窓から覗いていた侍女も楽しそうに叫ぶ。「急いでお庭にテーブルをセッティングいたしますね！」

志貴はわけもわからず顔を熱くした。白露も苦笑している。

あっという間に庭にテーブルと椅子が用意されて、できたての料理が運ばれてきた。志貴としては、その辺の芝生《しばふ》に座ってのピクニック風ランチを想像していたのだが、まあいいかと思う。綺麗にセッティングされたテーブルの上には、志貴のリクエストに応えて、ナイフとフォークを使わずに食べられるホットサンドイッチが並んだ。

「ようやく二人きりになれるかと思ったが……そういうわけにはいかないのか」

白露が少々不満げに頬杖《ほおづえ》をつき、対面のこちらを見やった。目線は志貴の胸元あたり、膝にちょこんと座った雪月をじっと眺めている。侍女たちが気をきかせて雪月を連れて行こうとしたのだが、雪月が志貴にしがみついて離れなかったのだ。

兄の声は耳に入らないのか、子狼雪月は夢中でハムサンドを頬張っている。人がそうするように前肢でハムサンドを持ち、大きく口を開けて器用にかぶりついていた。

「ああ、ソースが口の周りにいっぱいついて毛がベタベタだ。次のを食べる前に一回綺麗に拭こうか。こっち向いて。動かないでよ」

雪月が言われた通りにじっとして、口を拭いてもらうのを待っている。志貴は布巾を手に取り、ソースでベタベタに汚れた口の周りの毛を拭いてやる。

「随分と手馴れているんだな。子どもの扱いが上手い」

じっと見ていた白露が感心したように言った。

志貴は苦笑した。「実は、むこうの世界では保育士をしていたので、子どもの世話には慣れているんですよ。もう辞めちゃいましたけど」

「辞めた？　それはどうして……」

ガチャンとコップが倒れた。雪月が手を引っ掛けたのだ。テーブルの上にミルクの海が広がる。

「うわっ、大変だ」志貴は急いで雪月を横の椅子に移動させると、布巾でミルクを拭いた。幸いコップの残りが少なかったので大惨事にならずに済んだ。

「雪月、大丈夫？　濡れなかった？」

雪月がこくこくと頷く。丸い目が少し潤んでいるように見えるのは、粗相をしてしまったことを反省しているのだろう。志貴は笑って「大丈夫だよ」ともふもふの頭を撫でた。

「お口も拭こうね。白い毛だから目立たないけど、ミルクのわっかができてるから」

雪月が自ら上向き『うー』と口を差し出してくる。こういう仕草は人間の子どもとまったく変わらない。喋らないけれど、その分表情や態度による意思表示はとても豊かだ。雪月が志貴に心を開いてくれているのが伝わってくる。甘えるような素振りも微笑ましく思いながら、ミルクで濡れた子狼の口元を優しく拭いてやった。

「シキに対してはこんなにも素直なんだな。そんなに気に入ったか」

二人のやりとりをなにやら思案顔で眺めていた白露が、ふと思い立ったように言った。

「そんなに大好きなら、シキに教育係を頼むか？」

『！』

途端に雪月が目を輝かせた。今までそっぽを向いていたのに、急に期待を込めた眼差しで兄を見つめだす。白露もそんな弟のあからさまな態度に驚いたのか、面食らった表情をしていた。

兄弟は黙って見つめ合い、奇妙な沈黙を挟んだあと、白露が降参だとばかりにふっと笑った。

「ああ、わかったわかった。シキにお願いできるか聞いてみよう」

白露が苦笑しながら、志貴に視線を転じた。「どうだ、頼めるか？」と問われたが、目の前であんな微笑ましい兄弟のやりとりを見せられたあとに断れるはずもなかった。

「俺は別に構いませんけど、教育係って具体的に何をすればいいんですか？　俺はこちらの勉強はよくわからないですよ」

「それは今まで通り家庭教師に任せよう。ただ、今日のように勉強中に抜け出されても困るから、その間は雪月の傍に付き添ってやってくれると助かる」

「ああ、なるほど。それなら」

「その他にも、勉強以外のことも雪月にいろいろと教えてやってほしい。人間の子どもとそうしていたように、雪月とも一緒に遊んだり学んだりしてやってくれないか。シキがこの屋敷に来てからというもの、雪月がかつてないほど楽しそうだと、使用人たちからもたびたび報告を受けているんだ。俺たちよりもシキが傍にいてくれる方が雪月は気持ちが落ち着くんだろう」

なあ、と白露が手を伸ばし、雪月の頭を撫でた。いつも兄をつっけんどんにする雪月にしては珍しく、黙って頭を撫でさせている。これには先ほど指を噛まれたばかりの白露も意外だったようで、嬉しそうに弟を構っていた。

「俺にできることなら、お引き受けします。俺も雪月ともっと仲良くなりたいし」

よろしくね、と志貴は隣の席に向けて微笑んだ。雪月がたちまち嬉しそうに目を細める。いそいそと椅子の上に後ろ肢で立ち上がると、テーブルに前肢をつきながら、横移動で志貴の膝の上に戻ってきた。ちょこんと座り、みずみずしい果物をたっぷり挟んだフルーツサンドを一切れ取ると、『ん』と志貴に差し出してきた。

「俺にくれるの？　ありがとう」

ぱくっとかぶりつく。

「おいしいね。俺、甘いものが好きだから、デザート系のサンドイッチもあって嬉しいな」

「へえ、シキは甘味が好きなのか」対面から白露が口を挟んできた。「雪月も甘いものが好きだよな」

水を向けられて、雪月がこくこくと頷く。

「そうなんだ？　じゃあ、雪月も次はフルーツサンドにしようか。こうやって、天気がいい日はみんなで外で食べるのも楽しいよね」

口の中を爽やかなハーブティーで洗い流して、志貴は皿から新しいフルーツサンドを摘まむ。白露がタマゴサンド一切れを一口で頬張って訊いてきた。「外で食事をするのが好きなのか」

「そうですね。気持ちがいいですし、俺、休みの日はよく公園でのんびり一人ランチをするのが好きだったんですよ。外の空気を吸いながらごはんを食べつつ、子どもが遊んでるのを眺めていると、ああ、平和だなって幸せな気分になる……。はい、次は雪月の番。あーん」

膝の上に座っている雪月にフルーツサンドを差し出すと、雪月が口を大きく開けてかぶりついた。頬をめいっぱい膨らませてもぐもぐ口を動かす姿は、見ているこちらも自然と微笑んでしまうほどに愛らしい。視線を交わし、「おいしいね」と笑い合う。

「あ、クリームが鼻についちゃったね」

『ん？』

「いいにおいに誘われて虫さんが飛んでくるかもしれないよ」

途端に雪月が嫌そうに鼻に皺《しわ》を寄せた。

「綺麗に拭いとこうか。上向いて、うーってして」

『うー』

素直な雪月がかわいくて、志貴はせっせと世話を焼く。しばらく保育の現場から離れていたせいか、必死に抑え込んでいた母性本能が再び目覚めてしまったような、ひどくうきうきとした気持ちが蘇ってくる。なんだかとても楽しい。

そんな急速に仲を深める二人を対面から羨ましげに眺めていた白露が、こっそりと息をついた。

「まさか、弟に先を越されるとは。不甲斐《ふがい》ない……」呟き、密かに項垂《うなだ》れた。


白露から雪月の教育係を任された志貴は、家庭教師が訪れている時間以外は、なるべく雪月を外に連れ出した。

数年前に両親を流行り病で亡くして以降、心を閉ざしてしまった雪月は、屋敷に引きこもってばかりだったという。使用人たちが散歩に誘っても首を横に振るばかり。その頃の白露は領地を引き継いだばかりで特に忙しく、雪月を構ってやる暇もなかった。更に、白露が魔女から呪いをかけられたことにショックを受けた雪月は、屋敷から一歩外に出るのも恐れるような、極度の怖がりになってしまった。

――両親が生きていた頃は、雪月は外遊びが大好きな子だったんだ。それがめっきり外出をしなくなってしまった。だから、勉強が嫌で逃げ出したとはいえ、あいつが自ら外に出たことにまず驚いたんだ。シキと一緒なら、以前のように笑顔が見られるかもしれないな。

白露が志貴に何を期待しているのかは、なんとなく汲み取った。

雪月を心配する白露の気持ちはよくわかる。同時に、忙しさにかまけて大事な時に唯一の家族の傍にいてやれず、雪月の心のケアを怠ってしまった自身を悔いてもいるようだった。

雪月を外に連れ出すのは、思ったよりも簡単だった。

勉強中の雪月はよく窓の外に視線を向けていた。時々、外の風景をノートの端に落書きをする様子も見受けられたので、志貴は外で絵を描かないかと誘ってみたのである。

「お庭には綺麗なお花がいっぱい咲いているし、蝶々《ちょうちょ》も飛んでいたよ。一緒に外に見にいこう」

突然の誘いに雪月はびっくりしたような顔をしていた。急に落ち着きがなくなってもじもじしながらも、嬉しそうにこくんと頷いたのだった。

それから毎日のように雪月は庭遊びを楽しんでいる。

使用人たちがいくら誘っても頑《かたく》なに外に出ようとしなかった雪月が、志貴と一緒だとこうも簡単に屋敷から出るのか。一体どんな魔法を使ったのだと、みんなから不思議がられた。

雪月はもともと外出が嫌いなわけではないのだ。むしろ好きなのだけれど、外には大好きな両親を奪った病や、兄を呪った魔女のような怖いものがたくさん存在しているから怖い。

だけど、シキと一緒なら大丈夫。

雪月はスケッチブックに自分と志貴が仲良く手をつないでいる絵を描いてみせた。この頃よく口ずさんでいる鼻歌は、志貴が教えたものだ。他にも子どもが好きな手遊びや、縄跳びなども教えた。その度に気に入って、一生懸命に覚えようとしてくれるのが印象的だった。

自分の何がそこまで雪月の心を摑んだのか、我ながら疑問だったが、雪月は他の誰よりも絶対的に志貴を信頼してくれている。それが本当に嬉しい。

今日も天気がよく、雪月は算数や書き取りの勉強を終えた後、志貴と一緒に庭で絵を描いていた。獣人の体の作りは実に興味深い。子狼姿の雪月は、地面に置いたスケッチブックに覆いかぶさるようにして絵を描いている。獣の前肢なのに、人の手のように上手にクレヨンを持ち、目に映る風景を黙々と紙に写し取っている。今は花壇に咲いた赤い花を描いていた。後ろ肢を折り畳み、正座をして完成した絵を掲げてみせる仕草は、もう人間の子どもとなんら変わらなかった。

『っっっ！』

突然、雪月が飛び跳ねたかと思うと、転がるようにかけてきた。

「どうしたの？」

飛びついてきた雪月を受け止めながら花壇の方を見ると、雪月が指をさした場所を緑色のいもむしがのんびりと移動していた。葉を這《は》っていたものが地面に落ちたのだろう。

「ああ、虫さんにびっくりしたんだ」

雪月はびくびくしながら志貴にしがみついている。虫が苦手なのである。好奇心が旺盛であちこち動き回るのに、小さな蟻《あり》一匹見つけただけで飛び上がり急いで駆け戻ってくるのだ。風で木が揺れるとびくつくし、頭上を鳥の影が横切っただけでも怯えてしまう。

「そんなに怖がらなくても大丈夫だよ。ほら、いもむしさんは一生懸命歩いて葉っぱの上に帰るところだから、雪月のところには来ないよ」

『うぅー』

シャツに爪を引っ掛けながらぎゅっと抱きついてくる雪月が、志貴は苦笑しつつもいとおしくて仕方ない。そういえば以前の職場にも、虫が大の苦手で、図鑑の写真を見ただけで泣き出す子どもがいた。脳裏に過ぎった保育園の光景が、なんだかひどく昔のことのように思えてしまう。

「二人とも、ここにいたのか」

声がして振り返ると、仕事で出かけたはずの白露が立っていた。棗も一緒だ。

「おかえりなさい」雪月を抱いていた志貴は目を丸くした。「早いですね」

「昼食に間に合うように戻ってきた。午後からまた出かけるけどな。しばしの休息だ」

手に持っていた大きな紙袋を掲げてみせる。「街で今人気と評判のロールサンドを買ってきたんだ。天気がいいからここで食べよう」

白露は楽しげだ。飲み物と敷物まで用意して準備万端である。

手入れの行き届いた芝生の上に雪月を真ん中に挟んで三人で座った。白露がいそいそと袋の中身を取り出す。二段重ねの箱には、様々な具材を薄いパンで巻いたロールサンドが並んでいた。ふわふわタマゴやチーズの黄にアボカドやきゅうりの緑、ハムのピンク。にんじんや紫キャベツのラペもある。赤と白のつぶつぶはコンビーフのようなものだろうか。イチゴやブルーベリーをくるっと巻いたスイーツ系のものまで種類は豊富だ。

「うわあ、綺麗。どれもおいしそう」

見た目も華やかでかわいらしいランチに志貴のテンションは上がった。雪月も気に入ったようで、興味津々《しんしん》に目を輝かせている。

「そうだろう？　人気のサンドイッチ屋らしいぞ。味もいいと評判らしい。手で摘まんで簡単に食べられるのも、若者の間で人気なのだそうだ。外で食べるのが好きだと言っていたから、これなら食べやすくてちょうどいいと思ってな。ほら、おやつもあるぞ。甘いものも好きだと言っていただろう。これも街では人気のスイーツだそうだ」

白露が得意げに言う。サンドイッチの箱とは別に、ピンク色の箱にはカラフルなマカロンが並んでいた。雪月と一緒になって箱を覗き込み、感嘆の息を漏らす。携帯ポットから人数分の茶を注いでいた棗が、「店まで必死に馬を走らせて、行列に並びましたものね」と、ぼそっと口を挟んだ。焦った白露が「余計なことを言うな」と睨みつける。

「わざわざ行列に並んだんですか」

志貴が訊ねると、白露が「うっ」と言葉を詰まらせた。

「いや、視察先の工場の若い職人たちに訊いたら、これが今流行っていると言うものだから、どんなものかと気になったんだ。どちらの店も人気があって、早く行かないと買えなくなると脅してくるから、急いで店に向かって、棗と手分けしてだな……」

しどろもどろに告げてくる白露の頬がほんのり赤い。背後で、狼の白い尻尾が忙《せわ》しげにパタパタと揺れている。志貴もよくやるが、顔が火照った時に手団扇《てうちわ》で風を送る時の仕草に似ていると思った。

忙しい白露が志貴のために、わざわざ行列に並んでまでして買ってきてくれたことが嬉しかった。胸のあたりがふわふわとして、自然と笑みが込み上げてくる。

「いただいてもいいですか」

「ああ」白露が頷いた。「もちろん。シキのために買ってきたんだ。たくさん食べてくれ」

ちょうど昼時だ。先ほどから腹の虫が小さな声で鳴いている。「それじゃ、遠慮なく」志貴はロールサンドに手を伸ばした。ところが、寸前で白露から待ったがかかった。

「ちょっと待ってくれ」

「?」

志貴が取るつもりでいたタマゴサンドを、なぜか白露がひょいと摘《つ》まみ上げる。そうかと思えば、それをそのまま志貴の口もとに差し出してきたのである。

「ほら、『あーん』だ」

「……え?」

志貴は面食らった。きょとんとする間にも、白露が真剣な顔で「あーん」と、口を開けるよう促してくる。

二人の間では、雪月が一人先に『いただきます』をして、もぐもぐと口を動かしていた。おなかがすいていたのか夢中になって食べている。向かい側に座っている棗は、自分は何も見ていないし聞いていないとばかりに、素知らぬ顔で雪月用にミルクをカップに注いでいた。

大いに戸惑うも、志貴は空気を読んでおずおずと口を開いた。すぐさま白露がタマゴサンドを口の中に入れてくる。白露がどういうつもりかは知らないが、まるで恋人みたいなやりとりが照れ臭くて、志貴は頬が熱くなるのを感じざるを得ない。なんだろう、この甘酸っぱい空気感。白露がじっと見つめてくる中、むず痒《がゆ》い気持ちで一生懸命にサンドイッチを咀嚼《そしゃく》する。

「……おいしい」

「そうか」白露がぱっと相好《そうごう》を崩した。「次はどれにする？　このチキンサンドは自家製のハニーマスタードを使っていて一番人気だそうだ。食べてみるか」

「あ、はい」

「よし」今度はチキンサンドを摘まんで、白露が再び志貴に差し出してくる。「あーん」

「……あーん」

しっとりと柔らかでジューシーなチキンと爽やかなハニーマスタードとの相性が抜群だ。

「これもすごくおいしい！」

「そうかそうか」満足そうに笑う白露が急に落ち着きなくそわそわとしだした。

どうしたのだろうか。志貴が不思議に思っていると、「コホン」と、棗が一つ咳《せき》払いをしてロールサンドの箱を志貴の方へ軽く押しやった。目が合った棗が、意味深に頷く。

志貴は少し迷って、チキンサンドを摘まんだ。

「これ、おいしかったですよ。白露さんも食べてみませんか」

白露がそわそわしながら言った。「そ、そうか。シキがそう言うなら……」

あーんと口を開ける。志貴は自分がそうしてもらったように、白露の口の中にチキンサンドを入れた。白露がゆっくりと味わうように咀嚼した後、「うん、美味《うま》いな」と嬉しそうに言った。

「シキ、次は何が食べたい」

「え、自分で食べるんで、白露さんも好きなの食べてください」

「いや、遠慮するな。これもお勧めだと書いてあったぞ。確かこっちの具はだな……」

白露はいつになく楽しそうで、結局、志貴は一つも自分の手で食べることなく、おいしいランチを堪能《たんのう》した。

隙を見て棗がこっそりと耳打ちしてきた。

——先日の視察中、仲睦まじく食事をする恋人同士を見かけたのです。白露様はどうしても、先ほどの「あーん」というあれをシキ様とやってみたかったのでしょう。シキ様との仲を深めるにはどうすればいいのか、日々頭を悩ませていらっしゃるようですから……。

志貴が実は白露の伴侶にはなっていないことを、彼の右腕である棗だけが知っている。

——ちなみに、前回のランチでは雪月様に先を越されたと、相当悔しがっておられました。

雪月とサンドイッチを食べさせ合った時のことだ。そういえばあの時の白露は何やら物言いたげな表情でじっと二人を見ていたなと思い出し、つい吹き出してしまった。まさか、彼がそんなことを考えていたとは思わなかった。

「どうした？　急に笑い出して」

隣に座っていた白露が怪訝そうに言った。

志貴は笑いを堪えて、かぶりを振った。「いえ、なんでもないです」

「なんでもないのに笑うのか」と、白露ははぐらかされて不満そうな半眼を向けてくる。志貴は苦笑した。

普段の白露は凜《りん》として勇ましく颯爽《さっそう》としたイメージなのに、今日はやけに言動が幼く感じてしまう。端整な顔立ちと立派な体格にそぐわないかわいさが垣間見えてしまうのだ。失礼だと思いつつ、にやけてしまうのを止められない。志貴はくすぐったい気持ちで目線を白露から一旦遠ざけた。

向こうの芝生の上では、棗がボールを器用に蹴り上げている。華麗なリフティングをじっと見つめながら、雪月が感動したようにパシパシと前肢を叩いていた。

「へえ、すごい。棗さんってサッカーが得意なんですね。かっこいい」

「さっかあ？」白露が面白くなさそうに眉根を寄せた。「なんだかよくわからないが、あれはそんなにすごいことなのか？」

「そっか、こっちにはサッカーがないのか。ボールを一度も地面に落とさずに何度も蹴り上げてるじゃないですか。俺も少し練習したことがありますけど、あんなに上手にはなかなかできないですよ」

「なるほど。あれができたら、かっこいいと言ってもらえるのか」棗を食い入るように見つめながら、白露がぶつぶつと言う。「俺だって、あれくらいはできるぞ」

「できるんですか？」

「やればできるはずだ。今度見せてやろう」

今すぐはやらないのか。志貴は内心で苦笑しつつ、「楽しみにしてます」と答えておいた。

棗に投げてもらったボールを、雪月が夢中で追いかけている。

その様子を眺めながらふいに白露が目を細めて、「雪月は随分と変わったな」と言った。

「以前は、屋敷の中でも使用人たちと接することを拒んでいたし、あんなふうに遊ぶことなどまずなかった。あいつの楽しそうに笑う顔を見たのはいつ以来だろうな。シキと一緒にいる雪月はよく笑っていて、そのことに本当に驚いている。両親が生きていた頃に戻ったみたいだ」

白露が一瞬、遠い目をする。

「最近はよく目を合わせて、ちゃんと意思表示をしてくれると、使用人たちも雪月の変わりぶりを喜んでいた。顔を合わせると、尻尾を振って挨拶をしてくれるのだそうだ。食事の前後には手を合わせて、食べ物に感謝することを覚えたらしい。シキが教えたんだって？」

「ああ」志貴は頷いた。「はい。こちらでも『いただきます』と『ごちそうさま』の挨拶はあると聞いたので、これからはちゃんとしようねって練習したんです」

朝起きたら、おはよう。誰かに感謝をするときは、ありがとう。謝るときは、ごめんなさい。

眠る前には、おやすみなさい。

言葉にすることができなくても、ジェスチャーで相手に気持ちは十分伝わる。雪月の場合は、人と接してこなかったために、どうやってコミュニケーションをとればいいのかわからなかっただけだ。そのため、志貴と一緒に屋敷内を回って、使用人たちと挨拶を交わすことから始めた。

最初は志貴の後ろに隠れてばかりいたけれど、次第に志貴を真似て会釈するようになり、声をかけられると恥ずかしそうにしつつも手を振って返すようになった。加えて雪月には尻尾があるので、人間と比べると意思表示はとても明確でわかりやすい。嬉しいと尻尾をぶんぶん振り回し、しょんぼりすると尻尾もしゅんと項垂れる。目は口ほどにものを言うというが、狼の尻尾も同じぐらい饒舌《じょうぜつ》だと思う。これは白露にも同じことが言えるかもしれない。

「その他にも、日常生活の中で今までやらなかったことができるようになったり、自分から進んで行動したりすることを覚えて、一気にお兄さんらしくなったと、うちの者たちから報告を受けている。シキのおかげだ。さすが保育士をしていただけあって、子どもの教育に詳しい」

感心したように言われて、志貴はそんなことはないと謙遜して首を横に振った。

「俺は別に、特別なことは何もしてませんよ。詳しいというか、ただ子どもが好きなだけです。一緒にいると、大人も子どもから学ぶことはたくさんありますし。子どもはあっという間にいろいろなことを吸収して、どんどん成長していくから、保育士だった頃は毎日驚きと発見の連続でした。楽しかったな……」

「そんなに子どもが好きなのに、どうして保育士を辞めたんだ」

不思議そうに問われて、志貴は咄嗟に言葉を失った。

「それは」少し考えて口を開く。「俺たちの世界には男女の性とは別に、第二の性というものがあることは、白露さんも知っていますよね」

白露が頷いた。「詳しくはないが、人間にはそういう性があることを耳にしている」

「第二の性というのは、アルファ、ベータ、オメガという三つの性のことを指し、俺は稀少種のオメガ性です。俺が男なのに妊娠可能なのは、そのオメガの特徴だからです。オメガは男女ともに出産に特化した性で、全人口の一割もいません。それにヒートという発情期が定期的にあって、とても厄介な性なんです」

「人間に発情期？　俺たち獣人にも発情期があるが、それとはまた別のものなのか」

白露が言っているのは獣の発情期のことだろうか。

「そうですね、たぶん白露さんが考えているものとは少し違うと思います」

志貴は頷いて淡々と続けた。

「先ほど話した第二の性のうち、ベータ性が人口の大半を占める一般性である一方で、アルファ性は全人口の二割弱ほどしかいない、いわゆるエリート性なんです。このアルファとオメガの間には特殊な関係性があって、ヒート中のオメガはアルファにしか効かないフェロモンを発する。性的に刺激されたアルファは理性を失い、動物のように発情し、オメガを欲します。そのため、過去にも多くの犯罪や事件にオメガは巻き込まれてきました。それらが問題視されて、今ではオメガを保護する法律ができ、ヒートを抑制するための薬剤も進化を重ねてより性能が高い物が開発されています。おかげで、現在はオメガもなんの問題もなく日常生活を送れるようになりました。俺も薬を服用してコントロールしていますし、保育士になってからはより一層周囲に迷惑をかけないよう気をつけていました。だけど……」

少し前の記憶が脳裏に蘇る。思い出すと動悸がして、志貴は無意識に胸元を押さえた。

「ある園児の父親と、少々懇意にしすぎてしまって、そのせいで他の保護者の方々に誤解を与えてしまったんです。そのお父さんがアルファだったために、オメガの俺が番契約を狙って近付こうとしているだとか、よくない噂がいろいろと広まって——結局、保育園にいられなくなって辞めました」

「懇意にしすぎたということは、志貴はその男の伴侶になりたかったのか」

予想外の白露の問いかけに、志貴は目を瞠った。

「いいえっ、違います」

慌てて首を横に振る。

「懇意にというのは……実は、その人には昔とてもお世話になって、再会して懐かしかったこともあったせいか、つい保育士と保護者という立場を忘れてプライベートな相談にものっていたんです。それ以上の特別な感情はまったくなかったんですけど、他の保護者の方々には信じてもらえなくて」

「ああ、そういうことか」白露が納得したように頷いた。「ツガイというからてっきり……」

「番というのは、こちらでのツガイとは少し意味合いが違います。伴侶という意味では似ていますけど、誰でもというわけではなく、アルファとオメガの間でのみ成立するパートナー契約のことをいいます。その……いわゆるセックス中に、アルファがオメガのうなじを噛むことで契約が成立するんです」

白露が興味深そうに訊いてきた。

「アルファとオメガの組み合わせなら、誰でも番になれるのか？」

「基本的にはフリー同士なら問題はありません。その中には『運命の番』という究極のカップルがいて、遺伝子相性百パーセントの相手のことをいうんですけど、実際にはそんな相手とめぐりあうことは奇跡に等しい確率だといわれています」

「運命の番、か。なるほど、人間にはそんな素晴らしい関係が存在するんだな」

「素晴らしいですかね」志貴は思わず自嘲した。「俺にとっては、第二の性なんて厄介なものでしかないですけど」

途端に白露が押し黙った。

「そうだったな、すまない。俺たち獣人にとっては、志貴の体は神秘的ですらあり、神に選ばれた聖なる者として崇める存在なのだが、人間の世界ではそうではないのだな。シキがその第二の性とやらによって、そんなにも理不尽な目にあっていたとは知らなかった」

「俺もこちらに来てびっくりしました。なぜか大歓迎を受けて、みんなが大袈裟《おおげさ》なほど俺をもてはやすから。むこうの現実とは正反対で、なんだかまるで自分がアルファにでもなったかのような気分でしたよ」

思い出して、志貴は苦笑した。

白露が言った。

「シキは有能で人気者の保育士だったのだろうな。雪月を見ていたら、シキがどれだけ優れた保育士なのかよくわかる。あいつのあんな笑顔を引き出したのは間違いなくシキだ。身内の俺や屋敷の者たちが誰一人としてできなかったことを、異世界からやって来たお前はあっさりとやってのけた。本当にシキには感謝しかない」

目が合い、柔らかな微笑みを向けられて、志貴は不覚にもどきっと胸を高鳴らせてしまった。

「俺には不思議で仕方ないのだが、人間とは実におかしな生き物だな。真実をろくに確かめもせず、単なる性別一つを理由にこれほど素晴らしい保育士を園から追い出すなんて、自分たちの愚かさに気づかないのだろうか。きっと今頃は、保育園からシキがいなくなって困っているに違いない。ざまあみろとは正にこのことだな」

らしくない言葉遣いが白露の口から飛び出して、志貴はびっくりして目を瞠った。しかし同時に、ずっともやもやしていた胸の内がすっと軽くなった気分だった。自分が悪いのだから何を言われても仕方ない。そう言い聞かせてすべて受け入れるつもりでいたが、本当は保護者や園側の言動にまったく納得してなかったのだと、今更ながら気がついた。だから、白露が志貴の代わりにずっと胸の中でくすぶっていた気持ちを吐き出してくれた気がして、嬉しかったのだ。

「ありがとうございます」

自然と顔が綻《ほころ》ぶのが自分でもわかった。

「そんなふうに言ってもらえて、保育士冥利《みょうり》につきます。もう辞めちゃいましたけどね」

冗談めかして笑う。小さく息をついて、なんとはなしに切り出した。

「俺、施設出身なんですよ。検査で自分たちの子どもがオメガだとわかって親は困ったんでしょうね。我が子を持て余した実の両親に捨てられたんです」

白露がこちらを向くのが視界の端に入った。

「施設の暮らしは悪くなかったです。同じ境遇の仲間も多かったし、情報交換もできて、社会に出る前にオメガとしての心構えはできていたと思います。でも、いざ社会に出ると、やっぱり風当たりは強くて、自然と仕事以外の人とのかかわりを避けるようになっていました。結果、親しい友人も頼れる家族もいない。唯一の生きがいだった仕事まで失《な》くして、その上ただ歩いていただけでオメガ狩りにあうんだから、完全に運に見放されてますよね」

「オメガ狩り？」

「オメガを獲物に見立てて集団で襲う犯罪行為です。ここに喚ばれる直前、そういう連中に追われていたんです。もし、あの時捕まっていたら、最悪殺されていたかもしれない。命は助かったとしても、きっと大怪我を負っていたと思います。ある意味、俺はレイカさんに助けられたのかな」

当時のことを思い出すだけで、今でも身の毛がよだつ。なぜあんなひどいことができるのか、彼らを心の底から軽蔑する。

「何をしたわけでもない、ただオメガだというだけで、いきなり追いかけまわされるのは恐怖でしかないですよ。俺が生まれてからも世の中はどんどん変化していって、性差別を受けることなく誰もが安全に暮らせるように、社会の仕組みは年々改善されています。でもやっぱり、根底にあるものはそう簡単には変わらないですから。しがらみにとらわれず、上手く割り切って、要領よく生きていけたらいいんでしょうけど……」

「そんなおかしな世界は捨ててしまえばいい」と、白露が力強い声で遮った。

「ここで一緒に暮らせばいいじゃないか。この世界にはシキを苦しめる第二の性というものは存在しない。誰もがシキを歓迎している。雪月もとても懐いているし、俺もお前がいてくれれば嬉しい。シキの笑った顔を見ると、とても幸せな気分になるんだ。悲しむ顔は見たくない。ここにいれば、もしシキの身に何かあったとしても、必ず俺が守ってやる。お前がずっと笑っていられる世界を俺は作りたい」

視線を絡めるようにして白露が目を合わせてきた。真摯《しんし》に見つめられて、志貴は思わず息をのむ。心臓が急速に高鳴り、顔が燃えるように熱い。

たちまち密になる空気がいたたまれず、咄嗟に視線を逸らした。

白露が「それとも」と、僅かに声を低めて言った。

「あちらの世界に、シキがどうしても戻らなければならない理由があるのか?」

問われて、志貴は一瞬戸惑った。戻らなければならない理由。考えて、ふと浮かんだのは、なぜか篠宮の顔だった。

そういえば、彼は今どうしているのだろう。

退職するまで志貴がしばらく自宅待機している間、篠宮の息子の律も登園していなかったと聞いた。保護者の間に噂がまわって、子どもを園に連れて行きづらい状況だったに違いない。申し訳ないことをしたと思う。

志貴が退職したことは、すでに篠宮の耳にも入っているはずだ。何も言わずに園から姿を消したので、変に気に病んでいなければいいのだが。

きゃんきゃんと雪月の楽しげな鳴き声が聞こえて、志貴は回想から現実に引き戻された。

少し離れた場所で、棗がボールを持って立っている。その周りを、白い毛糸玉のような子狼がぴょんぴょんと飛び跳ねながら回っている。

志貴がこちらの世界に来て十日が経った。

その短い間に、雪月は驚くほどの成長ぶりを見せていた。子どもは日々いろいろなものを吸収して、あっという間に大きくなる。

その成長過程を傍で見守ることができないのは、親として辛いよな——と、篠宮が以前志貴の前でぽろっと零した本音が耳に蘇った。

「何を考えている」

突然、耳もとで低い声が言った。びくっと我に返った志貴は、すぐ傍に白露の顔があってぎょっとした。じっと目を合わせて見据えてくる白露にどぎまぎする。

「な、なんでもありません」

ごくりと喉を鳴らし、急いでかぶりを振った。ところが白露は胡散臭《うさん》そうに目を眇めて、すんと鼻をひくつかせる。

「……他の男のことを考えているにおいがする」

「えっ、狼の鼻ってそんなことまでわかるんですか」

思わず訊き返すと、たちまち白露の顔が険しいものに変わった。

「まさか、本当に他の男のことを考えていたのか」

「え？　あっ、いや、それは……」

どうやら鎌をかけられたらしい。一瞬視線を宙へ逃がした隙をついて、白露が一気に距離を詰めてくる。

息がかかるほどの近さで見つめられて、志貴の体は反射的に逃げを打った。慌てて敷物の上に尻を滑らせて後退る。しかし、すぐに白露も寄ってくる。追い詰めた志貴に、白露は伸び上がるようにして顔を近づけてきた。

志貴の首筋のあたりで鼻をすんとひくつかせて、どこか戸惑いがちに呟く。

「……なんだ、これは？」

「ひっ、ち、近い……っ」

あと一ミリでも動けば互いに触れてしまう。石のように硬直する志貴の気も知らず、白露がその体勢からくいっと顔を上げた。

途端に唇同士がくっつきそうになり、志貴は咄嗟にぎゅっと目を瞑《つむ》った。下方で敷物と衣服の擦《こす》れる音がやけに生々しく耳に響く。

ふいに左の首筋に何か柔らかな感触が当たった。

続いて、つんつんとつつかれるような感覚があって、志貴は恐る恐る目を開ける。

「……？」

左肩に白銀色の頭部が見えた。もぞもぞと白露が動くたびに、頰に毛髪があたってくすぐったい。白露は志貴の首筋にぐっと鼻を押し当てて、においを嗅《か》ぐ。

「ん……っ」

「なんだこのにおいは。シキから嗅いだことのないにおいがするぞ」

「え、におい？　あっ、ちょ、ちょっと、やめ……くすぐったい……っ」

体をずらそうとした瞬間、汗を掻いた手がずるっと敷物の上を滑った。寄りかかっていた白露も一緒になって二人で折り重なるように倒れ込む。

志貴に覆いかぶさった、白露はなおもにおいを嗅ぐのやめない。

「ううっ、重……。は、白露さん、ちょっとどいてください。首を嗅ぐのもやめて……くすぐったいから」

焦って腕を突っ張ろうとするも、白露の体はびくともしない。執拗に首筋を嗅がれて、志貴は羞恥《しゅうち》と言いしれないむず痒さに大きく身を捩《よじ》った。

白露から逃れようと必死に首を反らした途端、かぷっと耳朶《じた》を甘咬《あまが》みされた。「こんなところまでたまらなくいいにおいがする」

はむはむと耳を食《は》まれて、志貴はぞわっと背筋を甘く戦慄《わなな》かせた。

「なんとも言えないこのにおいは人間特有のものなのか？　いやしかし、あの女からはこんなむしゃぶりつきたくなるような、熟れた果実みたいな甘いにおいはしなかったが……」

「ちょ、ちょっと白露さん、やっ……そんなに耳、舐めないで……っ」

ぶるっと胴震いしながら首を竦《すく》めたその時、目の端を小さな影が過ぎった。

ドドドドッと猪《いのしし》のように突進してきたそれが、白露の脇腹めがけて飛びかかる。

「うぐっ」と、呻《うめ》き声を上げて白露が横転した。急に軽くなった体の前を、白露の脇腹にしがみつくようにして、白い毛玉が一緒に転がる。雪月だ。

いたたた、と横腹を押さえながら白露が上半身を起こした。志貴も急いで起き上がる。

二人の間に、志貴を守るようにして雪月が短い四肢で立っている。ぐるるると喉を鳴らしながら白露を睨みつけていた。尻尾を逆立てて、今にも咬みつきそうな勢いだ。

どうやら、志貴に覆い被さる白露を見て、いじめていると勘違いしたらしい。

白露がバツが悪そうに頭を掻きながら言った。

「誤解だ、俺はシキをいじめていたわけじゃないぞ。むしろ、今のはシキがとても好ましいと思ってだな……おい、だから誤解だ。そんな目で兄を見るな」

弱ったとばかりに狼狽する白露が志貴に助けを求めてくる。目が合って、思わず吹き出してしまった。これまで颯爽とした印象の頼りがいある領主の顔を見てきたせいか、実は弟に弱い兄の一面を目の当たりにして、そのギャップにとても好感を持ち微笑ましく思う。

その時、雪月がぷるぷると震えながら、甲高い声を張り上げた。

『メッ！　シキ、いじめるの、メッ！』

一瞬、沈黙が落ちた。大人たちの間に衝撃が走る。志貴は咄嗟に白露と顔を見合わせた。白露も驚きに目を見開き、遅れて駆けつけた棗が持っていたボールをぽてんと落とす。

「おい、聞いたか」白露が信じられないというふうに言った。「今、雪月が喋ったぞ」

志貴と棗もこくこくと頷く。「喋りましたね」「喋りましたよ」

確かに雪月が獣の鳴き声ではない、人の言葉を発するのを全員が耳にした。

思わぬ事態に志貴も興奮を隠せない。雪月が喋るのを初めて聞いたのだ。

白露が高らかに笑いながら、雪月を抱き上げた。

「凄いじゃないか、雪月！　久々に声が聞けて兄は嬉しいぞ」

喜び余って、ぽーんと雪月を空高く放り投げる。びっくりした雪月は目を剝いて空中で固まっていた。白露は興奮しすぎて怖がりな弟の性格を忘れているのだろう。

白露にしっかりと抱きとめてもらいながらも、雪月は震えていた。

大きな目に涙を溜めて兄をキッと睨みつける。『ポーン、メッ！　メッ！』と、震える声で兄を叱る。その圧倒的な愛らしさに、大人三人は揃って盛大に脂下《やに》がったのだった。

一度人語を喋ると、雪月は勘を取り戻したようにどんどん言葉を発するようになった。再び喋れるようになったきっかけがなんだったのか、志貴たちにもよくわからない。

志貴の診察もしてくれたトラ耳の医師、彪牙《ひょうが》は、白露と同い年のかかりつけ医で、生まれた時から診ている雪月が三年ぶりに人語を話したことに、ただただびっくりしていた。興奮し、感動する彪牙は、志貴をまるで神のように持ち上げた。

「これはもう医学では語れない、一重にシキ様のご加護のおかげでしょう。この小さな体に長年圧《お》し掛かっていた多大なストレスが、シキ様の癒しの力で取り除かれたに違いない！」

そんな大袈裟なと思ったが、実際に心因性失声症は、ストレスの軽減などによって自然と治癒することもあるそうだ。加護云々の話はわからないが、一緒に過ごすうちに、自分の存在が雪月にいい影響を与えていたのだとしたら、それはとても嬉しいことだった。

白露も彪牙の言葉にうんうんと賛同するように言った。

「雪月には、シキと一緒にいることが何よりの治療になったのかもしれないな。現にあいつが最初に発した言葉は、大好きなシキを守ろうとして咄嗟に出たものだった。俺なんて、いじめっこ扱いだぞ。実の兄なのに」

拗《す》ねてみせるも、雪月の心と体に起こった変化を一番喜んでいるのは彼だ。兄として心の底から喜んでいた。

「何はともあれ、シキに雪月を任せてよかった。雪月が元気に笑って怒って泣いて、話せるまでになったのも、すべてシキのおかげだ。優秀な保育士様に心から感謝する」

志貴にとっては何よりの褒め言葉だった。

雪月が再び喋れるようになって、志貴も自分のことのように嬉しかった。

よく子どもの脳は乾いたスポンジみたいに吸収力があるというが、雪月もまさにそんな感じだ。耳で覚えた言葉を片っ端から声に出し、語彙力《ごいりょく》がどんどん上がっていくのが傍目《はため》に見ていてもよくわかる。家庭教師も雪月はとても優秀だと言っていた。話し始めこそ思考と発声が上手くつながらず、単語のみをつなぎ合わせた拙《つたな》い喋り方だったが、そこからあっという間に年相応の語学力まで上達した。

更に読書好きの雪月は、白露が定期的に中身を入れ替えている雪月専用の書棚から本を引っ張り出しては一人でよく読み耽《ふけ》っている。

特に図鑑がお気に入りで、動植物にはとても詳しかった。これまで目でなぞるだけだった文字を、自分の声で読み上げることの楽しさを知ったせいか、以前にも増して志貴を誘って庭に出ることが増えた。花壇に咲く花や空を飛ぶ鳥の名前、浮かぶ雲の種類まで、志貴にいろいろなことを教えてくれた。大人顔負けの知識に志貴は感心し、雪月の成長ぶりに日々驚かされてばかりである。

寝坊気味だった雪月が早起きをするようになったのも、ここ最近のことだ。

志貴も白露に合わせて起床時間は早いので、仕事に出かける白露を見送った後、雪月と一緒に庭を散歩することにしている。

「雪月、この紫の花はなんていうの？」

訊ねると、前肢で一生懸命に空を掻きながら蝶々を追いかけていた雪月が、息を切らして戻ってきた。

花壇をちらっと見ただけで、『アリッサムだよ』と答える。

「へえ、アリッサムっていうんだ。なんか似たようなのを見たことがある気がする。俺が名前を知らなかっただけで、むこうの世界にもこの花は咲いてるのかな」

志貴は雪月ほど植物に詳しくない。せいぜい保育園で子どもが目にするような、一般的な花の種類を知っているぐらいだ。

屋敷にはいたるところに花が活けてあり、そのおかげで余計な美術品や調度品等を置いていない一見殺風景な屋敷の中はいつも色彩に溢れていた。花器に活けられた花の中には、バラやユリなど志貴でもすぐに名前が出てくるものもたくさんある。初めて目にする花も、もしかしたら志貴が知らないだけで地球に咲いているのかもしれない。

今も庭園の花壇にはアリッサムの他に色とりどりのパンジーが花を咲かせている。食事に使われるハーブ類も育てていて、ミントやローズマリーなど馴染みのあるものばかりだ。

『あっちに、白いのもあるよ』

雪月が反対側を前肢で指し示した。

「アリッサムって白い花もあるんだ」

『あるよ。赤や黄色もある。シキ、見る？』

「うん。連れてってくれる？」

雪月がにっこりと愛らしく笑って頷く。『こっち』と、ぴょこぴょこと楽しげに跳ねるように歩き出した雪月のあとをついていく。

喋れるようになったとはいえ、雪月は誰にでも積極的に話しかけるわけではない。人見知りで恥ずかしがり屋な性格は相変わらず、客人が訪ねてくると慌てて姿を消すし、よく知る使用人たちが相手でも、短い挨拶や、『はい』や『うん』といった返事をする程度。それでも雪月の声が聞けるだけで、みんなにこにこと嬉しそうだ。

そんな雪月が唯一自ら話しかけるのが、志貴だった。

名前を呼んでもらえるのも、今のところ志貴だけである。

それを少々不満に思っているのが白露だ。

白露は時間があればこそこそと雪月の姿を捜してまわり、「どうした、兄の名を忘れたわけじゃないだろう？」「ほら、兄の名を言ってみてはくれないか」と催促している。そうして嫌がった雪月が『助けて、シキー！』と、志貴のところに逃げてくるのだ。恨めしげに「なぜシキだけなんだ」と、ぼやいてしょげ返る白露の姿は何度見ても笑ってしまうのだった。

「雪月、そろそろ時間だ。準備しないと」

志貴は白露から渡された懐中時計を確認して、花壇の前から立ち上がった。ちょうど侍女が迎えに来て、「そろそろ教会にお出かけになる時間ですよ」と二人に声をかける。

これから志貴は仕事に出かけなければならない。

相談があると、白露が志貴にある提案を持ちかけてきたのは、初めて雪月の喋り声を聞いたその日の夜のことだった。

曰く、子どもたちの教育に志貴の手を借りたい。

白露が語ったのは、次のような話だった。

こちらの世界では各領地に教会が多数存在し、様々な役割を担っているという。日本では教会というと、宗教活動の拠点となる建物や施設を意味し、その利用も限定される印象があるが、ここでは礼拝を行う神聖な場であると同時に、領民が集う公共の場として幅広く活用されている。日本でいう、地元の公民館のようなものだろうか。その中でも一部の教会では、働く親に代わって日中は未就学児を預かり世話をしてくれる、いわゆる保育施設の機能も果たしているのだそうだ。

――ここから一番近い教会保育園なんだが、人手不足で困っていると報告を受けている。そこで、シキさえよければシスターたちの手伝いを頼めないだろうか。雪月に教えてくれたように、歌をうたったり、絵を描いたり、そういうことを子どもたちに教えてやってほしいんだ。保育士のシキに是非お願いできればと思っているんだが……。

願ってもない話だった。

白露が承知の上とはいえ、周囲には白露の嫁と偽ってこちらの世界で過ごしているのだ。みんなが異世界人の自分にあれこれと喜んで世話を焼いてくれるのも、白露の伴侶という肩書きのおかげである。

周りによくしてもらうたびに、本心では後ろめたく思っていた。

白露と交わした取引きの期限まであと一月ほど。白露のことは人として素晴らしく、とても好感を持っているが、彼と婚姻関係を結べるかというと、それはまた別の話だ。一緒に食事をしたり、他愛もない話をして笑いあったりするのはとても楽しいし、雪月を交えて過ごす時間も心地よくて心が穏やかになる。家族とはこういうものだろうか。孤児だった志貴は、ふとそんなふうに考えることもあった。白露の傍にいるとなんだか落ち着くし、あたたかい気持ちになる。だが、それが恋愛感情でないことは未経験者の志貴でもわかることで、少なくとも今の志貴には白露の子を身籠《みごも》る覚悟はなかった。

自分はただここにいるだけで、なんの役目も果たせない。周囲をぬか喜びさせるだけだ。

心苦しく思う中、せめて使用人たちの手伝いをしようとしても悉《ことごと》く断られてしまう。雪月の教育係を任されたことは嬉しかったが、雪月と一緒に過ごす時間は働いているという感覚ではない上に、結局志貴も使用人たちにお世話される側なので、ただの穀潰しのような申し訳なさが拭えない。

白露が日々領民のために尽力しているのを見ているから余計にそう思ってしまう。

何か、自分にもできることがないだろうか。世話になるばかりではなく、白露の役に立ちたい。

そんなことを考えていた矢先のことだった。

――子どもの世話を通じて、民と接する機会も増えるだろう。領主の俺には話しにくいことも、シキが相手なら話せることがあるかもしれない。さすがに民一人一人の声まではなかなか聞いて回れないからな。俺や雪月がそうだったように、シキには不思議と相手が心を開きたくなるような雰囲気がある。どんな小さなことでもいい。民から何か相談を受けたら、俺にも話を聞かせてくれると助かる。

そんなふうに言われて、断る理由がなかった。

白露に頼ってもらえたことが嬉しかった。力になれるのなら、それはもう全力で頑張る。

そうして、志貴は教会保育園で働くことを二つ返事で引き受けたのだった。

志貴は急いで出かける仕度をすると、もふもふの雪月を連れて馬車に乗り込んだ。

こちらでの移動手段は主に馬車だ。屋敷には専用の馬車があるが、一般には乗合馬車や辻《つじ》馬車という、路線バスやタクシーのようなものが走っており、多くの人が利用している。また、白露のように小回りが利くという理由で馬を飼い馴らしている者も多い。

教会保育園に雪月も一緒に連れて行ってやってほしいと言い出したのは、白露だった。

それには志貴も大賛成だった。せっかく外の世界に興味を持ち出したのだから、同年代の子どもたちと触れ合う機会を作ってやることも必要だ。さっそく家庭教師と相談し、時間を減らしつつこれまで通りの授業も続けながら、保育園に通うことに決めた。

志貴と雪月はいつものように棗に付き添われて教会へ向かった。

中心街に入り、賑わう石畳の大通りを走って広場を抜ける。更に進んで住宅地に入ると、赤や黄色のおもちゃのようにかわいらしい屋根が特徴的な民家が建ち並ぶ景色が広がる。橋のかかった池にはカモの親子が列を作って泳ぎ、橋を越えたほとりでは屋台で焼き立てのパンを売っていた。そんな童話の中に紛れ込んだような風景に溶け込むようにして、白い三角屋根の教会が建っていた。

教会に到着し、雪月を抱いて馬車を降りる。

すると、裏庭からちょうど神父が子どもを数人連れて戻ってくるところだった。

荷物を志貴に渡し、棗が言った。

「それではシキ様。私は仕事に戻りますが、白露様に何かお伝えすることがありますか」

「ううん、特には。お仕事頑張ってくださいと、伝えておいてください」

「承知しました」と、棗が頷く。馬車に乗り込んだ彼を見送って、志貴は神父と挨拶を交わした。

「おはようございます、神父様」

神父が目尻に皺を刻んで微笑む。

「おはようございます、シキ様。雪月様」

人間の見た目でいうと、六十代半ばほどの中肉中背の男性。茶色の三角耳と細長い尻尾はネコのもので、優しげな顔つきをした物腰の柔らかな神父は子どもたちにとても懐かれている。人見知りの激しい雪月も最初こそ志貴の後ろに隠れてばかりいたが、数日通ううちに大分打ち解けたようだ。

雪月が前肢をもじもじとすり合わせながら、挨拶をした。『おはようございます』

白い子狼の尻尾が恥ずかしげにちろちろと揺れている。それを見た神父がにっこりと微笑んで言った。「おはようございます、雪月様。今日もいい天気ですね。みんなと一緒にたくさん遊びましょう」

「雪月！」と、子どもの甲高い声が呼びかけた。

玄関扉の前、様々な獣の耳と尻尾を生やした子どもたちが手を振っている。ヒトガタに変化しない狼姿のままの雪月を、彼らは笑顔で受け入れてくれた。一人の子が自分の顔と同じ大きさのボールを両手に掲げて言った。「雪月、ボール遊びしよう！」

もじもじしている雪月の背中を志貴はそっと押してやる。ちらっとこちらを向いた雪月に頷いてみせると、雪月ははにかむように笑って友人たちの方へ駆けていった。

神父が言った。「気をつけて遊ぶんですよ。建物に向かってボールを蹴っては駄目ですからね」

子どもたちが「はーい」と揃って元気な声を返し、裏庭の方へ走ってゆく。

神父がやれやれと笑いながら、志貴の傍に立った。

「雪月様も随分と慣れてくださったようでよかった」

「はい。毎日楽しそうに過ごす彼を見ていると、こっちも嬉しくなります。友達もたくさんできて、ここに連れてきて本当によかった」

教会保育園で働くと決めてから、志貴は自分のことよりも雪月の方が心配だった。なにせずっと屋敷に引きこもっていたせいで、身近にいたのは大人ばかり、同年代の子どもを見たことがなかったのだ。

初日は極度の緊張と人見知りのせいで、まったく子どもたちの輪の中に入れなかった。

こうなるだろうと予想していたので、志貴は神父と相談し、その日一日はずっと雪月に付き添って行動した。志貴の背後に隠れて泣きべそをかく雪月を宥《なだ》めつつ、子どもたち一人一人に声をかけては、雪月を紹介してまわったのである。

子ども同士というのは、案外大人が思っているよりもずっと打ち解けるのが早かったりする。それはこちらの世界でも同じだ。

最初は戸惑っていた雪月も、みんなが自分に話しかけてくれるのが嬉しかったのだろう。誘われてボール遊びを始めたかと思うと、次に雪月を見た時にはどろんこになっていた。ボール遊びの最中、みんな揃って水溜《たま》りで転んだらしい。菜園で水撒《ま》きをしていたシスターに叱られてしゅんと項垂れた雪月も、友人と顔を見合わせるとおかしそうに笑っていた。

そんな雪月を遠目に見やり、志貴の中に感慨深いものが込み上げてきた。元職場でもこういう光景は何度も見てきたが、それらとはまた違って胸を揺さぶられる。まるで我が子の成長を見守っているかのような気分になって、志貴は慌てて潤んだ目元を拭ったのだった。

そんなつい数日前のことを懐かしく回想する。

裏庭から雪月のはしゃぎ声が聞こえてくる。「楽しそうだな」もうすっかりこの場所に馴染んでいる彼の様子に志貴は自然と頬を緩めると、隣にいた神父がふふと笑った。

「ああ、失礼。雪月様を語るシキ様のお顔がまるで母親のようでいらっしゃるから」

「え?」

神父が一層目尻を下げて言った。

「実は、初めてシキ様が白露様とここにいらっしゃった時、一緒の雪月様をお二人の間に誕生したご子息かと勘違いしましてね。よく考えればお披露目式から間もないのに、あんなに大きなお子がいらっしゃるわけがないのですが、なんだか雪月様をお連れになるお二人がとても自然で、親子にしか見えなかったものですから」

ふふと思い出し笑いなんてものをしてみせる。

「近い将来を見せていただいたようで、なんとも幸せな気分になりました」

「はっ、え? お、俺たちは、まだ何も……あ——いや、あの、その……っ」

うっかり白露との取引きのことまで口を滑らしてしまいそうになって焦る。しどろもどろになる志貴を、照れているのだと勘違いしたのだろう。神父はさも微笑ましげに、「ああ、これは申し訳ない。無粋でした」と頭を下げた。そうして今度は志貴の腹部に向け、両手を組み合わせて祈る。「白露様とシキ様に神の祝福のあらんことを」

赤子の誕生を祈願されたのだと気づいて、志貴は大いに狼狽した。何も知らない神父に希望に満ちた眼差しで、「楽しみですね」と微笑まれては、もう何も言えない。ただ曖昧に笑ってその場を乗り切るしかなかった。

この教会保育園は、日によって多少増減するが、大体平均して二十人ほどの獣人の子どもを預かっている。

住宅地を境に商業地と農地が密接しているこの地域では、繁忙期になると普段の倍ほどの子どもたちを預かる日もあるそうだ。それだけの人数の世話をこれまで神父と三人のシスターで回してきた。

ところが先月、シスターの一人が病に倒れた母親を看病するためにしばらく実家に戻ることになった。そのため人手が足らなくなり、神父は早急に人員を派遣してもらえるよう白露に相談していたのである。

それがまさか、白露が即戦力として件の漆黒の花嫁を連れてくるとは夢にも思わず、当初の彼らは大層驚いていた。

だが、最初は恐縮し明らかに遠慮していた彼らも、元保育士の志貴の働きぶりを見て考えを改めたようだ。余計な気づかいはかえって失礼にあたると考えたのだろう。今では明るく笑顔でてきぱき働く志貴を、神父たちは特別扱いせずに一保育士として接してくれていた。

――シキ様は歌もお上手なのですね。子どもたちがシキ様に教えてもらった歌を覚えてうたっていましたよ。お勧めの歌をどんどん広めてください。

――シキ先生は楽しい遊びをたくさん知っていると、みんなとても喜んでいました。あの数え歌は覚えやすいですね。ぜひ他の子たちにも教えてやっていただけませんか。

シスターたちに信頼され、仕事を任せてもらえるのは嬉しい。忙しいが、とても充実した日々を送っていると実感できた。

日が傾きはじめると、園に預けていた子どもを迎えに続々と保護者がやってくる。

「シキ様、今日もうちの子をありがとうございました」

「おかえりなさい。お仕事お疲れさまです。今日はみんなで写生大会をしたんですよ。三兎《みと》ちゃんは綺麗なお花を描いてました。とても上手に描けたよね」

「シキ様に教えていただいてから、家でもよく絵を描いているんですよ。これまでまったく興味がなかったのに、急に絵の才能が芽生えたみたいで。これがまた我が子ながらなかなかの出来なものだから、主人もはしゃいじゃってまあ。きっとシキ様にご加護をいただいたんですね。まさか、あの漆黒の花嫁様に我が子の面倒を見てもらえるなんて、こんな幸運はないわ。本当にありがたい」

加護の話は別として、子どもに喜ばれ、親に感謝されると、志貴の中にぽっかり空いていた穴がどんどんあたたかいもので満たされていく感覚があった。改めて、自分は保育士の仕事が好きなのだと思う。こんなふうにまた子どもたちに関わらせてもらえて、こちらこそありがたかった。自分を推薦してくれた白露にも心から感謝する。

親子を見送ると、またすぐに次の保護者がやってくる。

子どもを引き渡して挨拶を交わしている時だった。子どもがふざけて母親の手を引っ張った拍子に、肩に下げていた布製の鞄《かばん》が千切れてしまった。紐《ひも》が肩に食い込んでいて見るからに重そうだったが、中からドサドサドサッと落ちてきたのは大量の本だった。

「ああっ」と、母親が慌てて本を拾う。志貴も手伝い、急いで集会ホールから使っていない布袋を持ってきて渡した。「これを使って下さい。見た目よりも丈夫ですから」

「ありがとうございます」と、母親が恐縮しながら本を袋に入れる。

「すごい量ですね。読書がお好きなんですか。こんなに持ち歩いていたら重いでしょう」

「知人に借りたものなんです。これから返しに行かないといけなくて」

聞くと、知人宅は町外れにあるそうだ。到着する頃には日が暮れているだろう。

志貴はよかれと思って声をかけた。「図書館なら、教会にもありますよ」

「ああ、教会図書館」ところが、母親は困ったように笑った。「ここの図書館にある本は難しい本ばかりですから。私が読めるものがなくて」

確かに彼女が借りていた本のタイトルは、料理に園芸、手芸と、趣味の本が多かった。

教会図書館は志貴も神父に案内されて一度訪れたが、ざっと目についた限りでは歴史や哲学書の類が多かった気がする。誰でも出入りできるはずだが、少なくとも志貴がここで働き始めてから図書館の利用者を見かけたことがなかった。

「近いですし、ここの図書館にも私たちの読める本が置いてあったらいいんですけどねえ」

母親がふうと溜め息を漏らし、よいしょと重たい袋を肩にかけた。

「すみません、袋をお借りします。明日、必ずお返ししますので」

挨拶をして帰っていく親子を見送りながら、志貴はしばらく思案に暮れた。


教会保育園の保育士として働き始めてから一日が過ぎるのが途轍《とてつ》もなく早く、あっという間に二週間が経った。

志貴は遊戯室に敷き詰めた布団の上で寝ている子どもたちを眺めて、ほっと息をつく。お昼寝の時間である。

先ほどまでぐずっていた子がようやく寝たところだった。ところどころずれた上掛けを直しながら、みんなの寝顔を確認して回る。雪月もぐっすり眠っている。隣の子がぬいぐるみをそうするように狼姿の雪月を抱きしめて眠っており、雪月も気持ちよさそうに腕の中に収まっているので、志貴は思わず笑ってしまった。

なんだかどこかで見た光景だ。そう考えた瞬間、毎晩白露を抱きしめて眠っている自分の姿と重なって、途端に志貴は顔を熱くした。手団扇で火照った顔を扇ぎつつ、静かに部屋を出た。

「ああ、シキ様。ちょうどよかった」

廊下の先で、神父が早足で歩み寄ってきた。

「子どもたちはみんな眠りましたよ」

「それはお疲れさまでした」神父が口早に言った。「シキ様、白露様がいらしてます」

「え？」

志貴は急いで集会ホールを抜けて、外に出る。

礼拝堂の前に見慣れた後ろ姿が立っていた。

「白露さん」

呼びかけると、白露が振り返った。志貴を見やり、ふわっと端整な顔をほころばせる。

「どうしたんですか？」

仕事終わりに迎えに来てくれることはあっても、日中に現れるのは珍しい。何かあったのだろうか。

「いや」白露が微笑んで言った。「次の仕事までに少し時間があってな。ちょうど今頃は昼寝の時間だろうと思って来てみた」

「そうなんですね。雪月もぐっすり眠ってますよ。しばらくは起きないと思いますけど」

「それならよかった。これから少し出かけないか」

「え？」志貴は面食らった。「これからですか？」

「何か用事があるのか」

「いえ、特に急ぎのものはないですけど。でも……」

まだ業務中だ。躊躇う志貴の思考を読み取ったように、白露が言った。

「だったらいいだろ。心配しなくても神父には許可を取ってある」

行くぞと、白露が志貴の手を取る。門の前に待たせていた馬車に乗せられた。御者台に座っていたのは棗だった。

どこに行くのだろうか。訊ねたが、白露は意味深な笑みを浮かべただけで教えてくれない。不思議に思っているうちに、馬車は中心街に入り、人通りの多い石畳の道を進んでゆく。

間もなくして馬車が止まった。

「着いたぞ」

先に降りた白露が手を差し伸べてくる。エスコートされて馬車から降りると、洒落《しゃれ》た外観の店だった。白とダークブラウンを基調とした建物はどうやらカフェのようだ。

中心街には何度か来たものの、いつも馬車で通り抜けるだけなので、実際に下り立ったのは初めてだった。車窓から眺めていた軒を連ねるたくさんの店舗にも、もちろん入ったことはない。

白露が店のドアを開けた。戸惑う志貴に入るように促す。

木目を生かしたあたたかみのある店内は、要所要所に置かれた観葉植物がアクセントになっていて居心地のよさそうな雰囲気だ。

すぐにネコ耳の店員がやってきて、「お待ちしておりました」と二人を先導した。客が白露に気づき、店内が一瞬ざわつく。志貴は顔を俯けるようにして、急いで白露のあとを追った。空いているテーブル席がいくつかあったが、案内されたのは緑に囲まれたテラス席だった。

店員がテーブルに置いてあった予約席のプレートを外し、椅子を引こうとして白露に制止される。店員は頷き、一礼して下がった。

白露自ら椅子を引いて、志貴を座らせる。

「……ここって、カフェですよね」

開放的なテラス席はメイン通りから少し奥まった場所のせいか、静かで落ち着いている。吹き抜ける緑の風が心地いい。

白露が頷いた。「ここのパフェは絶品なんだそうだ。ああ、これだ。このスペシャルパフェを頼もう。三種類あるが、どれがいい？」

メニューを差し出されて、志貴は少し迷ってベリーのパフェを指さした。白露はメニューをじっと見つめて何やら迷っている。

正直、志貴はまだこの状況をよく理解していない。なぜここに連れてこられたのかも不明だ。きょろきょろと挙動不審な志貴とは対照的に、白露は優雅な仕草で店員を呼び寄せるとパフェを二つ注文した。

ここから窓ガラス越しに見える席でも、若いカップルが向かい合ってパフェを食べている。店の看板メニューなのだろう。

それにしても、白露は仕事の合間にわざわざ予約を取ってまでパフェを食べたかったのだろうか。

対面で白露が頬杖をつきつつ、ウッドデッキの柵に巻きついている蔦《つた》の葉を指でつつきながら言った。

「穴場でとても美味いパフェを出す店があると、昨日訪ねた施設の担当者から教えてもらったんだ。甘いものが好きだと言っていたから、是非シキと一緒に食べたくてな」

志貴は思わず白露を凝視した。

そうか。白露は自分がパフェを食べたかったわけではない。志貴に食べさせたくて、この店を予約してくれたのだ。

思えば、これまでにも似たようなことがあった。志貴のために仕事を早く切り上げ、一緒に昼食をとったり、人気の洋菓子店の行列に自ら並んでくれたり。忙しい合間を縫って、志貴のために貴重な時間を割いてくれる。白露はそういう男だった。

今も、せっかく時間が空いたのなら自分の休息のために使えばいいのに。

そう考える反面、白露が自分より志貴を優先し、会いに来てくれたことを嬉しいと思う。

「うん？　どうした」

目が合って、白露が不思議そうに首を傾げた。向かい合って座る白露の背後で白い尻尾がゆさゆさと揺れている。少しずつだが、狼の尻尾の触れ具合で白露の気持ちが読み取れるようになってきた。たぶん、今の白露はとても楽しんでいる。尻尾が嬉しそうに揺れるのを見て、志貴もなんだか嬉しくなり、自然と笑みがこぼれた。

「いいえ。どんなパフェがくるのか楽しみだなと思って」

「そうか」白露が軽く目を開いた。「楽しみか。そうだな、俺も楽しみだ」

ふわっと甘く微笑む。その笑顔が向けられた途端、急に志貴の心臓がどくどくと鳴り出した。不自然なほど速まる鼓動に自分でもびっくりして慌てて顔を伏せた。

他愛もない会話をしていると、パフェが運ばれてきた。

目の前に置かれたパフェグラスを見て、志貴は思わず声を漏らした。

こんもりとした純白のクリームにきらきらと虹色に輝く繊細な飴細工があしらわれ、艶やかな宝石のように赤いベリーがふんだんに盛り付けられたパフェは美しい芸術品のようだ。

白露が注文したのはフルーツパフェで、こちらも色とりどりの瑞々《みずみず》しい果物がどっさりとのっている。

「これは見事だな。食べるのがもったいない。食べる前に目に焼き付けておかないと」

向こうの世界なら、すぐにスマートフォンを取り出して写真を撮るところだが、あいにくこちらではカメラのような機器は存在しないようだ。

「本当に、食べるのがもったいないくらいですね」

「だが早く食べないとアイスクリームが溶けてしまうぞ」

白露がグラスを覗き込んで言う。志貴も頷き、「いただきます」とさっそく柄の長いスプーンを手にとった。

一口頬張り、志貴は思わずとろける。レモンの香りが爽やかなチーズケーキ風味のアイスとふわふわの生クリーム、そして甘酸っぱいベリーソース。すべてが絶妙に合わさって、なんとも美《び》味《み》だ。

「すごくおいしいですね」

「ああ、美味い」白露も大きな口を動かしながら、何度も頷いている。「このアイスクリームはミルクの味が濃厚なのに、後味はさっぱりしていてどんどん食べられるな。フルーツも甘いぞ」

「こっちのアイスはチーズケーキの味がしますよ」

「なに、チーズケーキ？　どんな味なんだそれは」

「食べてみますか。レモンがきいていて意外とさっぱりしているんです」

志貴は一口掬って、スプーンを差し出した。「はい、どうぞ」

白露がびっくりしたように目を丸くした。

そこで志貴も瞬時に我に返る。しまった。ここが屋敷の中ではなく人目のある屋外だと忘れていた。

「す」志貴は顔を熱くして焦った。「すみません。つい、いつもの癖で。今は雪月もいないし、人がたくさんいる場所なのに」

慌てて手を引っ込めようとしたが、なぜかその手を白露が摑んで引きとめる。

「いいじゃないか、別に。誰に見られようとも構わない」

白露はそう言うと、志貴の手を強引に自分の口もとに持っていく。あーんと口を開いて、スプーンのパフェを頰張った。

「なるほど、確かにチーズケーキの味だな。これはこれで美味いな」

じっくり味わうように咀嚼したあと、今度は白露が自分のグラスからパフェを掬って志貴に差し出してきた。

「こっちも美味いぞ。シキも食べてみてくれ。ほら、あーん」

一瞬、躊躇する。だが、自分だけ断るわけにもいかず、志貴はおずおずと口を開いた。そっと差し入れられたスプーンからパフェを頰張る。濃厚なミルクアイスと瑞々しいマスカットの甘さが口いっぱいに広がった。ほのかに柑橘の香りもして、後味はすっきりと爽やかだ。

うっとりと目を閉じて堪能する。

「……すごくおいしいです」

「そうだろ」白露が嬉しそうに目を細めた。「シキのその顔が見られてよかった。シキは美味いものを食べると、そうやって幸せそうに目をぎゅっと瞑るんだ」

「えっ」志貴は咄嗟に目を瞬かせた。物を食べている時の自分がどんな顔をしているのかなんて気にしたことがない。白露に指摘されて初めて自分にそんな癖があることを知った。

「知らなかったです。なんだか恥ずかしいですね」

「なぜだ？　とてもわかりやすくてかわいい反応じゃないか。俺はその顔見たさに流行りの甘味の情報に詳しくなったぞ。シキのかわいい顔を見ることができて満足だ。この店に連れてきた甲斐があった」

白露が照れもなく言うので、志貴はますます自分の頬がカッカと火照るのを覚えた。上昇した体温を下げるためにアイスクリームを黙々と頬張る。

甘い空気に外からも内からも満たされながら、しばらくパフェに舌鼓《したつづみ》を打つ。グラスの半分まで減った頃、白露が「そうだ」と、思い出したように切り出した。

「図書館の評判はどうだ？」

志貴は砕いたクッキーの層を掘り進めていたスプーンを止めた。

白露の言う図書館とは、先日改装した教会図書館のことだ。

子どもの母親から町外れの知人の家まで借りた本を返しに行く話を聞いた志貴は、白露に相談してみたのである。すると白露はすぐに行動に移してくれた。

隣領で大型図書館を作る計画があり、処分予定だった旧図書館の書物を一部譲り受ける話を取り付けて、数日後には教会に大量の書物が運ばれてきたのだ。志貴は子どもたちが帰った後も夜遅くまで残り、休日返上で神父たちと図書館のスペース作りを行った。白露の指示で新しい棚が設置され、運ばれてきた書物をみんなで手分けして収納した。

そうして出来上がった新しい図書館は、これまでの読む人を選ぶ偏った書物ばかりではなく、様々なジャンルが並び、子どもを迎えに来た保護者を中心に町の人たちが気軽に利用できる施設に生まれ変わった。

「評判はとてもいいです。お母さんたちも喜んでいました。子どもが読める本も充実しているから、子どもたちも喜んで図書館に行きたがってますよ。それと、白露さんのお父様の手記がとても興味深いと、ご高齢の方を中心にみなさんありがたがっておられました」

改装した図書館の目玉の一つとして、白露が寄贈した書物がある。父親が書き残していたという手記だ。濃茶の立派な革表紙のそれは、前領主だった白露の父が様々な方面から収集したこの土地の歴史や文化、過去にあった天災や病、各地に伝わる民話などを纏めて、自分の体験談を混ぜつつ一つの読み物として仕上げたものだった。

父親の形見として白露が大事に所持していたが、ぜひ領民にも読んでもらいたいと、これを機に図書館に置くことにしたのだ。

志貴も初めの章を読んだが、前領主が初めて就任した時の苦労話がユーモア溢れる文体で綴《つづ》られており、すらすらと読み進めながらも、領主として課せられた問題やそれにどう立ち向かうかなど、とても興味深い内容だった。

手記は持ち出し禁止だが、館内ではいつも誰かが手に取り、ページを捲《めく》る姿を見かける。

「そうか、それは嬉しいな。俺はもう何度も目を通したから、屋敷にしまっておくよりも、多くの民に読んでもらった方が父も喜ぶ。この土地に生まれ育ってもまだまだ知らないことが多く、勉強になったからな。当時、まだ領主として未熟だった俺を支えてくれたのがあの手記だ。父が直面した問題やそのやりとりをすべて事細かに書き記してくれていたおかげで、どう対処していいのかわからなかった俺は随分と助けられたものだ」

白露が一瞬遠い目をする。故人に思いを馳《は》せているのだろう。穏やかで優しい表情が印象的で、志貴は思わず目を奪われた。

「そんな大切な本を寄贈していただいてありがたいです。素敵な図書館を作ってくれた白露さんに感謝していると、みなさん仰ってました。本当にありがとうございました」

微笑んだ白露が言った。

「喜んでもらえたのならよかった。だが、礼を言うなら俺ではなくシキにだろう」

「え、俺ですか？　俺は別に何も」

「シキが民の声を聞いて、俺に届けてくれたんだ。図書館に対する要望は、俺にまで上がってきたことがなかったから、民がどう思っているのかまったく知らなかった。シキに言われなければ、図書館はこの先も当分はあのまま改装する予定もなかった。シキのおかげだ」

いつかの白露の言葉が脳裏に蘇った。

――領主の俺には話しにくいことも、シキが相手なら話せることがあるかもしれない。

教会で働くようになって、志貴は領民と接する機会が増えた。最初は遠巻きにしていた彼らとも、志貴が積極的に話しかけることで徐々に距離が縮まり、今では気軽に言葉をかけてくれるまでになった。その中で、彼らの白露に対する気持ちもいくらか知ることができた。

領民たちは、白露が自分たちのために一生懸命働いてくれていることをよく知っている。だから、多少の不便は仕方ないと受け入れることで、白露に余計な負担をかけまいとしているのだ。

――俺や雪月がそうだったように、シキには不思議と相手が心を開きたくなるような雰囲気がある。どんな小さなことでもいい。民から何か相談を受けたら、俺にも話を聞かせてくれると助かる。

尊敬してやまない白露の圧倒的なオーラの前では恐縮してしまう民も、『漆黒の花嫁』でありながら穏やかで物腰のやわらかい志貴が相手だと多少気が緩むのだろう。

保育士という立場にも安心してもらえているのか、子どもたちの保護者は志貴の顔を見ると挨拶がてら日常の些細な悩みや相談ごとまで打ち明けてくれるのだった。図書館を改装してからは、利用しに訪れた人たちからもよく話しかけられる。

志貴はそれらをまとめて、白露に報告するようにしている。白露はこれまで気づかなかった民の本音を志貴を通して知ることができ、可能な限りの改善に努めているのだ。

「それと」白露が言った。「シキが話していた『ふりーまーけっと』とやらのことだが」

志貴は食べるのを一旦やめて、両手をテーブルの上に置いた。

図書館の件と一緒に提案していたもう一つの企画である。母親たちが子どもの使わなくなったベビー用品や着られなくなった服など、処分しようにもなかなか捨てられなくて困っているという話を耳にして思いついたことだった。

フリーマーケット自体は、むこうの世界では当たり前のように行われている催しだが、こちらの世界ではそれらの考え方そのものがないことに驚かされた。いらなくなったものは各自の責任で処分する。必要なら買い換えるか、自分で資材を調達して作製する。ゴミを他人にあげることは失礼にあたるため、法令はないものの昔から家庭内のものの流れはそれが当たり前とされてきた。そのため、領地内にいくつかあるゴミ集積場は常にいっぱいで、処理に追いつかない区域もあるらしい。

『不用品＝ゴミ』と、一括《くく》りにする考え方を志貴は疑問に思った。本をはじめ、ものの貸し借りはするのに、まだ十分使えるものを不要になった人と必要な人とが交渉し、譲り譲られる文化がないことが不思議だった。

白露が志貴と目を合わせて言った。

「面白い案だと思う。その家庭でいらなくなったものを各自が持ち寄って、必要としている人に譲る。そんなことは考えてもみなかったから、目から鱗《うろこ》だった。捨てるよりよほど経済的だし、魅力的な考え方だ。さっそく人が集まりやすい教会のスペースを利用できないか、神父と相談してみよう」

「本当ですか。ありがとうございます」

「決まったら、シキにもいろいろと協力してもらわなければならないが」

「それはもちろんです。不用品の処分に困っていた人たちに参加を呼びかけてみますね」

きっと興味を持ってくれるに違いない。お母さんたちの反応を想像して、志貴は自然と顔が緩むのを感じた。子どもの保護者だけでなく、図書館利用者にも声をかけてみよう。町の人たちにも協力してもらい、使える限りものを大切にする文化が広まったらいいと思う。

「環境面でもリサイクルの考え方はとても大事です。資源は無限じゃありませんから」

「そうだな。豊富だと高を括っていた資源がいつ枯渇するかは誰もわからない。疫病のように、それはある日突然訪れたりするものだ」

独り言のように呟き、白露が一瞬遠くを見つめる。すぐに視線を志貴に戻して言った。

「壊れたベッドやテーブルも、修理して新たに生まれ変わればまた別の者が使ってくれるはずだ。人によっては、それはゴミではなく宝になるかもしれない」

白露の声が弾む。志貴も自分の些細な提案をこんなにも真剣に取り合ってもらえて嬉しかった。

「ありがとう、シキ」

「え？」

訊き返すと、白露の真摯な眼差しが真《ま》っ直《す》ぐに志貴を捉えた。

「シキのおかげで民の本音をより詳しく知ることができる。せっかくシキが取り次いでくれたんだ。民がよりよい暮らしを送れるよう、俺も最善を尽くす」

美しい琥珀色の瞳を見つめ返して、志貴ははにかむように笑った。

「お役に立てたのならよかったです」

白露が一瞬目を見開き、ふわりと顔を綻ばせた。

「神父やシスターがお前のことを褒めていたぞ。視野が広く、とても気がきくと。仕事が早く、保護者からの信頼も厚い。子どもたちにもあっという間に懐かれて、今では人気者だそうだな。雪月が拗ねていた。自分だけのシキではなくなってしまって少し寂しいのだそうだ。まあ、俺から言わせれば、雪月のではなく、俺のシキなんだが」

頬杖をつきながらちらっと上目遣いに見つめられて、びっくりした志貴は一気に頬が火照るのを感じた。心地よい風が駆け抜けるテラス席だが、なぜだか志貴の周りだけ異常に気温が高い気がする。じわじわと耳たぶまで熱が広がってゆく。

慌てて俯くと、視界の端に銀色のスプーンが入った。

顔を上げた志貴に、対面から白露がパフェを掬ったスプーンを差し出してくる。

「ほら、あーん」

「！」

顔が火を噴いた。「急がないとアイスクリームが溶けてしまう」と白露に大仰に言われて、慌てて口を開ける。すかさずスプーンを口の中に差し入れられた。

「美味いか」

「……はい。とても」

白露が満足そうに頷きながら、視線をさりげなく周囲に向ける。苦笑に似た笑いを浮かべて言った。

「最近、以前よりも民から声をかけられるようになった。シキが教会で働き始めたことが噂になっているのか、とても素敵な花嫁様をもらわれたとみなが口々に褒めてくれるんだ。それが自分のことのように嬉しくてな。つい自慢したくなる。シキがこの先もずっと傍で支えてくれると、俺も心強い」

甘く微笑まれて、志貴の胸はひどく高鳴った。耳まで真っ赤に染まっているのが自分でもわかる。必死に口をもぐもぐ動かしつつ白露から視線を外した。

口の中と同じぐらい甘ったるい空気が二人のテーブルを満たす。

もし、この先もずっと白露の傍にいる未来を選択したら、どうなるのだろうか。

魔女の言葉どおり、白露と一緒になり、やがて子が生まれて——。

想像しかけて、志貴は慌てて首を横に振った。白露の花嫁という立ち位置に前ほど抵抗がなくなり、ともすれば前向きに考えてしまいそうになっている自分に大いに戸惑う。

嘘のない言葉を伝えてくれる白露を前にすると、志貴もただ次の満月の夜を待つだけでいいのかと心がざわつくのだ。自分の本心はどこにあるのか、自分でもわからなくなる。

「シキ、もう一度だ。あーん」

白露の甘い声に思考が破られた。スプーンを差し出されて、志貴は条件反射で口を開く。すんなり受け入れた志貴が意外だったのか、白露がおかしそうに笑った。「ああ、ほら。また目をぎゅっと瞑った。このかわいい顔を多くの者に見せびらかしたい気持ちと、誰にも見せずに独り占めしたい気持ちが、今俺の中でせめぎ合っている」

難しい顔をしてさも一大事のように言われて、志貴はますます頬を熱くしたのだった。


翌日、この時の仲睦まじい二人の様子がイラスト付きで新聞に掲載された。『白露様と花嫁様のお気に入り』と題されたパフェが紹介されるやいなや、縁起物のパフェを求めて人々が殺到し、件のカフェには長い行列ができたという。

■6■

次の休日、保育園も休みのその日、志貴《しき》は雪月《ゆづき》と屋敷周辺の森で遊んでいた。

白露《はくろ》は相変わらず忙しく、休日返上で今日も朝から出かけている。

雪月の世話を頼まれている志貴は、カブトムシが見たいという雪月にせがまれて森の中を探索中だ。どうやら保育園に誰かが内緒で虫かごを持ってきていたようで、生き物好きの雪月は一目見てカブトムシの虜《とりこ》になってしまったらしい。目を輝かせて志貴に話を聞かせてくれた。志貴も子どもの頃は、虫取り網を手にカブトムシや蟬《せみ》を追いかけていたので、雪月が夢中になる気持ちはよくわかる。

雪月が見せてくれた図鑑によると、姿形は志貴が知っているものとほぼ同じだった。ただし、色はあちらでいう一般的な黒褐色や赤褐色とは違い、原色の赤や青、黄といった、奇抜なカブトムシである。こんなものがブンブン飛び回っているのか。想像して、少しばかり引いてしまった。

『ぼくね、黄色いカブトムシがほしいんだ』

雪月が尻尾《しっぽ》をふりふりしながら、あちこちキョロキョロと探して歩く。

『シキは？　何色のカブトムシがいい？』

「うーん、じゃあ赤色にしようかな」

『赤！』雪月が振り返った。『じゃあ、赤色と黄色のカブトムシをいっぱい見つけようね！』

バサバサバサッと頭上で音がした。途端に雪月が『ぴゃっ』と悲鳴を上げて、志貴に飛びついてくる。

「大丈夫だよ、鳥が飛び立っただけだから」

シャツに爪《つめ》を引っ掛けてしがみついている雪月を見下ろし、志貴は苦笑した。こんな調子でカブトムシを捕まえられるのだろうか。カブトムシを追いかけるよりも、反対に追いかけられて涙目で逃げ回る雪月の姿が目に浮かぶようだ。

虫取り網を手に、志貴と雪月はカブトムシを求めてしばらく森の中を探し回った。

『あっ、いた！　シキー、こっち』

最初にカブトムシを発見するのは、嗅覚が優れている雪月だ。志貴にはわからないにおいを嗅《か》ぎ分けて、確実にカブトムシを探し出す。

雪月に呼ばれて駆けつけた志貴は、樹木に止まっているカブトムシを確認すると虫取り網を構える。狙いを定めて振り上げた。

『捕まえた！』と、雪月が声を上げた。網の中にいたのは青いカブトムシだ。逃げないようにそっと網からカブトムシをつまみ上げると、雪月が背負っているリュックサック式の虫かごの中に入れた。ゆうべ、志貴からカブトムシの話を聞いた白露が、虫捕りを楽しみにしている弟のためにせっせと作ったものである。

「けっこう捕れたね」

虫かごの中には青や黄色のカブトムシが合わせて五匹入っていた。

『でも』雪月ががっかりしたように言った。『赤がいないや』

一匹、赤いカブトムシを見つけたが、高い場所に止まっていて届かなかったのだ。次に見つけたら自分が木に登って捕まえるのだと雪月は意気込んでいたものの、あれ以降、赤いカブトムシは見かけていない。

虫捕りに夢中になっているうちに、そろそろ日が暮れそうだ。

「仕方ないよ。今日はこのへんにしてまた来よう。暗くなる前に戻ろう」

志貴は雪月を促した。だが、雪月は諦めきれないのか足取りが重い。かわいい尻尾も元気なく垂れ下がっている。

とぼとぼと歩きながら、『シキのカブトムシがいない』と、悔しそうに漏らした。

どうやら志貴が「赤いカブトムシがほしい」と言ったことを気にしているようだ。しょんぼりと俯《うつむ》くもふもふの頭部を見下ろしながら、志貴は青いカブトムシにしておけばよかったなと後悔する。「また見つけようね」と、雪月を抱き上げた。

屋敷に向かって森の中を引き返している途中のことだった。

志貴の腕の中にいた雪月が『あっ』と、突然大声を上げた。

びっくりして見下ろすと、雪月が顔を逸《そ》らしてじっと虚空を見つめている。

「どうしたの?」

『いた』

「え?」

『赤いカブトムシ! 飛んでっちゃう!』

そう叫ぶと、雪月は志貴の腕の中から飛び出した。ぴょんと上手に地面に着地し、すぐさま逆走しだす。「ちょ、ちょっと待って」志貴は慌てて追いかけた。だが、子どもとはいえ、獣のスピードには追いつけない。本当にカブトムシがいたのか不明だが、上空を見上げた途端に雪月を見失ってしまいそうで、志貴はとにかく白い子狼の姿から目を離さないよう必死に追いかける。

薄暗くなってきた森の中を、真っ白な雪玉がころころとかけてゆく。しばらくして、雪玉が動きを止めた。頼むから、そこから動かないでくれ。ぜいぜいと息を切らして、志貴は急いで雪月のもとに駆け寄る。

草を掻《か》き分けて進むと、雪月が一本の大木を見上げていた。志貴もようやく視線を上げる。焦げ茶の幹にぽつんと赤い点が見えた。赤いカブトムシである。

しかし微妙な位置に止まっていて、虫捕り網を伸ばしても届くかどうか。走っていて気がつかなかったが、この辺りは緩やかな傾斜になっているようだ。ちょうどカブトムシの木のあたりで一旦林立が途切れていて、先は斜面になっていた。木の裏側に根が張り出しており、地面からいくらか高くなっているものの、あそこに立って虫捕り網を構えるのは難しい。

悩んでいたその時、雪月が動いた。樹皮に爪を立て、短い四肢を器用に使ってするすると木を登っていく。「何やってんだよ、危ないだろ」志貴は驚き、木の下に走った。しかし次の瞬間、雪月が足場にしていた樹皮がぼろっと大きく剝《は》がれ落ちる。目の前で、まるで鞠《まり》のように白い子狼が宙にぽーんと投げ出された。

「雪月！」

志貴は叫ぶより先に地面を蹴《け》っていた。

雪月の体は木の裏側の方へ落ちてゆく。あの先は斜面だ。志貴は懸命に手を伸ばした。手の先が狼の体毛に触れる。無我夢中で腕を引き寄せる。目を丸く見開いて固まっていた雪月を胸元に抱きしめた。

「よかっ――っ」

がくんと視界が一気に下がった。ズザザザーッと、大量の落ち葉とともに志貴は斜面を転げ落ちた。

『……キ、シキ。しっかりして、シキ！』

目を開けると、視界いっぱいに毛むくじゃらの雪月の顔が広がった。

志貴は落ち葉に埋もれるようにして地面に横たわっていた。頭上からパラパラと土が降ってくる。斜面が一部分だけえぐれていて、滑り落ちた跡がはっきりと残っていた。ほんの数秒ほど、意識を失っていたようだ。

「イテテ……雪月、大丈夫？　どこか怪我《けが》してない？」

上半身を捻《ひね》って訊《たず》ねると、雪月は『大丈夫』と顔をぶんぶんと横に振った。『シキが守ってくれたから』

大きな目にいっぱいの涙を溜《た》めてそう言う彼を見やり、志貴はほっとした。「無事でよかった」微笑《ほほえ》んで、体を起こそうとしたその瞬間、右足に激痛が走る。

「痛っ」

『どうしたの、シキ！』

右足首を押さえて身悶《みもだ》える志貴の顔を、びっくりした雪月が心配そうに覗《のぞ》きこんできた。

『足、痛いの？』

「うーん……ちょっと捻っちゃったみたいだ。困ったな」

右足に負担がかからないようにしてゆっくりと上半身を起こし、志貴は頭上を仰いだ。もとの場所まで戻るのはこの負傷した足では無理そうだ。斜面を登るどころか、平地ですらまともに歩けるかどうかもわからない。

木々の隙間から見える空が薄暗くなってきた。完全に日が落ちる前にどうにかして森から出なければと焦る。真っ暗な森の中に雪月を置いておけない。

『シキ、ごめんね』雪月のすすり泣く声が聞こえてきた。『僕がっ、カ、カブトムシを、捕ろうとしなかったら……ひっく、シキの足、ケガしなかったのに……っ』

志貴は思わず頬を緩めた。「そんなこと、気にしなくても大丈夫。雪月は俺のために赤いカブトムシを追いかけて捕まえようとしてくれたんでしょ？　ありがとうね。でも、木登りは危ないから、一人であんなに高いところまで登らないように。これからは気をつけようね」

頭を撫《な》でて宥《なだ》めると、雪月は前肢《まえあし》で顔を覆いながらこくこくと頷《うなず》く。それでも『ごめんね、ごめんね』と、泣きながら何度も繰り返すので、志貴は人差し指を立てて言った。「もうごめんねは終わり。雪月はなんにも悪くない。俺も大丈夫だから。ほら、涙を拭いて」

上着のポケットからハンカチを取り出して雪月の顔を拭いてやる。チーンと鼻をかませると、ようやく雪月も少し落ち着きを取り戻した。

さて、これからどうしようか。ここに二人で座っていても時間が経《た》つばかりだ。屋敷では二人が帰ってこないと騒ぎ出している頃かもしれない。下手に動くより、誰かが捜しに来てくれるのを待つ方がいいか——考えながら、志貴は思わず顔をしかめた。雪月には大丈夫だと強がってみせたものの、足首の痛みがどんどん酷くなっている気がする。ズキズキとした疼《うず》きに耐えながら、こめかみを脂汗が流れる。

『シキ、やっぱり痛い？』

座り込んだまま一向に動こうとしない志貴の周りを行ったり来たりしていた雪月が、すんと鼻をひくつかせて顔を覗き込んできた。『いつもとちがうにおいがする。くるしい？』赤い舌を突き出し、志貴の額から流れる汗を一生懸命舐《な》めてくれる。

「……やっぱり、兄弟して鼻がいいんだなあ」

志貴は苦笑した。自分ではわからない体臭の変化も、白露は敏感に嗅ぎ分けて、更にはその時の感情までを言い当ててしまうのが少々困りものだった。嗅覚が特に優れている狼族《おおかみ》とはいえ、雪月にまでやせ我慢を見抜かれてしまうとは情けない。

薄暗い森の中、ざわざわと葉擦《はず》れの音が響き渡った。キョロキョロと辺りを不安そうに見回している雪月に、志貴は自分がこれ以上動けそうにないことを正直に話した。

黙って話を聞いていた雪月が、意を決したように言った。

『わかった。僕がだれか助けてくれる人を呼んでくる』

志貴は思わず耳を疑った。「え？　呼んでくるって……」

『だって、僕はまだ小さいから、シキのことダッコできないんだもん。ダッコできるおとなを呼んでくる。においをたどっていったら、おうちにつくはずだから。だから、シキはここで待ってて。暗くて怖いかもしれないけど、ちょっとだけ我慢してね。すぐに戻ってくるからね』

そう告げると、雪月は小さな体を翻《ひるがえ》し、身軽な動きで斜面を登ってゆく。「え、ちょっと、雪月……っ」慌てて呼び止めようとした拍子に体勢を崩し、右足に激痛が走った。顔をしかめながら見上げると、もう雪月は斜面の上に辿《たど》り着いたところだった。『シキ、動いちゃダメだよ』と言い残し、白い毛玉が姿を消す。

しんと静寂が降り落ちてきた。

薄暗い森の中を必死に駆け抜ける子狼を想像して、自分の怪我よりも雪月のことが心配になる。風が吹いて木が揺れただけでも怖がるのに一人で行かせて大丈夫だろうか。迷子にならずに屋敷まで戻れるだろうか。途中で怖くなって泣いていないか。考えれば考えるほど心配が尽きない。

どれくらい経っただろうか。

どこからか人の声が聞こえた。志貴は膝頭《ひざがしら》に埋めていた顔をはっと上げた。声が近づき、次第に鮮明に聞き取れるようになる。志貴の名前を呼んでいる。気づいた瞬間、力の限り叫んでいた。

「ここです！　こっちにいます！」

一旦探す声が止《や》み、少し間があいて、ガサガサと草を掻き分けて歩き進む音が聞こえ始めた。こっちに向かってくる。志貴は居場所を示して声を上げ続ける。

間もなくして、「シキ！」と頭上から声が降ってきた。ランタンの明かりに照らされて、眩《まぶ》しさに思わず目を眇《すが》める。明かりの向こうに浮かび上がる大柄なシルエットを確認した途端、志貴はほっとして全身から力が抜けた。

「白露さん」

白露も安堵《あんど》の表情を浮かべる。その横から雪月が心配そうな顔を覗《のぞ》かせていた。

「大丈夫か。今、そっちに行く」

白露が雪月を連れて斜面を滑り下りてくる。

「すみません。ちょっと足を捻ってしまったみたいで」

「ああ、雪月から話は聞いた。木から落ちたこいつを助けようとして、あそこから転げ落ちたのか。怪我をしたのは足だけか？　他に痛むところは？」

矢継ぎ早に問われて、志貴は大丈夫だとかぶりを振った。

「ひとまず屋敷に戻ろう」

白露は痛めた右足首に触れないようにして、慎重に志貴を抱き上げた。これでも一般的な体型の成人男性なのに、軽々と横抱きにされてしまったことに焦りと羞恥《しゅうち》を覚えたが、下ろしてと騒ぐわけにもいかない。人目がないのがせめてもの救いだった。おとなしくする志貴を抱えて、白露はまるで跳ぶような軽業《かるわざ》で斜面を駆け上った。

そこから先はこの方が早いからと、白露が狼姿に変化し、志貴はその大きな背中に乗せてもらって屋敷まで移動した。雪月も暗い森の中を怖がることなく、白露の後ろにぴったりとついて懸命に追いかける。いつもの泣き虫子狼が嘘のように、一回り逞《たくま》しくなって見えた瞬間だった。

無事に屋敷に戻ると、大騒ぎする使用人たちを下がらせて、白露自ら志貴の足を手当てしてくれた。

志貴をベッドに座らせて、自分は床に跪《ひざまず》き、丁寧に足に薬を塗り込む。その横で、雪月もじっと見守っている。「包帯をとってくれ」と白露が言うと、すかさず雪月が救急箱の中をあさって、包帯を白露に手渡した。

兄弟揃って甲斐甲斐《かいがい》しく手当てをしてくれて感激する。二人の優しさが夜気で冷えた体にじんわりと沁《し》みた。

何か温かい飲み物を持ってこよう。白露が一旦部屋を出て行くと、志貴は床で救急箱をしまいながらうつらうつらと舟をこいでいた雪月を抱き上げた。

「雪月、白露さんを呼んできてくれてありがとう。雪月も怖かっただろうに、真っ暗な中を一生懸命に頑張って走ってくれて、本当にありがとう。おかげで助かったよ」

頭を撫でると、雪月がふにゃっと笑った。白露にも「よく頑張った」と褒められ、誇らしげな笑顔を見せていた。今日は本当に雪月に助けられた。

張り詰めていた気が抜けたのだろう。ふわあと欠伸《あくび》をした雪月が、志貴の膝の上で丸まった。すぐに寝息が聞こえ始める。

部屋のノックが聞こえて、カップが三つのったトレイを持って白露が入ってきた。

「なんだ、寝たのか」

志貴の膝の上ですうすうと気持ちよさそうに眠っている雪月を見て、白露が苦笑する。

サイドテーブルにトレイを置き、一つを志貴に差し出す。甘い湯気とほのかにスパイスの香りがたちのぼるミルクティーだ。「ありがとうございます」

ベッドに雪月を寝かせて隣に腰掛けた白露と一緒に優しい甘さのミルクティーを啜《すす》って体の芯からあたたまった。

「にやにやとして、どんな夢を見ているんだか」

白露が雪月の毛むくじゃらの頬をつつく。『シキー、僕が助けるからね……むにゃむにゃ』と、かわいらしい寝言が聞こえてきた。二人は顔を見合わせて思わず笑ってしまった。

「夢の中では、立派な騎士のようだ」

「現実でも雪月に助けられました。白露さんが来てくれて、本当に助かりました。ありがとうございました」

「こちらこそ、弟を守ってくれて感謝する。こいつの代わりに怪我をさせてしまったな。まったく、何度木から落ちれば気が済むんだ。その度にシキに助けてもらって情けない」

額《ひたい》を軽く指先で弾《はじ》かれて、雪月が一瞬鼻の頭に皺《しわ》を寄せる。再び二人して笑った。

「雪月が」白露が思い出すようにして言った。「涙目で門から駆け込んできた時には何事かと思った。ちょうど俺も出先から戻ったところだったから、お前が崖から落ちたと聞いて、一瞬で血の気が引いたぞ」

「すみません。俺ももっと気をつけるべきでした。雪月が木に登る前に止めればよかった」

「ちょこまかと動くこいつを追いかけるだけで大変だからな。カブトムシに夢中になりすぎて、気がついたら木から落ちていたんだそうだ。まったく、愚弟が迷惑をかけて申し訳ない」

わざわざ志貴に向き直って頭を下げる。そんな殊勝な白露に志貴は慌てた。

「頭を上げてください。たいした怪我じゃないですし、気にしなくていいですから」

「まだ痛みがひどいか」

「いえ、もう全然。この薬が効いているみたいです。歩くと少し痛みますけど、座っていれば平気です」

「そうか、よかった」

ほっと白露が安堵の息をつく。カップをテーブルに置くとおもむろに腕を伸ばし、突然志貴を抱きしめてきた。

「本当に無事でよかった……」

耳もとで囁《ささや》かれて、志貴は狼狽《うろた》えた。焦って思わず身じろぐも、優しく背中を擦《さす》られるうちに強張《こわば》っていた体から少しずつ力が抜けていく。心配して肝を冷やした白露の気持ちが抱き合った体から伝わってくるようで、志貴は胸の奥がじんわりと温かくなるのを感じた。優しい白露の人柄に心が揺り動かされる。

白露がふと思いついたように言った。「明日、温泉へ行かないか」

「温泉？」志貴はきょとんとして訊《き》き返した。「温泉があるんですか？」

「ああ。少し移動するが、打撲や捻挫《ねんざ》などに効く湯がある。そこへ行って、体を癒そう。その足では保育士の仕事はしばらく無理だ。神父には話をしておくから、心配しなくてもいい」

まさか、こちらの世界にも温泉文化があるとは思わなかった。湯治に連れて行ってもらえると聞いて、我知らず子どものようにわくわくしてしまう。

「嬉しそうだな。温泉は好きか」

「はい。あ、でも、いつか行ってみたいと思うだけで、実際は行ったことがないんです」

「一度も？　人間の世界にも温泉はあるのだろう？　何かの書物で見かけたぞ」

確かに、日本人にとって温泉は馴染《なじ》み深く、身近な存在である。だが、志貴は裸を晒《さら》し合う場所で万が一のことがあってはいけないと、これまで自主的に避けてきた。誰もが気軽に利用できる施設だからこそ、仮にフェロモンが漏れでもしたら大変なことになるからだ。

「まさか、こっちに来て温泉に行けるなんて思わなかったな。だから、とても楽しみです」

うきうきと自分の声が弾むのがわかった。白露がおかしそうに目を眇める。

「そうか。俺も楽しみだ」

ふいに白露の声が途切れた。すっと頭上に影が差す。すぐ近くに気配がして横を向こうとしたその時、頬に柔らかい感触が押し当てられた。

白露は志貴の頬にそっと口づけると、ゆっくり唇を離した。

「これくらいは許せ」

「……っ」

咄嗟《とっさ》に頬を押さえた志貴はみるみるうちに首筋から熱が上ってくるのを感じる。白露と間近で目が合い、顔が燃えるように熱くなった。きっと今の志貴は茹蛸《ゆでだこ》のように耳まで真っ赤になっているに違いない。頬を押さえたまま固まっていると、白露が急に不安そうな表情を浮かべて言った。「いや、その、悪かった。お前が嫌がることは何もしないと約束したのに、つい体が動いて

しまった。嫌ならもうしない。すまなかった」

あたふたと言い訳をする白露を前にして、志貴も我に返った。慌てて首を左右に振る。

「……い、嫌なわけじゃないです」

一拍あけて問い返された。

「本当に？」

志貴はこくんと頷く。ちらっと上目遣いに窺《うかが》うと、目が合った白露が破顔した。よかったと、ほっとして呟《つぶや》くその声が大層嬉しそうで、なぜか志貴の心臓は瞬く間に激しく高鳴り始めた。慌てて白露から目を逸らしたが、鼓動はますます加速し、頭も朦朧《もうろう》としだす。白露の笑顔が脳裏に焼きつき、きゅっと苦しいほどに胸が詰まった。

白露がはたと目を瞠《みは》り、何かに気がついたように言った。

「嫌ではないということは、俺とツガイになってもいいと思ってくれていると考えてもいいだろうか」

「えっ」志貴は身を乗り出すように顔を近づけてきた白露にぎょっとし、半ば反射的に首を横に振って否定した。「そっ、それはまだです！」

びっくりした。もう少しで頬ではなく唇同士がくっつくところだった。心臓が爆音を鳴らす志貴の隣で、白露が「そうか、まだか」と、わかりやすくがっかりした様子で項垂《うなだ》れる。ただでさえうるさい胸が、またぎゅっと押し潰されたみたいに苦しくなって息が詰まる。

最初の頃と比べると、物理的にも心理的にも白露との距離が随分と縮まっているのは明らかだった。特に心理的な面において、志貴の気持ちがどんどん白露に傾いていることに気づかされる。触れられた頬がまだ熱い。

手のひらでそっと覆いながら白露の感触を反芻《はんすう》し、そんな思ってもみなかった行動をとっている自分に眩暈《めまい》がした。

翌日、志貴は白露と連れ立って温泉に出かけた。

薬が効いたのか炎症は一晩で治まり、念のために彪牙《ひょうが》にも診てもらったところ、湯治を勧められたのである。

こちらの世界では、温泉は病の治療方法として積極的に取り入れられているようだ。歴代の国王も湯治により病を克服してきたそうで、各領地に温泉施設が点在しているという。

てっきり雪月も一緒に行くのかと思っていたが、どういうわけか今回は留守番していると自ら辞退した。ぷうっとむくれた顔をして一緒に行きたいのを必死に我慢しているように思えたので、志貴は誘ってみたのだが、雪月は頑《かたく》なに首を左右に振るばかりだった。

「留守番をしているというんだ。子どもに温泉のよさはまだわからないのだろうな。今回は二人で行こう。たくさん土産《みやげ》を買ってきてやるからな」楽しげに声をかける白露を、雪月がずっと恨めしげに睨《にら》みつけていたように見えたのだが、気のせいだろうか。

棗《なつめ》が操縦する馬車に乗り込み、温泉地に向かう。

馬車は中心街とは反対の方角へ進んでいき、長閑《のどか》な田園風景を眺めながらしばらく走ると、宿泊施設や土産店が軒を連ねる賑《にぎ》やかな温泉街に入った。両隣の領地からも比較的近い場所にあり、領の内外から観光客がやってくるという。

「ここにも温泉宿はたくさんあるが、これから向かう場所は秘湯と呼ばれるところだ」

馬車は賑わう温泉街を抜けて、人寂しい山道に入った。秘湯と言うだけあって、随分と山の奥まで進み続けて、ようやく馬車は止まった。

「シキ、おいで」

先に降りた白露が手を差し伸べる。手を借り、右足を庇《かば》いながら慎重に馬車を降りようとした途端、ふわりと体が宙に浮いた。白露に抱きかかえられていた。

「だ、大丈夫ですよ。肩を貸してもらえたら、自分で歩けますから」

「遠慮するな。ここは足場が悪いからな。また怪我でもしたら大変だ」

そう言いながら、白露は志貴を抱きかかえたまま軽快な足取りで歩き出す。棗と目が合ったが、諦《あきら》めてくださいとばかりの生温かい笑顔とともに、「ごゆっくり、いってらっしゃいませ」と見送られた。

少し歩いた先に現れた温泉は、ひっそりとしていて先客はいなかった。

温泉独特の硫黄臭《いおうしゅう》はまったくなく、ほんのりと花のような甘いにおいが漂っている。

山に囲まれた岩場に大小の湯だまりができている。白濁したエメラルドグリーンの温泉は整備された施設ではなく、自然に湧き出た湯が窪地《くぼち》にたまってできたもののようだ。源泉の傍《そば》に雪解け水が流れる川があり、ちょうどいい温度に調節されるのだという。

さっそく二人は温泉に入る準備をした。

白露が脱衣を手伝うと言ってくれたが、そこは丁重に断った。脱衣所のような建造物はないものの、あちこちに大小の岩が積み上がってうまく死角を作ってくれている。

岩にもたれかかりながら、志貴はいそいそと服を脱いだ。腰にタオルを巻きつけて、そっと岩陰から顔を出す。

一番近い温泉まで平たい足場が続いている。これなら片足跳びでいけそうだ。

よし、と岩陰から出ようとしたところで、誤って右足をついてしまう。ビリッとした鈍痛に一瞬呻《うめ》いたところで、志貴の体がまたもやふわりと宙に浮いた。

「え、何……は、白露さん？」

志貴を横抱きにして、白露が呆《あき》れたように見下ろしている。

「まったく、脱ぎ終わったら声をかけろと言っただろ。一人で歩いていくつもりだったな。足を滑らせたらどうするんだ」

「だ、大丈夫ですよ。すぐそこまでなのに」

「ダメだ。おとなしく運ばれろ」

有無を言わさずに、白露は志貴を抱えて歩き出す。当然ながら、白露も全裸だ。顔のすぐ横に盛り上がった逞しい胸筋があって、志貴は咄嗟に顔を逸らした。

同じ男として惚《ほ》れ惚《ぼ》れするような肉体美を目《ま》の当たりにしては、動揺を隠しきれない。露出した肌同士がぴったりと密着し、否が応でも意識してしまう。

まだ温泉に入っていないのに、すでにのぼせそうだ。興奮して心臓が早鐘を打ち、せわしない鼓動が耳の奥に響いてくる。この音が白露まで聞こえてやしないか。志貴は必死に息を詰めながら、無意識に内股《うちもも》に力を入れた。

水音が立ち、白露が温泉に入る。痛めた足が底に触れないよう気を使いながら、ゆっくりと志貴の体を湯に浸からせてくれた。

「……ありがとうございます。ああ、気持ちいい」

乳白色の湯は少しとろみのあるしっとりとした肌触りで、やや高めの温度だが、きんと冷えた山の中の空気と相まってちょうどいい。屋敷の浴槽は広く、志貴が以前住んでいたアパートの狭い風呂場と比べたら段違いに快適なのだが、外の景色を見ながらのんびりと湯に浸かる気持ちよさは格別だった。

志貴はほうと息をつく。これが温泉というものか。知識だけはあったが、実際に体験してみて感動が込み上げる。じんわりと湯が肌に浸透し、体の芯から温まるこの感覚は初めて味わうものだ。

「どうだ、足の調子は」

隣に腰を下ろした白露が訊《たず》ねてきた。志貴は濁り湯越し、右足首の辺りに目をやった。

「じわじわと温まって、痛みをとってくれている感じがします」

実際に効いているのかは不明だが、気持ちがよく、本当に痛みが引いていく気がする。

白露がそれはよかったと微笑む。

「こんなに気持ちがいいものなんですね、温泉って」

「そうか、シキは温泉に入ること自体が初めてだったな。確か、ニホンジンは温泉好きだと聞いた気がするが……」

そこまで言って、白露ははっと続く言葉を飲み込んだ。奇妙な沈黙が落ちる。白露が誰からその情報を聞いたのかはすぐに察しがついた。志貴はもやっとした気分になる。

「レイカさんとも、この温泉に来たんですか？」

思わず口をついて出た言葉は、どことなく刺々《とげとげ》しい物言いになってしまった。

隣で白露が僅《わず》かに身じろいだ。彼の周りだけ小さな波紋が広がる。

「いや」白露はかぶりを振った。「彼女はここには来ていない。興味もなかったはずだ。俺と一緒に行動するのを極端に嫌がっていたから、誘ったところで断られただろう。ニホンジンの話は、彼女が使用人と話していたのをたまたま耳にしただけだ」

僅かな沈黙を挟んで、白露は志貴がこちらに来る少し前の話を訥々《とつとつ》と語り出した。

「彼女は好いた男がいるのだと、最初から俺を拒絶していた。何を話しても聞く耳を持たず、もとの世界に戻りたいと毎日泣いてばかりいた。彼女には申し訳ないと思う気持ちもあったが、こちらにもようやく召喚に成功した彼女を手放せない事情があった。俺と共にこの領地を守ってくれる漆黒の花嫁が必要だったんだ。どうか協力してほしいと、何度も説得したんだが――」

白露が湯を手に掬《すく》ってぱしゃっと肩にかけた。筋骨隆々の体に飛沫《しぶき》が弾ける。ちょうど水面の上、脇の下のあたりに目が止まった。荊《いばら》が巻きついているかのような濃い痣《あざ》。それは水面下にも伸びていて、白露の腰のあたりまで繋《つな》がっている。魔女の呪いの痣だ。

結局、レイカは自力で召喚術を習得して、白露から逃げ出したのだった。

「彼女は俺をひどく憎んでいた。俺のような恐ろしいバケモノ相手に結婚などできるわけがないと。自分は好いた相手の子しか産みたくない。この先どんなことがあっても、あなたのことを好きになることは絶対にありえない。ただただ嫌悪しかないと、そうはっきり言われた。この痣も、恐ろしい、汚らわしいと、目に入るのも嫌がっていたな」

ふっと白露が寂しそうな顔をして僅かに俯いた。

その瞬間、志貴は胸の奥がぎゅっと潰れる思いがした。息が苦しくなり、喉元に迫《せ》り上がってくるものを無理やり飲み下す。何かに衝《つ》き動かされるように湯を掻き分け、気づくと白露の傍にぴたりと寄り添っていた。

温まった肌に痣は一層濃く浮かび上がる。

なぜそうしようと思ったのか、自分でもよくわからない。どうしようもない衝動が込み上げてきて、志貴はその痣にそっと指先を触れさせた。

白露がびくっと体を震わせた。虚をつかれた表情。志貴は何も言わず黙ったまま、労《いた》わるように痣を優しく撫でた。

こうするうちに、ふっと煙のように消えてなくなってしまえばいいのに。

レイカが八つ当たりのように白露にぶつけた心無い言葉は、志貴の胸までも深く抉《えぐ》った。追い詰められ、自暴自棄になっていた彼女の気持ちもわからなくはない。だが、少なくとも白露は傷ついただろう。想像すると胸が痛い。

志貴は、白露の痣を怖いとも、汚らわしいとも思ったことはなかった。今は、こんなにも白露を苦しめている消えない痣を、心底恨めしく思う。

肌に触れる志貴を好きにさせたまま、白露が再び口を開いた。

「レイカには、俺の顔を見るたびに、もとの世界に戻してくれ、恋人に会いたいと、泣きながら懇願された。そんな彼女とのやりとりを繰り返す中、俺もどうしていいのかわからなくなっていったんだ」

一度言葉を切り、小さく息を吐く。ちらっと視線がこちらを向いたのがわかった。

「だがそのうち、恋人のことを想って泣く彼女のことを、どこか羨《うらや》ましいと思っている自分がいることに気がついた。俺には、あんなにも感情を剝《む》き出しにできるほど、誰かを愛した経験がない。父の背中を見て育った俺の体には、何をするにも領地や民のことを最優先に考えて動くことが染み付いている。結婚もそうだ。自分の受けた呪いのせいで、父から引き継いだ領地を滅亡させるわけにはいかない。そのために、神が選んだ最善の相手を娶《めと》る。そこに己の私情は一切必要ない。それが当たり前だと思っていたんだ。自分の気持ちなど考えたこともなかった。だが、今は――」

ふいに白露が志貴の手を摑《つか》んだ。はっと顔を撥《は》ね上げると、待ち構えていたように目が合う。間近で視線が絡《から》み合い、どくんと心臓が跳ねた。

真剣な眼差《まなざ》しの中、隠し切れない熱がゆらゆらと揺れている。見つめ合うだけでチリチリと焦げついてしまいそうな、そんな錯覚を起こす。

志貴の手を摑んだまま、白露がゆっくりとこちらに向き直った。

水面が小さく波立つのを視界の端に捉えながら、志貴は思わず喉を鳴らす。

「くちづけてもいいいか」

色香を滲《にじ》ませた声で訊かれて、咄嗟に息を詰めた。

「……頬に」と、白露が囁くように付け加える。

熱っぽい瞳に請われて、たちまち全身がたぎるように熱くなった。

体が火照り耳までじんじんと熱い。眩暈がしそうだ。

志貴は大いに惑いながらも、こくりと頷いた。

すると、すぐさま白露の手が伸びてくる。志貴の顔に触れ、自分の方へゆっくりと引き寄せると頬に唇を押し当ててきた。湿った音を立てた頬が、これ以上ないほど真っ赤に染まっているのが自分でもわかった。

「唇にもしてもいいか」

すかさず白露が要求を重ねてきた。

「……えっ」

「ダメか？」

言葉は遠慮がちなのに、自信に満ちた目力に押し切られる。

その甘さを含んだ眼差しに見つめられると、嫌とは言えなかった。志貴はふるふると首を横に振った。

「……ダメじゃ、ない」

白露がふわりと嬉しそうに微笑んだ。

美しい笑顔に不覚にも見惚《みと》れてしまった志貴の隙をついて、白露がすっと顔を寄せてくる。宝物に触れるように優しく唇を奪われた。

しばらくの間、啄《つい》ばむようなキスを重ねる。

まるで味見をされているみたいだ。そうかと思うと、突然熱い舌が歯列を割って口内にもぐりこんできた。

「……ん、んんっ……」

反射的に引っ込めた舌を強引に搦《から》め捕られる。きつく吸われた瞬間、ビリッと脳天まで痺《しび》れるような劇的な快感が駆け抜けた。

「ふ……んっ、んぅ……っ」

深いところまで貪《むさぼ》られるような激しいくちづけに眩暈がする。

息ができず苦しいのに、それすらも快感に変換されて、キスを交わすほど興奮が湧き上がってきた。くちゅくちゅと卑猥《ひわい》な水音を立てながら、白露の舌技に翻弄される。

ふいに、体の奥で何かが弾けた。

志貴はぶるっと胴震いする。まさか、そんなはずは。頭の隅で思うと同時に、カッと火がついたように体の芯が燃え上がった。

下腹に覚えのある熱を感じる。どくどくと心臓が大きく脈打ち、呼応するように息が上がる。体が疼き、もっと刺激がほしくて堪《たま》らなくなる。

そうとは知らず、白露は名残《なごり》惜しそうにくちづけを解いた。

途端に志貴は彼を恨めしく思う。やめないでほしい。もっと、白露がほしいのに……。

「……っ、はっ、はあ、白露さん……ぅンっ」

「シキ?」白露が志貴の異変に気づいた。「お前、どうし……んんっ」

言葉ごとすべて奪うようにして、ぐうっと伸び上がった志貴は白露の唇に自分のそれを押し当てた。自ら舌を差し入れる。

意表をつかれた白露が一瞬受身に回る。しかし志貴に好きにさせたのも束の間《つかのま》、すぐさま反撃に出た。無理な体勢で覆い被《かぶ》さる志貴の脇に両腕を差し込んで抱き上げる。水の浮力を借りて、易々と自身の太腿《ふともも》に乗せると、志貴の顎を摑み、咬《か》みつくようなキスをしかけてきた。互いを貪るように夢中で舌を絡め合う。

志貴は耐えがたい体の疼きを感じていた。

先ほどから異常なまでの速さで鼓動が鳴り響き、下腹に重い熱が溜《た》まる。熱はどんどん膨らんで、あっという間に強大な欲望が理性を飲み込もうとする。

いよいよおかしい。

志貴は嫌でも自覚するしかなかった。間違いない、これはヒートだ。

しかし、次のヒートまでまだ日があるはずだった。

以前も森の中の池で清めの儀式を行っていた白露と鉢合わせた時に、疑似ヒートを起こしたことがあった。

場合によっては、アルファとの接触でオメガのヒートを強制的に引き起こすことがあると聞いたことがあるが、ここにはアルファは存在しない。

だのに、どうしてこんなにも体が疼いてしかたないのだろう――。

ふいに長いくちづけが解《ほど》かれた。

「……なんだ、このにおいは。シキのにおいなのか……？」

白露が陶然とした声で言った。

すんと、ひくつかせた鼻を志貴の首筋に押しつけてにおいを嗅いでくる。

「あっ」

途端に志貴は全身を引き攣《つ》らせた。ずくんと下腹の熱が一層膨らむのがわかった。

まずい――。

なけなしの理性を総動員して、志貴は密着していたぶ厚い胸板を押しのけた。突然腕を突っ張った志貴に白露が驚いたように目を瞠る。

「シキ？　どうした」

「ご、ごめんなさ……い。……でも、これ以上は……俺の、体……は、離れて……っ」

今ならまだかろうじて理性が残っている。だがここから先は自分でもどうなるかわからない。発情したあられもない姿を白露に見られたくない。

頼みの綱の抑制剤はリュックの中だ。そのリュックも屋敷に置いてきてしまった。

湯の中でどうにか立ち上がろうとするも、体にまったく力が入らなかった。

呼吸が浅くなり、半開きの口からはあはあと熱っぽい息が絶え間なく零《こぼ》れる。これだけ密着しているのだ。すでに硬く張り詰めている下肢に、白露はとっくに気づいているだろう。

がくがくと震えながら傍の岩に手を伸ばす。

早く白露から離れなければ。彼をこんなことに巻き込みたくない――。

朦朧とする頭で志貴は必死に岩にしがみつき、腕に力を入れて引き寄せた。温泉の浮力に助けられて、なんとか白露から自分の体を引き剥がす。

「シキ！」

ところが、白露が腕を摑み志貴を引きとめてきた。触れた肌から大量の熱を送り込まれたみたいに、みるみるうちに全身の血液が沸騰する。ぞくっと背筋が戦《わなな》慄き、震えが一層ひどくなる。

「やっ、あぁ、やめ……はっ、放し、て……っ」

「もしや、これがヒートというやつなのか」

尋常ではない志貴の様子を目《ま》の当たりにして、白露が言った。

もう誤魔化すこともできない。志貴はこくこくと頷いた。口は息を継ぐだけで精一杯、返事はこれが限界だ。こうしているうちにも、どんどん体の疼きがひどくなっていく。

その時だった。ザバッと大量の水飛沫が上がる。突然、白露が志貴の体を抱えて立ち上がった。

一瞬、何が起きたのかわからない。温泉に浸かって熱くなった体がいきなり宙に浮き、冷たい空気に晒される。心拍が異様なまでに亢進《こうしん》し、温度差にくらくらと眩暈がする。火照《ほて》った体に気持ちいいと感じたのも束の間、もうそれ以上は頭が上手くまわらなくなっていた。

白露は朦朧とする志貴を抱き上げて、平らな岩の上に座らせた。

冷たい岩肌に触れた刺激で腰がびくんと跳ねる。反動で勢いよく振れた中心が腹筋を打ち鳴らした。

「ん……ぁ……っ、ふ……ぁ、熱ぃ……っ」

浅い呼吸を繰り返しつつ、涙の膜越しに自分の股間を見下ろす。途端に泣きたくなった。

みっともなく反り返った中心は腹にくっつくほどで、細身ながらパンパンに膨れ上がっていた。今にも皮膚を食い破らんばかりに浮き出た血管が生々しく、先端からは透明な雫《しずく》がとめどなく溢《あふ》れている。とろみのあるそれが温泉の湯ではなく自分の体液なのは明らかで、志貴は羞恥に震えながら弛緩した足を無理やり引き寄せた。

緩慢に身じろいだ瞬間、後孔からもどろりと体液が溢れ出たのがわかった。

「苦し……熱っ」

うわ言のように呟き、意思に反して涙がぼろぼろと零れる。

濡《ぬ》れた頬をふいにざらりとした感触が舐めた。まるで獣のようにぺろぺろと白露が舌で涙を舐めとる。

最後に目の端に溜まった雫をキスで吸い取って言った。

「シキ、泣くな。大丈夫だ、すぐに楽にしてやるから」

頬にキスを落とし、白露の頭部がゆっくりと沈む。ほどなくして、勃《た》ち切った志貴の性器が生温かい湿った感触に包まれた。

「あっ……！」

初めて経験する快感は強烈だった。

反射的にびくんと腰を大きく撥ね上げ、その反動を利用して白露の頭が一層深く沈む。白露に銜《くわ》えられた志貴のものは、一気にじゅるりと根元まで飲み込まれた。

舌と唇、喉の奥まで巧みに使って施される口淫《こういん》は、目が眩《くら》むほどの未知の快楽を志貴に与えた。

「あっ、あっ、ああ――っ」

瞬く間に高みに押し上げられたかと思うと、あっけないほど簡単に爆《は》ぜた。志貴は白露の口内で吐精した。

すべてを受け止めて、白露がゆらりと頭を上げる。

涙でグシャグシャになった視界に、端整な男の口の端から白濁の体液が一筋流れ落ちるのが映った。

もう思考はほとんど働いていない。それでも息を乱し、喘《あえ》ぎながら、わけもわからずただとんでもないことをしてしまったと、罪悪感だけが込み上げる。

「ふ、ぁ……ご、ごめんなさい……ごめんなさ……ううっ」

「どうして謝るんだ」白露が弱ったように言った。「気にするな、俺がしたくてしていることだ。それよりも……さすがに一度では治まらないようだな」

震える股間を白露にやんわりと握られて、志貴は悲鳴を上げた。精を放ったばかりだというのに、すでにそこはもう硬く張り詰めている。

白露が片方の手で陰嚢《いんのう》を揉《も》みしだき、もう片方の手で屹立《きつりつ》を扱《しご》き始めた。

「あっ、ん……んっ」

たちまち射精感が戻ってくる。先ほどよりも体の疼きがどんどんひどくなっている。放っても放っても、まだ足りない。

岩の上にだらんと寝そべり自然と腰が揺れた。

そこを扱かれるたびに、痺れるような熱が背骨を駆け上がり、快感となって全身を支配する。もっと、もっと。もっと、刺激が欲しい。体の奥までぐちゃぐちゃにされたい――。

恐ろしいほどの欲望があとからあとから湧き上がってくる。

「すごいな、もうこんなに硬くして」

志貴のあられもない姿を見下ろして、白露の息遣いもたちまち荒くなる。

「それにしても、なんてにおいを放っているんだ。獣人でもこんなに濃密なフェロモンは放出しないぞ。ここまで甘くて蠱惑的《こわくてき》なにおいは初めてだ……くそっ、頭がくらくらしておかしくなりそうだ」

ごくりとあからさまに喉を鳴らすのを、志貴はぼんやりと聞いた。

再び後ろから体液が溢れて、耐え難い疼きに襲われる。

「んぁっ、中……お、奥が、熱い……っ」

「奥？　ここか」

淫猥《いんわい》に濡れた後孔にいきなり白露が指を差し入れた。

「あ、あっ」

指を抜き差しされて、志貴は首を反らして喘いだ。

すぐに指の本数が二本、三本と増える。普段は密やかに閉ざしている窄《すぼ》まりは、何をしなくてもすっかりとろとろに柔らかくほぐれていて、節張った男の指をやすやすと三本も飲み込んでしまった。

「気持ちいいか」

「ん……いい、気持ちいい……すごく、ぁっ、そこ……ぁぁ……」

指でぐちゅぐちゅと中を掻き回されると、志貴はそのあまりの気持ちよさに恍惚《こうこつ》とした表情で声を上げた。

淫《みだ》らに腰を揺らし、喘ぎながら、だがすぐに物足りなさを覚えて白露にねだる。

「熱っ……もっと、奥に……欲しい……」

「え?」

「指じゃ、やだ……白露さんので……ここを……っ」

火照ってじくじくと疼く奥を鋭く抉ってほしい。

経験したことがないのに、自分がそうされるイメージはあっさりと脳裏に浮かんで、志貴の欲望は一層膨らんだ。白露にそうされたらどんなに気持ちいいだろう。早く、白露が欲しい。

「ああ、わかった」

　ずるりと指が引き抜かれた。そうかと思うと、志貴の体は岩の上を滑り、再び温泉の中に引きずり込まれる。

ふわふわと湯に浮きながら、くるりと体を反転させられた。うつ伏せの状態でつるりとした岩肌に上半身を乗せられて、尻を白露に向ける。

肉づきの薄い尻朶《しりたぶ》を両手で掴まれぐっと割られた。

冷たい外気に触れた後ろがひくひくといやらしく収縮するのが自分でもわかる。

猛《たけ》った白露の切っ先が濡れそぼった孔《あな》にあてがわれる。直後、灼熱の楔《くさび》が捩じ込まれた。

あまりの衝撃に目の前に火花が散る。志貴は嬌声《きょうせい》を迸《ほとばし》らせながら、指とは比べものにならない圧倒的質量の白露のそれを飲み込んでゆく。

一気に最奥まで貫かれた瞬間、志貴は二度目の射精を迎えた。

腹の下で白濁が飛び散る。

「あ……また……っ、ご……ごめんな、さい……っ」

「謝る必要はない。何度でもイけばいい」

白露がゆるりと腰を揺さぶってきた。徐々に速度が上がり、快感に打ち震える媚肉《びにく》を角度をつけて幾度となく抉ってくる。

「あ、あぁ、いい、もっと……んっ、んっ、ぁんっ」

「シキ……っ」

「あぁ、ぁ……んぁ、あっ、もっと……そこ、ッ……いっぱい、して……っ」

「……っ、いくらでもしてやる……っ、かわいい、かわいいシキ……」

パシャパシャと大量の水飛沫が跳ね上がる。足の裏が石床から浮き上がるほど激しく何度も突き上げられて、繋がった場所からどろどろに溶けていくようだった。

白露の獣の如《ごと》く低く乱れた息遣いが快楽に反り返った背中に降り注ぐ。志貴も夢中で腰を振り、白露を求めた。

「ああ……も、ダメ……っ、イッ……あっ、あぁっ」

志貴は全身を硬直させて三度目の精を放った。小刻みに震える志貴の中から白露が凶暴なほど膨れ上がったものを無理やり引き抜く。

「――あっ」

直後、汗の滴《したた》る背中にものすごい勢いで大量の精液がぶちまけられた。肌から跳ねて、志貴の眼前の岩にまで白濁したものが弾け飛び、独特の青臭いにおいに包まれる。

息を弾ませ、岩肌から淫猥な線を描いて流れ落ちる白濁を物欲しげに眺めていると、白露が情欲にまみれた声で言った。

「もう一度、いいか」

「……ん……あっ」

返す間もなく、まだひくひくと痙攣《けいれん》している後孔に再び白露がずるりと入ってくる。すでに硬く勃ち上がったものを一気に打ち込まれた。

「い、やぁ……あ、んっ……あっ、ぁ……」

志貴の劣情もまた首を擡《もた》げはじめる。互いの昂《たかぶ》りは一向に収まる気配がなく、それから過ぎる快感に意識を手放すまで、志貴は幾度となく白露に貫かれた。

■7■

普段なら抑制剤を服用しつつも、もどかしい体の疼きが三日ほど続くヒートが、今回はたった一日で治まった。

悶々《もんもん》とした気分を引きずることなく、妙にすっきりしているのは、白露のおかげだろう。

加えて、白露が温泉街にまでわざわざ彪牙を呼びつけて処方してもらったこちらの薬が、どうやら志貴の体質に思いのほかよく合ったらしい。

獣人用の抑制剤である。

種族によって周期や症状は様々だが、獣人にも発情期があることは白露から聞いて知っていた。個々の判断によるが、自身の欲望をコントロールするための抑制剤の使用を、円滑な社会生活を送るために国が推奨しており、一般にも流通しているものだ。そういう点はむこうの世界におけるアルファやオメガに向けた対策と似ている。

特にホルモンのバランスが乱れやすい思春期などは、多くの獣人が抑制剤を使用するそうで、白露もそうしていたという。成熟期になるとホルモンが安定し、自制も利くようになるので、抑制剤の使用は一部の者に限られるそうだ。

志貴の体は、オメガ用の抑制剤よりも獣人用の抑制剤の方が相性がよかったらしい。

彪冴曰く、もしかしたら時空を超えた影響で、体質が変化していてもおかしくないとのことだった。

更に彼は、宿で白露に付き添われながら診察を受けた志貴に肩を落としてこう言ったのだった。

「残念ながら、妊娠はされていないようですね」

志貴はぎょっとした。それらしき検査は何もしていないのに、どうしてそんなことまでわかるのだ。

直截的な言葉に慌てふためく志貴とは反対に、平然とした白露は当たり前だと言い返した。

「緊急事態だったとはいえ、どさくさに紛れて種を仕込むような卑怯《ひきょう》な真似をするものか。シキと約束したからな。嫌われるようなことは絶対にしない。心が寄り添わなければ意味がないのだから」

避妊にぬかりはない。白露はそう胸を張って言い切った。志貴も途中からは完全に思考や理性が奪われ、ただただ行為に耽《ふけ》っていたので、白露本人の口から妊娠の心配はないと断言されて正直ほっとした。

しかしその一方で、どこか釈然としないもやもやとした気持ちが胸に広がる。どういうわけか妙にがっかりしている自分がいるのだ。

なぜそんなふうに思うのかわけがわからず、我ながら自分の思考に納得がいかなかった。がっかりだなんて、これではまるで志貴が妊娠を望んでいたみたいではないか。

動揺する志貴に白露はにっこりと微笑んで言った。

「子作りは志貴の同意を得てからと決めている」

もし、白露が呪いを解くことだけを考えているのならば、今回はその絶好の機会だったはずだ。

だが、彼はそうしなかった。

志貴の気持ちを最優先に考え、二人で交わした約束を守ってくれたことは素直に嬉しかった。

温泉から戻った後も、白露は志貴の体調をとても気遣ってくれた。

湯治の効果は絶大で、右足の捻挫はまったく気にならないほど完治していた。この驚異的な回復力に関してはさすがに温泉の効果だけとは考えられないと、彪冴も驚いていたくらいだ。

――おそらくシキ様の持つ聖なる力のおかげでしょう。召喚された当初はまだ眠っていた力が、次第に目覚めてきているのかもしれません。

聖なる力がどういうものかはよくわからなかったが、足が治り生活に支障なく動けるようになってよかった。

仕事にも復帰し、いつものように志貴がオルガンを弾きながら子どもたちと歌をうたっていると、俄に外で歓声が上がった。

なんだろうか。子どもたちと一緒に窓から外を覗く。

広い庭では先ほどまで雪月を含めた男の子たちがボールを蹴って遊んでいたが、いつの間にかその中に長身の大人が一人増えている。

「えっ、なんで」

志貴は目を丸くした。男の子たちと一緒にボールを蹴り上げているのが白露だったからだ。

急いで窓を開ける。気づいた白露がこちらに手を振ってきた。

「シキ、見ていてくれ」

そう言って、白露はボールを蹴り始めた。ポーン、ポーン。ボールを真上に蹴り上げては足や腿、胸で器用に受け止め、また打ち上げる。サッカーのリフティングだ。

ボールを一度も落とすことなく十回ほど繰り返し、最後は空高く打ち上げる。落ちてきたボールをなんと首と肩甲骨で上手く挟んで受け止めたのである。

うわあっと、子どもたちの歓声が上がった。雪月が興奮気味にぴょんぴょんと飛び上がるのが見て取れる。志貴も思わず大きな拍手を送った。

「すごいです、白露さん」

「驚いたか」駆け寄ってきた白露が胸を張って言った。「俺だってやろうと思ったらこれくらいできるんだぞ」

「びっくりしました。本当にできたんですね。そんなに上手だなんて知りませんでした」

褒められて気分をよくしたのか、ふふんと得意げに鼻を鳴らした白露が訊いてくる。「どうだ、かっこいいか？」

志貴はきょとんとした。

「はい、かっこいいです」

思った通りに返すと、今度は白露が一瞬目を見開いた。ふっと嬉しげに笑って鼻の下を人差し指でこする。「そうか、かっこいいか」

子どもたちに呼ばれて、白露はまた輪の中に戻っていった。

「仕事の合間を縫って、猛練習をされてましたよ」

ふいにどこからか声が聞こえてきた。志貴は思わず窓から身を乗り出して外を覗くと、壁に張り付くようにして棗が立っていた。「どうしても早く、シキ様に練習の成果をお見せしたかったようです」

聞くと、今も仕事の合間にわざわざ立ち寄ったのだという。

志貴はたちまち自分の頬が盛大に緩むのがわかった。

毎日忙しくてそれどころではないだろうに、白露が時間をやりくりしては、棗にアドバイスをもらいながらボールを蹴り上げる練習を繰り返す様子を想像する。それだけで脈拍が速まり、体の芯が甘くよじれた。

白露が少年のような笑顔で手を振っている。志貴も手を振り返しながら、きゅんと甘酸っぱい感情が胸を占める。

棗が苦笑しながら言った。「私は付き合いが長い方ですが、あんなに幸せそうな白露様を見るのは初めてかもしれません。特にここ何年かは、ろくに笑った顔を見た記憶がありませんでしたから」

　シキ様のおかげですと、まるで自分のことのように嬉しげに微笑み、棗は一礼して駆けていった。

「白露様、そろそろお時間です。行きますよ」子どもたちにねだられて得意気にボールを蹴っていた白露を、棗が強引に引っ張って連れてゆく。子どもたちに見送られて去っていく白露がふいにこちらを見た。バチッとぶつかるように視線が合わさり、甘い眼差しに見つめられた瞬間、志貴の心臓は激しく高鳴り始めた。

　小さくなっていく白露の後ろ姿を見つめながら、志貴は自分の心の変化に戸惑いを覚えていた。白露を見ると、おかしくなる。異常なくらい胸が高鳴り、息が詰まって、苦しいほどだ。温泉に出かけたあの日から、その苦しさは日々増している。けれどもそれは決して嫌なものではなく、むしろ心地よい苦しさだった。

　これまでの人生で恋愛と呼べるような経験はほぼ皆無だったが、そんな志貴でも今のこの気持ちがどういうものなのかはわかる。

　白露が好きだ。

　ときめくとは、恋をするとは、こういう感情なのだろうと自覚する。

　白露のことを思うと胸が昂り、息苦しいほど甘美な妄想にとらわれる。

　視界に元気に走り回る雪月と子どもたちの姿が入った。

　もし、志貴と白露との間に子どもが生まれたら、その子はどんなふうに育つのだろう。

見てみたいと思った。今の志貴は、白露の子を産んでもいいと素直に思える。

一方で、白露を呪いから早く解き放ってやりたかった。白露は志貴を抱きながらも、志貴の気持ちを尊重し、約束を守ってくれた。己に課せられた使命よりも志貴を大切にしてくれたことが嬉しかった。そんな白露が苦しむ姿は見たくないと志貴は思う。白露を守りたい。

自分を犠牲にするつもりはまったくなく、むしろ心が伴っているのだから、志貴が望んでいた関係性になれるのではないか。今の志貴にとって、白露はとても大切な存在だ。この先もずっと一緒にいられたらいいと願うほどに。

肝心の白露は志貴のことをどう思っているのだろうか。

温泉で明かしてくれた白露の本音は意外なものだった。

離れ離れになった恋人に会いたいと泣くレイカを羨ましいと思ったのだと、白露は言っていた。自分にはあんなにも感情を剥き出しにできるほど、誰かを愛した経験がないからと。

――自分の受けた呪いのせいで、父から引き継いだ領地を滅亡させるわけにはいかない。そのために、神が選んだ最善の相手を娶る。そこに己の私情は一切関係ない。それが当たり前だと思っていたんだ。自分の気持ちなど考えたこともなかった。だが、今は――。

あのあと、彼はなんと続けるつもりだったのか。

もしかすると、白露の中でも志貴が感じているような気持ちの変化が起こっているのかもしれない。

嫌われているとは思っていない。たぶん、好かれている。この一月ほど一緒にいて、白露からは好意しか伝わってこない。信頼もされていると思う。

白露が背負っているものとは関係なく、ただ純粋に、自分の意思で志貴に興味を持ってくれたら嬉しいのに。

漆黒の花嫁としてではなく、志貴自身を見てほしい。

そんな身勝手なことを考えてしまう自分がいる。

その日の仕事を終えて、雪月と一緒に馬車に揺られて帰宅する途中のことだった。

夕暮れの車中、雪月との話題はもっぱら白露のことだった。昼間にやって来て披露してみせたリフティングは、子どもたちの間でたちまち広まって、白露が去った後もみんなでボールの取り合いをしていたほどだった。目を輝かせる子どもたちに混ざって、雪月も白露を尊敬の眼差しで見つめていたことに、白露は気づいていただろうか。友人たちの兄への賞賛を、どこか誇らしく、少しくすぐったそうに聞いていた雪月の姿を思い返して、志貴は嬉しく思った。ぎこちなかった兄弟の距離感が確実に縮まっている。

「白露さん、すごかったね。あんなに上手にボールが操れるなんて、かっこいいよね」

『僕も、兄様みたいに上手にボールをけれるようになりたい。いっぱい練習したら兄様みたいになれるかな』

志貴の膝の上で雪月が興奮気味に言った。パタパタと揺れるもふもふの尻尾を眺めて、思わず頬が緩む。雪月が白露のことを『兄様』と呼ぶのを初めて聞いた。小窓越し、御者台に座る棗にも聞こえていたのだろう。肩が小刻みに揺れていた。

会話に花を咲かせていると、ふいに雪月が押し黙った。

そわそわし出したかと思ったら、突き出た鼻先を上向けて、ひくひくとにおいを嗅ぐ仕草をしてみせる。

「雪月？　どうかしたの」

『……なんかいる』

「え？」

突然、雪月が『止めて！』と叫んだ。棗が慌てて手綱《たづな》を引く。「どうかされましたか」何事かと振り返る棗に、志貴もわけがわからず首を傾げたその時、窓から雪月が飛び出した。「雪月！」ころんと地面に転がった雪月は、すぐに体勢を立て直して駆け出す。舗道を横切り、雑木林に入っていく。

志貴と棗も慌てて馬車から降りた。急いで雪月を追いかける。

薄暗い森の中、行き止まりの崖下にちょこんと佇《たたず》む真っ白な毛玉を見つけた。息を切らしながら志貴と棗は顔を見合わせる。互いに安堵の息をついた。

「雪月、急に走り出したら危ないだろ。こんな森の中に何があるんだよ」

歩み寄ろうとして、先に異変に気づいた棗に制止された。腕を摑まれ背後に引き戻される。「シキ様はここでお待ち下さい」

棗はすぐさま雪月に駆け寄り抱き上げると、辺りを警戒しながら素早くその場から数歩後退《あとじさ》った。志貴からは棗の背で視界が遮られていて見えない。

「な、何？」志貴は訊ねた。「何があるの？」

棗が視線は前を向いたまま、雪月を志貴に預けて言った。「人が倒れています」

「人？　え、倒れてるの？　大変じゃないか、すぐに助けないと」

『シキと一緒だったよ』と、腕の中から雪月が口を挟んだ。

「え？」

『耳と尻尾のない人』

棗があとを引き受けるように言った。「人間です。人間が倒れています」

「人間？」

驚き、志貴は身を乗り出すようにして棗の隣に立った。

崖下の大木の根元に一人の男がうつ伏せになって倒れていた。こちらの世界ではまず見かけない スーツ姿の長軀《ちょうく》。

「この人、生きてるよね？」

志貴の言葉には何も答えず、棗が慎重な足取りで男性に近づいていく。「おい、しっかりしろ」声をかけながら、肩を揺さぶる。志貴と雪月は固唾《かたず》を呑《の》んで見守る。

何度か揺さぶった後、男性が小さな呻き声を上げた。

よかった、生きている。志貴たちはほっと胸を撫で下ろす。

呼吸しやすいように棗が男の体を仰向《あおむ》けにした。顔がごろんとこちらを向く。その顔を見た瞬間、志貴は驚きに目を瞠った。

「篠宮《しのみや》さん——!?」

そこにいたのは、学生時代の先輩で、少し前まで保育にあたっていた園児の父親だった。

棗に頼んで協力してもらい、篠宮を領主邸に連れて帰ると、すでに白露が帰宅していた。

先に帰宅しているはずの志貴たちがまだ帰ってこないと聞き、心配してすぐにも捜しに出かけるところだったらしい。

無事に戻ってきた三人にほっと安堵の表情を浮かべた白露だったが、案の定、志貴が連れ帰った見知らぬ人間の姿を前にして、盛大に顔を顰めてみせた。「誰だ、この男は」

気を失ってぐったりとしている篠宮を険しい眼差しで睨みつける。志貴はあたふたとしながら白露にこれまでの経緯《いきさつ》を説明した。

といっても、志貴もなぜ篠宮がこちらの世界にいるのかまったくもってわからない。本人に意識がないので、まだ何も話ができていない状態だ。

ひとまず篠宮が志貴の知人であり、怪しい人物ではないことを伝える。篠宮の身分が保証されると、白露の許可を得て客室に運んでもらった。

篠宮は左手に何かを握り締めていた。慎重に指を外して取り出すと、それはぐしゃぐしゃに丸まったハンカチだった。かわいらしい犬柄に見覚えがあると思ったら、自分の私物だと気づく。確か、オメガ狩りに遭ったあの日に志貴が持っていたものだ。こちらに来た時にはもう身につけていなかったので、どこかに落としたのだろうと諦めていた。

どうしてこれを篠宮が持っているのだろうか。

白露が手配してくれたようで、まもなくして彪牙がやって来た。

白衣姿の彪牙は新たな人間を前にしても驚くどころか、わくわくと目を輝かせていた。この短期間に三人もの人間に触れることができるなんて医者冥利に尽きるなあと、声を弾ませ楽しそうだった。

本人が眠っているのをいいことに、彪牙は篠宮の毛髪を数本採取し、手足の爪も少しばかり切り取り、他にもあちこちまさぐってごそごそしていた。その様子を遠目に眺めながら、志貴はなるほどと思う。おそらくああやって、志貴の体もあちこち触られたに違いない。

彪牙の診察が終了した。ところどころ擦《す》り傷があるものの、目立った怪我はないようだ。

「よかった……」

志貴はほっと息をついた。カルテに記入していた彪冴がふむと興味深そうに言った。

「同じ人間の雄ですが、シキ様とは体の構造が少々異なる。こちらの雄は妊娠不可のようだ」

採血をするのは見ていたが、こちらの血液検査ではそこまでわかるのか。志貴は内心驚きつつ答えた。「篠宮さんはアルファ性ですから。オメガ性の俺とはその、一部の器官が異なります」

横で話を聞いていた白露がぴくっと表情を引き攣らせたのがわかった。彪冴が納得したように頷く。「ああ、なるほど。これが例の第二の性というやつか」

その時、ベッドの上で篠宮が動く気配がした。

全員が見守る中、身じろぎ、ゆっくりと目を開ける。

「気がつきましたか、篠宮さん」志貴は声をかけた。「俺のことがわかりますか」

篠宮はぼんやりと虚空を見つめている。数度瞬《まばた》きを繰り返し、ゆっくりと顔をこちらに向けた。

徐々に焦点が合い、志貴と目が合った途端、はっと我に返ったように叫んだ。

「志貴！」

篠宮の声を聞いて、志貴は心の底から安堵した。「ああ、よかった」

「お前、どこに行ってたんだよ。俺はずっと捜して……うっ」

急に飛び起きた篠宮が体勢を崩して倒れこんでくる。

「危ない」志貴は咄嗟に両手を伸ばして支えた。篠宮がすがるように志貴の左肩に顔を埋めて「気持ちが悪い」と呟く。

「大丈夫ですか。吐きそうですか？」

訊ねると、篠宮は志貴の肩口に額をこすりつけながらかぶりを振った。吐き気はないようだが顔色がひどく悪い。紙のように真っ白だ。急に起き上がって立ちくらみのような症状を起こしたのかもしれない。

「篠宮さん、横になった方が楽そうならそうしてください」

勧めたが、篠宮は再び首を横に振った。「もう少しこのままでいさせてくれ。こうしている方が落ち着く」

「わかりました」志貴は頷き、つらそうに肩にもたれたままの篠宮の背中を優しくさすった。

しばらくして落ち着いたのか、ほうと息をついた篠宮がゆっくりと顔を上げた。

「志貴」一旦体を離し、志貴と真っ向から目を合わせて言った。「本当に志貴なんだよな？」

「はい」

頷くと、篠宮の目にぶわりと涙が溢れ出した。「うぅ、会いたかった」泣きながら勢いよく抱きつかれて、志貴は思わず面食らってしまう。

「よかった、無事で。志貴が俺のせいで責任を取って保育園を辞めさせられたと聞いて、心配していたんだ。何度アパートを訪ねても部屋にいないし、連絡も全然つかないし。今までどこにいたんだよ」

「すみません。俺にもいろいろ事情があって……」

ふいに頭上に影が差し、圧《お》し掛かっていた体重がふっと軽くなった。抱きついていた篠宮の体がぶわりと浮いて、志貴から強制的に引き剝がされる。

見上げると、すぐ横に険しい顔をした白露が立っていた。シャツの襟首を摑んで、篠宮を乱暴にベッドの上に引き倒す。ごろんと転がった篠宮を前に、志貴はギョッとした。

「ちょっと、白露さん。何をするんですか。篠宮さん、大丈夫ですか」

篠宮はぽかんとしている。白露が悪びれた様子もなく言った。

「いつまでも抱きついているからだ。体調がすぐれないようだから大めに見てやったが、さすがに調子に乗りすぎだ。人のツガイにベタベタと、不愉快極まりない」

「は？　番《つがい》？」

篠宮が驚いたように志貴を見た。志貴は焦った。篠宮が何を勘違いしているのかは明白だった。

「あ、いや、ツガイって、そっちの番じゃなくて。こっちの世界のツガイのことで、意味としては……あれ？　似たようなものなのか？　いやいや、じゃなくて、えーっと……」

どう説明したらいいのだろうか。だがその前に、今彼がいるここがどこなのか、まずそこから説明するべきではないのか。考え込んでいたその時、「うわあっ」と篠宮が悲鳴を上げた。

はっと見ると、いつの間にかベッドに大きな白狼が乗り上げていた。腰が抜けて震え上がる篠宮が恐怖に顔を引き攣らせて叫ぶ。「バ、バケモノ……っ！」

『誰がバケモノだと？』

唸《うな》るように低い声を響かせて、白狼がくわっと大きな口を開ける。鋭い牙《きば》がギラッと不穏に光り輝き、篠宮が声にならない悲鳴を上げた。

「ちょっと、白露さんやめてください」志貴は慌てて白狼の巨体にしがみつく。「なんでまた急にその姿になっているんですか。びっくりさせないで——あっ、篠宮さんがまた……っ！　しっかりしてください、篠宮さん」

卒倒してベッドから落ちそうになる篠宮を急いで支えながら、白露を睨《ね》めつける。ふんと尖《とが》った鼻を鳴らして、白露は面白くなさそうにそっぽをむいた。


篠宮の身元は志貴が保証したものの、白露から領主邸に置くことはできないと断られてしまった。その代わり、白露が神父に口をきいてくれて、今後は教会での滞在が許可された。

一晩のうちに、篠宮の外見に驚くような変化があった。

清潔感のある黒々とした髪が、みるみるうちに色が抜けて薄灰色と化したのである。瞳も淡く変色し、一見して篠宮だとわからないほどの変貌《へんぼう》ぶりに志貴は言葉をなくした。念のために泊まり込んでいた彪冴は、この変化を予想していたのだろう。淡々とした様子で篠宮の変色した毛髪を採取しながら、「招かれざる異世界人である証拠でしょう」と持論を述べた。「漆黒の花嫁として正式に召喚されたシキ様のように、我々が崇《あが》め奉《たてまつ》る神聖な存在とは違うということです」

風貌が一変した篠宮を、さすがに白露もゆうべは追い出すことはしなかった。

一晩泊まらせてもらい、今朝志貴たちと一緒に馬車に揺られて教会にやってきたところである。

雪月は人見知りが出てしまい、車内では手鏡を見て変わり果てた自分の姿に愕然《がくぜん》とする篠宮から隠れるように、志貴にぴったりとくっついていた。

神父やシスターに志貴からも事情を説明した。彼らは「シキ様のご友人なら」と、快く引き受けてくれた。一方の篠宮は体調がすぐれないようで、着いて早々部屋で休んでいた。

「篠宮さん、大丈夫ですか」

篠宮に与えられた八畳ほどの板間の部屋を覗くと、簡素なベッドの上でブランケットにくるまっていた篠宮が力ない声を聞かせた。「ああ、なんとか」

「水と薬をもらってきました。飲めますか」

「飲む」と、篠宮がのっそりと体を起こす。顔色がよくない。変化した髪色のせいか、一気にふけて見えた。食欲がないとゆうべから何も口にしておらず、今朝もコップ一杯の水を飲んだだけだ。一晩で随分とやつれた気がする。

志貴は先ほど白露が届けてくれた薬と水を篠宮に渡した。彪冴が処方したものだ。

篠宮が薬を飲むのを待って、志貴は例のハンカチを差し出した。こちらも先ほど白露から薬と一緒に受け取ったものである。

ゆうべ、篠宮が握り締めていたハンカチについて訊ねた。彼は突然音信不通になった志貴の行方を心配して、ずっと捜してくれていたという。時間の進み具合はこちらの世界とほぼ変わりなく、むこうでも一月が経っていた。志貴と連絡がとれず途方に暮れる中、篠宮はたまたま散歩中の犬と擦れ違った。その犬が咥《くわ》えていたハンカチが志貴のものだと気づき、飼い主に訊ねたところ、公園近くの雑木林の中で拾ったものだと教えてくれたそうだ。

——そのハンカチ、一度借りたことがあっただろ。子どもが好きそうな犬柄で、保育士さんらしいなって話したからよく覚えてたんだ。

篠宮の言葉に、志貴も思い出した。プライベートで何度か会った中で、手を洗った篠宮に貸したことがあった。

——最初は土で汚れてるのかと思った。でもよく見たら血がこびりついていて、志貴の身に何かあったんじゃないかとすぐにその雑木林にむかったんだ。何か手がかりがないか捜して歩いていたら、薄暗い中に、そこだけぼんやり不自然に光っている場所を見つけたんだよ。怪しいと思って近づいたら、突然穴が開いて中に引きずり込まれて……。

気がついたら領主邸のベッドの上に寝ていたのだと、篠宮は記憶の限りを話してくれた。

白い手は現れなかったようだが、志貴がこちらに来た時と状況は似ている。

ハンカチに付着した血液はまぎれもなく志貴のものだ。こめかみの傷はすでに癒えて、もうどこを怪我したのか自分でも忘れていたくらいだった。

水を飲み干した篠宮に、志貴は白露から聞かされたばかりの話を掻い摘《つま》んで伝えた。

「たぶん、篠宮さんがこちらの世界に引きずり込まれてしまったのは、このハンカチのせいだと思います」

白露の指示で、今朝早くに篠宮が倒れていた森の中に棗と彪冴が向かったところ、僅かな空間の歪《ゆが》みが発見されたという。彪冴曰く、そこは以前にレイカが聖なる力を用いて特例の召喚術を行った場所であり、その時に強引に開けた時空の穴がまだ塞ぎきっていなかったのではないか。そこに志貴の血液が媒介となって、こちらとあちらが完全に繋がり、偶然居合わせた篠宮が引きずり込まれた可能性が高い——とのことだった。

更に、篠宮の体調不良は、召喚術によって召喚された人間が神の加護を受けてこちらの環境にすぐさま適応する場合とは違い、無防備なまま無理に時空を超えてしまった人間の体に起きうる特有の症状だという。滅多にないことだが、召喚してもいないのに突然異世界人が現れる現象は、過去の記録にも数例残っているそうだ。彪冴が処方してくれたのは、そんな異世界人のために先人が編み出した体の負担を和らげる薬だった。

「こちらの世界って……異世界？　ってことだよな？」

薬が効いたのか、少し落ち着いた様子の篠宮が不審感を滲ませた口調で訊き返してきた。

篠宮には、ここが自分たちが暮らしていた世界とは異なる獣人の国であり、志貴がこちらの世界に来ることになった経緯を一通り説明してある。『漆黒の花嫁』についても、白露の背負った呪いの話も含めて掻い摘まんで話した。

篠宮は俄には信じられない様子だったが、白露の変化を目の当たりにして無理やりにも納得せざるを得なかったのだろう。志貴以外の者の頭と尻に獣の耳と尻尾が生えているのを見て、困惑を隠せないようだった。志貴にも覚えがあるので、篠宮の気持ちはよくわかる。

「どうなってるんだよ、一体。こんな、いきなり漫画みたいな世界に飛ばされるなんて、ありえないだろ」

篠宮が頭を抱えた。

「すみません。俺のせいで、篠宮さんまで巻き込んでしまって」

申し訳ない気持ちでいっぱいになる志貴に、篠宮は怪訝そうに顔を歪めて言った。

「なんで志貴が謝るんだよ。もとはそのレイカって女のせいなんだろ」

憤《いきどお》りを滲ませて徐々に声が大きくなってゆく。

「だいたい、花嫁になるはずだったのはそのレイカだろ。なのに、あのバケモノから逃げ出したくて、身代わりに志貴を喚《よ》び出した。志貴は完全に被害者じゃないか」

被害者。篠宮が言い放ったその言葉に、志貴は強い引っ掛かりを覚えた。

「待ってください。被害者って言い方はちょっと。それに、白露さんのことをバケモノって言うのもやめてください。こっちの世界では耳と尻尾のない俺たちの方が変なんですから」

「なんだよ」篠宮がさも不満げに、探るような目で見てきた。「まさか、あのバケモノと本当に番契約を結んだんじゃないよな」

見当違いなことを問われて、志貴は慌てて首を横に振った。

「違いますよ。それに、昨日も話しましたけど、こっちの世界では俺たちには常識の第二の性は存在しないんです。だから、アルファとオメガの番契約も存在しません」

「けど、あのバケモノ……狼男は、お前のことを番だと言っていたじゃないか」

「それは獣人の考え方で、ツガイというのは夫婦のことを指すんです」

「夫婦？　てことは、志貴はあいつと結婚したってことか⁉」

篠宮が頓狂《とんきょう》な声を上げた。志貴はますます焦って顔を熱くする。「あ、いや、その、まだ正式には……」どう説明したらいいのかわからず、しどろもどろになる。

種族の違い上、白露と番契約を結ぶことは不可能だ。しかし、一線は越えてしまった。白露から求婚は受けたけれど、まだツガイになってはいない。約束の期限まで半月を切った。次の満月は十日後だと、教会の掲示板に貼ってある暦表に書いてあった。十日後、志貴は白露に返事をしなければならない。白露の求婚を正式に受け入れ、花嫁——彼とツガイになるかどうか……。

「帰ろう」

篠宮の冷めた声で志貴は我に返った。「え？」

「こんなわけのわからないところにいつまでもいられない。さっさともとの世界に戻ろう」

ブランケットを撥《は》ね退《の》けて、篠宮がベッドから下りようとする。志貴は慌てた。

「ま、待ってください。まだ顔色が悪いのに、しばらく横になって休んでないと。篠宮さんの体はこちらの世界に耐性がないんです。無理をして、余計に悪くなったらどうするんですか」

「平気だよ。むこうに戻ればこの気分の悪さも治るし、髪や目の色も元通りになるんだろ。どうやったら日本に戻れるのか教えてくれ。一緒に帰ろう。うちの会社の取引先が、保育園を経営しているんだ。話をしたら、ちょうど人手不足で、是非志貴に来てもらいたいと言ってくれていて
……」

「篠宮さん、落ち着いてください」

志貴は立ち上がろうとする篠宮の両肩を思わず押さえた。苛立《いらだ》った篠宮がその手を払う。

「お前こそ、なんでそんなに落ち着いていられるんだよ。お前をこんな異世界に引きずり込んだあげく、バケモノの花嫁にする？　あいつら馬鹿げている。どんな事情があろうが、そんなこと知ったことかよ。なんで巻き込まれた側のお前が、そんなわけのわからない儀式にまで付き合わなきゃならないんだ。お前、嫌な目に遭いすぎて感覚が麻痺してるんだよ。一人でこんなところにいたら、そりゃおかしくもなる。本当はお前だって逃げ出したかったんだろ。あんな恐ろしいバケモノの花嫁にされるのは誰だって嫌に決まってるからな」

怒り任せの叫び声が耳にわんわんと響く。

志貴は込み上げてきた不快感にぐっと耐えた。恐ろしいバケモノ。まるで自分がそう言われたかのように、篠宮の放った言葉は志貴の胸を鋭く抉った。

眼界まで低めた声を喉から絞り出す。

「バケモノという言い方はしないでくださいと、お願いしたばかりです。白露さんはとても優しい方です。少なくとも、俺は白露さんのことを恐ろしいとは思わないし、白露さんと出会ってから嫌な目に遭わされた記憶もない。花嫁の件も強制されたわけじゃなくて、きちんと考える猶予をくれて、今はその最中です。領主としてもとても立派な方で、みんなから信頼され、慕われて、民のためなら迷わず自分を犠牲にする人なんです。俺も、そんな白露さんを尊敬していて……」

「どんないいやつだとしても、あいつは人間じゃないし、ここは日本でも地球でもないんだぞ。突然志貴がいなくなって、どれだけ俺が心配したと思ってるんだよ」

篠宮が真正面から目を合わせてきた。志貴の両肩をぐっと掴んで、すがるように言った。

「志貴も、もとの世界に戻りたいだろ」

「俺は……」

咄嗟に言葉を詰まらせる。一瞬の沈黙が落ちた。直後、篠宮が急に咳《せ》き込みだした。

「篠宮さん、大丈夫ですか」

激しく咳き込む篠宮の背をさする。篠宮の嗄《か》れた声が囁く。「み、水……」「水ですね、すぐに持ってきます」志貴はサイドテーブルの上に置かれた空のグラスを掴むと、急いで部屋を駆け出していった。

篠宮がこちらの世界にやって来てから四日が経とうとしている。

体調に波があり、日中は比較的調子がいいが、夜になると薬を飲んでも眩暈や動悸、時には吐き気をもよおし眠れないこともあるという。

ゆうべはあまり眠れなかったんだ。今朝、教会で顔を合わせた篠宮は、心配する志貴に濃いクマのできた顔で苦笑しつつそう言った。

「無理せずに休んでいてください」

部屋に戻ることを勧めると、篠宮は平気だとかぶりを振った。

「今は調子がいい。志貴と一緒に子どもたちと遊んでいる方が気分が楽になるみたいだ」

「それならいいんですけど。本当に無理しないでくださいね。気分が悪くなったらすぐに言ってください。彪冴先生に連絡をとってもらいますから」

「優しいな、志貴は」

篠宮が力なく笑む。志貴も微笑み返しながら心苦しく思った。

調子がいいとは言っても、平常時と比べたら体調不良に変わりないだろう。たまたま志貴のハンカチを見つけてしまったために、篠宮まで巻き込んでしまった。同じ異世界人とはいえ、レイカによって召喚された志貴には最初から神の加護がついていた。体調に違和感を覚えたのは、時空を超えた最初だけだ。おそらくその何倍もの不調が篠宮の体を襲っている。どうにかならないものか。彪冴に訊いてみたものの、彼もお手上げのようだった。今のところは薬で苦痛を和らげるぐらいしか方法がないという。

ころころとボールが転がってきた。

篠宮がボールを足で止める。園庭で子どもたちが手を振っている。「いくぞ」と声をかけて、篠宮がボールを蹴った。綺麗《きれい》な弧を描いて真っ直《ます》ぐに飛んだボールを、再び子どもたちが追いかける。そういえば、篠宮は元サッカー部だった。

サッカーボールを追いかけてグラウンドを走っていた学生時代の篠宮を思い出していると、ふいに篠宮がぽつりと切り出した。

「正式に離婚したんだ」

「え？」志貴は篠宮を見つめた。

篠宮の視線は子どもたちに向いたまま、淡々と続ける。

「何度も話し合った結果、親権は母親が持つことになった。その上で、律《息子》とは定期的に会う約束をとりつけた。少しもめたが、とりあえずお互い納得のいく形で別れることができたと思う」

「そうですか」

志貴はほっとした。内心ずっと気になっていたことだった。晴れ晴れとした篠宮の横顔からも後腐れのない心情が伝わってくる。よかったと思った。

「律《りつ》くんは元気ですか」

「うん。あの後、離婚の話し合いで、しばらく実家に預かってもらっていたから、次に登園した時にはもう志貴先生がいなくなっていて落ち込んでいたよ。ごめんな、俺のせいで志貴に大変な迷惑をかけた。疑われるようなことは何もないと、園にも保護者にもきちんと説明したんだけど」

「篠宮さんのせいじゃないですよ。俺も注意が足りませんでした。だから、もう気にしないでください」

申し訳なさそうにする篠宮に、志貴はかぶりを振って微笑んだ。

「俺の方こそ、黙っていなくなってすみませんでした。何せ、保育園を辞めてすぐこっちに来る羽目になったもので。いろいろありましたけど、今はまたここで保育士として働かせてもらっているんです。どこの世界でも、子どもは変わらず無邪気でかわいいですね。おかげで充実した毎日を送ってます」

篠宮が怪訝そうに眉根を寄せた。「志貴は――」

目が合った。一瞬の沈黙を挟んで、篠宮が何か言いかけた言葉を無理やり飲み込むように口を閉じた。志貴は首を傾げてみせるも、篠宮の視線はすっと宙に逸れる。

再び何ともいえない沈黙が落ちた。子どもたちのはしゃぎ声に混《ま》じって、ふいに篠宮が不安げに言った。

「俺たち、ちゃんともとの世界に帰れるんだよな？」

「それは」志貴は少し迷って頷いた。「大丈夫ですよ。召喚術には特例があって、不測の事態によってやって来た異世界人をもとの世界に送り返すこともできるんです。その術を使えば、あちらの世界に戻ることは可能です。今、白露さんが召喚師さんとコンタクトをとってくれているんです。ただ、少し時間がかかるかもしれません」

篠宮だけは一刻も早く向こうの世界に戻してやりたい。志貴は無関係な彼を巻き込んでしまった責任を感じて、どうにかできないかと早々に白露に相談していた。ところが、そう簡単にはいかないようだった。

——俺だって、返せるものならさっさと返してしまいたい。奴はシキにべたべたとまとわりついて目障り極まりないからな。だが、召喚師が捕まらないんだ。今頃、王都にいるはずだ。近々王命で大精霊の召喚儀式が行われることになっている。それが片付くまでは、しばらく戻ってこないだろう。

不本意そうに白露からはそう告げられた。余計なことをせずにおとなしくしていれば、無事に送り返してやるとも。

——いいか、くれぐれも自分の立場を弁えて、シキへの不要な接触を禁ずると伝えておけ。シキも注意しろ、俺の目がないところであいつに無防備に触らせるなよ。お前に俺以外のにおいがつくのは我慢ならない……！

「召喚師って、完全にファンタジーの世界だな。時間がかかるって、どのくらい？」

篠宮に問われて、志貴は回想から瞬時に我に返った。

「あ、すみません。えっと……」

「どうした？　なんだか顔が赤いけど」

不思議そうに見つめられて、無性に焦った。焼きもちをやく白露を思い出して胸を高鳴らせてしまったとは、とても言えない。

「なんでもないです。召喚師さんの話ですよね。たぶん……一月くらいはかかるかも」

「一月！」

篠宮の声が響いた。

「あ、詳しいことはわからないんですけど、それくらいは考えておいた方がよさそうです」

「そんな」篠宮ががっくりと項垂れた。「それじゃあ、間に合わない」

「え？」

「もうこっちに来て四日目だ」

篠宮が指を折って数える。

「十日後が律の誕生日なんだ。その日は一緒にお祝いしようって約束してるんだよ。あいつが大好きなサッカーチームの試合がその日にあって、チケットも手に入れてあるんだ。楽しみにしてるって、この前電話で話したばかりなのに」

「律くんの誕生日」

志貴も思い出す。むこうで働いていた保育園では毎月、その月に誕生日を迎える園児たちをみんなで祝う誕生日会があった。律は十一月生まれだ。だが、十日以内に召喚師が王都から戻って来るかどうかはわからない。白露の見立てだと一月は過ぎるような言い方だった。律の誕生日に間に合わせるのは難しい。

「なんとかならないか」篠宮がすがるように志貴に訊いてきた。「その特例の召喚術っていうのは、その召喚師しか使えないのか。他に方法はないのかよ」

「他の方法って言われても、俺も何もわからなくて……」

『トクベツな術が使える人なら他にもいるよ』

ふいに子どもの声が割って入ってきた。見ると、白い子狼がちょこんと二人の前に座っていた。雪月だ。ボールを追ってきたのだろう、まったく気がつかなかったが、志貴が立っているすぐ横にボールが転がっている。

「雪月」志貴はしゃがんで訊ねた。「今の話。特別な術っていうのは、召喚術のこと？」

雪月がこくんと頷く。『あの女の人が使って消えた術のことだよ』

「あの女の人って、レイカさん？」

『あの人が言ってた。漆黒の花嫁なら、召喚師がいなくても術が使えるんだって』

「――ああ、そうか」

ピンときて、志貴は大きく目を瞠った。レイカは聖なる力を用いて、独学で召喚術を習得して元の世界に戻ることに成功したのだ。

新たに漆黒の花嫁として召喚された志貴にも、聖なる力が備わっているはずだった。彪牙も言っていた。眠っていた力が次第に目覚めてきているのかもしれないと。

「もしかしたら、俺にもできるかもしれない」

志貴は自分の両手を見つめる。じわじわと何か言い知れないエネルギーが体の奥から湧き上がり、自信が満ちてくるような高揚感を覚えた。


さっそくその夜、志貴は仕事を終えて帰宅した白露に相談してみた。

「ダメだ」

ところが、にべもなく却下される。あまりの返答の速さに一瞬きょとんとした志貴は、困惑しながらも食い下がった。

「でも、召喚師さんが戻ってくるのを待っていたら、いつになるかわからないですよね。それよりも、可能性があるなら俺が術を学んだ方が早いと思うんです。篠宮さんに息子さんとの約束を叶《かな》えさせてあげたいんです。だから、お願いします。召喚術について、学ぶ方法を教えてもらえませんか」

「ダメだ」

取り付く島もない。

「だいたい、簡単に言うが、聖なる力をもってしても術を極めることは困難だ。レイカの件はたまたま成功したにすぎない。タイミングと相性と運がよかった稀《まれ》なケースだ。見よう見まねでやれば失敗する確率の方が高い。そうなれば、志貴自身どうなるかわからないんだぞ。そんな危険な真似をさせられるか」

「それはやってみないと……っ」

鋭い眼光が向けられて、志貴は咄嗟に言葉を飲み込んだ。初めて見る表情の白露に気圧《けお》されて、それ以上は何も言えなくなる。

白露が冷ややかな声で言った。

「術を知りたいのは、本当にあの男を送り返すためだけか？」

「え？」

思わず訊き返す。目が合ったのも一瞬、白露はすぐさますっと視線を虚空へ逃がした。「いや、なんでもない」低く言って背を向ける。「とにかく、余計なことはするな」

この話はもう終わりだとばかりに、颯爽《さっそう》と階段を上っていった。

■8■

翌日、昼寝の時間に入り、子どもたちが寝静まった時のことだ。

篠宮に呼ばれた。「志貴、ちょっと来てくれないか」

こそこそと手招きしている篠宮に、志貴は小走りで駆け寄った。

「篠宮さん、大丈夫なんですか」

ゆうべから体調がすぐれず、今朝も部屋から出てこないでずっと寝ているのだと、神父から聞いていた。志貴も今日初めて顔を合わせる。

心配したが、思ったよりも篠宮の調子はよさそうだった。だが、なぜかそわそわと落ち着きがない。

「どうかしましたか」

「いいから、ちょっとこっちに来てくれ」

篠宮に手をひかれて、志貴は部屋から連れ出された。

やけに人目を気にしながら連れてこられたのは、改装したばかりの図書館だった。ところが図書館には入らず、篠宮は建物の裏手に回る。そこには備品置き場になっている小さな倉庫があった。

篠宮はキョロキョロと辺りを見回し、誰もいないことを確認して、倉庫に入った。不審に思いつつ、志貴もあとに続く。

埃《ほこり》っぽい倉庫の中、篠宮が棚の中をあさりだした。

「篠宮さん、何をしてるんですか」

「志貴が昨日話してただろ。召喚術について、勉強すれば使えるかもしれないって。ここじゃスマホも使えないし、まあ、使えても異世界のことなんてわかんないだろうから、何か調べるなら本だなと思ってさ。あれから図書館に忍び込んでずっと探してたんだよ」

体調がすぐれずずっと寝ていると聞いていたが、どうやらそれは口実だったようだ。篠宮は神父やシスターの目を盗み、ゆうべから図書館にこもって何か手がかりがないか探していたらしい。篠宮も志貴と同様、こちらの言語や文字に違和感なく対応できているようだった。

志貴の脳裏にゆうべの白露とのやりとりが蘇る。たちまち苦い気持ちが胸に広がった。召喚術について教えてほしいと白露に頼んだが、頑なに拒否されたのだ。今朝も仕事で早くから出かけていった白露とは何も話せず仕舞いだ。聖なる者の力を借りて自らが召喚術を使うことを提案した志貴に対して怒っているのは明らかだった。

正直な話、白露は賛成してくれると思っていたのだ。まさか、反対されるとは思わなかった。志貴の身を案じてのことだとわかっても、ショックだった。レイカにできても、お前にできるとは限らない。そんなふうに言われた気がして、胸の奥がちりっと焦げつくような焦燥を感じた。

レイカは屋敷に出入りしていた悪徳術師から術のことを聞き、学んだようだが、志貴にはなんの手がかりもない。ただの思いつきで篠宮に希望を持たせてしまったことを後悔した。

「実はその話なんですけど……」

「俺、見つけたんだよ」

篠宮が棚の奥から何かを引っ張り出した。

「これを見てくれ」

差し出されたのは一冊の本だった。濃茶の革で作られた頑丈な装丁。志貴は見覚えのあるそれに目を瞠った。

「どうしてこれを？」

前領主である白露の父親が書き残した手記である。この国のことをもっと知ってもらうために民にも広く読んでほしいと、白露自ら寄贈したものだった。

篠宮は陳列棚に飾ってあったそれを神父が特別丁寧に扱うのを見て、自分も手に取ってみたのだという。しかし、この書は持ち出し禁止だ。

「ダメですよ、勝手に持ってきたら。これは大事なものなんですから、見つかったら大騒ぎになります」

「大丈夫だよ。日中は神父もシスターも図書館の中までは入ってこない。鍵《かぎ》がかかってるわけでもないし、この本を読むこと自体は禁止されてないんだろ。棚になくても、誰かが読んでるって思われるだけだよ。そんなことよりも、俺見つけたんだよ」

「見つけたって、何を」

篠宮が本を開いた。子どもたちが絵を描いた紙の切れ端がしおり代わりに挟んであった。

「ここ、このページ」

篠宮が志貴にも見えるように隣に並んで立って言った。「見てくれ。『漆黒の聖女が、術を使い異世界からの侵略者たちを追い返した』って書いてあるだろ。この術っていうのが、特例の召喚術のことなんじゃないか」

志貴も手記を覗き込む。確かに、そのような記述がある。著者が領主に就任し、自領の歴史を調べる中で、当時を知る召喚師の証言をもとに記録を再編修したものだった。

「『漆黒の聖女』というのが、今回で言う『漆黒の花嫁』みたいなものなんでしょうね。異世界からの侵略者？　昔はそんなことがあったんだ」

「俺は侵略者じゃないけど、でも異世界から来たわけだし。追い返したってことは、この侵略者たちはもとの世界に戻されたってことだよな」

「そうですね。あ、次のページに続きがある」

捲《めく》ると、召喚師の証言が続いていた。

当時、漆黒の聖女は『魔術石』を使用することによって、召喚師同等の術を簡単に操ることができたという。ただ、この『魔術石』の使用にあたってはいまだ不明な点が多く、唯一《ゆいいつ》わかっていることは、神に選ばれた聖なる者の力にのみ反応を示すということだけである。

「この次のページのこれはなんだ？　落書き？　何が書いてあるのかよくわからないな」

篠宮が開いたページには点と線を組み合わせた記号のようなものが書き連ねてあった。このページだけ筆跡が異なる。それまでの几帳面なものとは違い、筆圧も強く、乱雑に殴り書いたものだ。子どもの落書きにも見えるそれを首を傾げて眺めていた時だった。ふいに雷鳴に打たれたかのように志貴の全身が痺れた。次の瞬間、ただの点と線の集合体だったものが、意味を持って脳内に再生される。唐突に文字として認識する。

「……わかる」

篠宮が顔を上げた。「え？」

「俺、ここに書いてある記号が読めます」

「読めるのか！」篠宮が驚いたように言った。「なんて書いてあるんだ」

志貴は視覚から得た情報を音にして発声してみる。

「意味はよくわからないですけど、たぶんこれ、呪文みたいなものじゃないですかね」

「そうか。きっとこれが召喚術を発動する時に唱える呪文なんだよ。これが読めるってことは、やっぱり神に選ばれた志貴ならこの術が使えるってことだ。あとは『魔術石』ってのがあれば、俺たちはもとの世界に戻れるってことだよな」

「そうかもしれません」

「よし」と、篠宮が嬉しそうに拳《こぶし》を握った。

「志貴、何かそれらしいことを聞いてないか。レイカって花嫁候補も、おそらくこの石を使って逃げ出したんだろ。どうやって手に入れたんだろうな」

「さあ」志貴はかぶりを振った。「石のことを、今初めて知ったんで」

「あの狼男なら何か知ってるんじゃないか」

篠宮がいいことを思いついたように言った。

「志貴、あいつにそれとなく探りを入れてみてくれ」

「え？」

「俺はここの図書館の本を片っ端から調べてみる。手前の広いスペースには一般向けの本が並べてあるけど、奥の狭い蔵書室には小難しい専門書の類《たぐい》が置いてあるんだよ。なんとか術ってタイトルがいくつかあった気がする。どれかに石のことが書いてあるかもしれない」

希望が見えてきたと、篠宮が笑顔を見せる。

「絶対に律の誕生日までに戻ってやる。志貴、なんとしてでもここから帰ろうな。それでさ、志貴」

篠宮がふいに表情を引き締めた。志貴と向かい合い、目を合わせてくる。

「一緒にもとの世界に帰って、そしたらその時は――」

一旦言葉を切って息を吸い込んだ篠宮が急に咳き込んだ。げほげほと苦しげに胸を押さえて前《まえ》屈《かが》みになる長軀を志貴は咄嗟に支えた。「篠宮さん、大丈夫ですか」

埃っぽい倉庫から急いで外に出る。

明るい日の下で眩しそうに目を伏せる篠宮の顔はぞっとするほど白かった。くっきりとクマが浮いたやつれた姿は記憶にある健康的な彼とはまるで別人だ。

シキー！　と、甲高い子どもの声が聞こえた。

すぐに雪月の声だと気がつく。

いつの間にか、もう子どもたちが起き出す時間になっていた。一足先に目が覚めた雪月が志貴の姿を捜しているようだ。においを辿って、この倉庫まで来てしまうかもしれない。外を気にする志貴を、篠宮が行ってくれと目で促した。

「この本は俺が戻しておきます。一人で部屋に戻れますか」

「大丈夫。この体調不良も、髪や目も、むこうに戻ったら全部もとに戻るんだから。もう少しの辛抱だよ」

力なく笑って手を上げると、篠宮は背を向ける。随分と痩せた後ろ姿を複雑な思いで見送って、志貴も子どもたちのもとへ急いだ。


篠宮の体調観察のため、毎日彪冴が教会を訪ねてくれる。

この日も篠宮が自室に引き返したあと、タイミングよく彪冴がやって来た。

診察を終えて、部屋から出てきた彪牙を捕まえると、志貴は訊ねた。

「先生、篠宮さんの具合はどうですか」

突然壁の陰から現れた志貴に、彪牙が一瞬ぎょっとする。すぐに気を取り直して言った。

「ああ、シキ様。シノミヤなら、薬を飲んで今は落ち着いて眠ってますよ」

「でも、なんだかどんどんやつれていっているみたいで」

「んー」彪牙が指先でこめかみを掻いた。「体質によるのでしょうが、こちらの薬が合う人間と合わない人間がいます。過去の文献にも、不測の事態によりこちらに飛ばされてきた人間には、その二種類のタイプがいたと記述が残っています。おそらく、シノミヤは後者。こちらの薬があまり効かない体質なのでしょう」

「薬が効かないなら、このままずっと体調不良に苦しむってことですか」

「こちらの世界にいる限りはそうなりますね。もとの世界に戻れれば、自然に回復するとは思いますが」

「もし、戻れなかったら……」

「場合によっては、命にかかわるような状態に陥る可能性が——ないとは言い切れません。そうなる前に、白露様が召喚師に連絡がつき次第交渉すると仰《おっしゃ》っておられましたから、そちらは任せましょう。それまで薬で症状を抑えて持ちこたえるしかありませんね。あとは、シキ様の傍にいれば、聖なる力に癒されて多少は気分が楽になるでしょうが、根本的な解決にはならないかと。

この世界にとって異物と判断された異世界人に、神のご加護が与えられるとは思えません」

「そうですか」

志貴は呟き、俯いた。

「シノミヤのことが心配ですか？」

彪冴に問われて、おもむろに顔を上げる。

「それは、もちろん」志貴は頷いた。「本当だったら、今もむこうの世界で何事もなく普段通りの生活を送っていて、来週末には息子さんと一緒に過ごす予定だったんです。それが俺のせいでこんなことになってしまって……」

再び俯いた志貴の肩に、彪冴の手がそっと触れた。

「あなたのせいではありません。偶然が重なっただけのこと。あまり思い詰めないでくださいね」

視線を上げると、彪冴が含みのある口調で言った。

「白露様はあなたの心配をされていましたよ。私がここに毎日定期診察に訪れるよう命じられた理由の一つは、あなたです」

「え？」

「シノミヤと親しくしておられるシキ様のことが気になって気になって仕方ないようで、仕事も手につかないのだと、棗殿が困っておられました。だから私は毎日、『シノミヤは体調不良でずっと部屋で寝ており、シキ様は今日も楽しそうに子どもたちと遊んでおられた』と、報告しているのです。そうすると、苛立ったご様子の白露様はほっとして、『そうか』と安堵の溜め息をつかれます。いつも冷静沈着な方が、あのようなわかりやすい態度を見せることに驚きました。シキ様をシノミヤにとられるのではないかと、毎日ドキドキされておられるのですよ。白露様も案外普通の男だとわかって、かえって安心しましたけどもね」

じわじわと頭に熱を上らせる志貴を見やり、彪冴は慈愛に満ちた笑みを浮かべた。

日が沈み、保育園も閉園時間を迎えた。

子どもたちがいなくなった教会は、昼間の賑わいとはまた別に、大人が忙しく動き回っている。来週は教会の創立記念日を祝ってイベントが催されるので、準備のためボランティアの人たちが出入りしているのだ。また併せて、白露の発案で志貴が企画したフリーマーケットがその日初めて行われることになっていた。すでに出店者も集まり、各々準備を進めてもらっている。志貴もいつもより遅くまで残って連日打ち合わせをしていた。

雪月は先に帰らせるつもりだったが、志貴を待つと言って自分も残っている。今はシスターと一緒に飾り付け用の花を作っていた。

手があいた隙に、志貴は急いで図書館へ向かった。篠宮が持ち出した本を戻しておかなければならない。

閉館時間を過ぎた図書館は誰もおらず、しんと静まり返っていた。

志貴は奥に進み、つきあたりに据えられた陳列棚の一番上、ガラス扉を開けた。

本をしまおうとして、ふと思い直す。志貴は踵《きびす》を返し、別の棚にしまってあった柔らかい布を取り出すと、表紙を丁寧に拭いて埃を取り除いた。すると、陳列棚がいつもより曇っているように見えて気になってしまう。急いで専用のクリーム剤を持ってくると、ガラスがピカピカになるまで磨き上げた。

「よし」

ブックスタンドにそっと本を立てる。濃茶の艶《つや》やかな革装丁を眺めて、志貴は満足して頷いた。

「こんなところで何をしているんだ」

ふいに声が聞こえて、志貴はびくっと肩を撥ね上げた。振り返った先、こちらを見つめている白露がいた。

「え」志貴は驚いた。「どうしたんですか。今日も仕事で遅くなるんじゃ……」

颯爽と歩み寄ってくる白露が言った。

「予定が明日に変更になって、今日はもう引き上げて迎えに来た。向こうに姿が見えなかったから神父に聞いたら、おそらくシキはここにいるだろうと言われて来てみたんだが」

志貴の隣に立ち、ガラス扉が開いたままの陳列棚を見やる。白露にとっては見慣れたはずの父親の形見を前にして、僅かに目を眇めた。

「これを読んでいたのか」

志貴は俄に焦った。絶妙なタイミングだった。先ほどまで棚になかったそれを、白露に見つからなくてよかったと、内心胸を撫で下ろす。

「は、はい。少し興味があって」

やましさに視線が泳ぐのが自分でもわかった。

「興味、か」白露がちらっと志貴に目線をやり訊いてくる。「何か気になることでも書いてあったか」

「あ、えっと……実は、まだそんなに読めてなくて……掃除の途中に、少し捲っただけで……」

しどろもどろになりながら、志貴は磨いたばかりの棚を忙しく拭くふりをしつつ急いで扉を閉めた。まさか、篠宮と二人で召喚術について調べていたとは口が裂けても言えない。

――あいつにそれとなく探りを入れてみてくれ。

篠宮の言葉が脳裏を過《よ》ぎった。

「あ、あの」

白露がこちらを見た。「なんだ」

目が合い、志貴は狼狽《うろた》えた。探りを入れるといっても、どう話を切り出せばいいのかわからない。志貴が「召喚術」と口にした時点で、白露の機嫌は一転して悪くなるのは目に見えていた。白露が父親の手記の内容すべてを覚えているかはわからない。しかし、もし志貴たちがそこにヒントを見つけたと知ったら、白露はこの書物をどこかに隠してしまうかもしれない。

「……いえ」志貴は引き攣った笑みを浮かべて、首を左右に振った。「すみません、なんでもないです」

白露が怪訝そうな顔をする。志貴は後ろめたい気持ちを誤魔化すために、ますます挙動不審になる。「あれ、まだここ汚れてるな」わざとらしく口に出しながら執拗にガラスを磨いていると、手からすり抜けた布がひらひらと床に落ちた。

「あ」志貴はその場にしゃがむ。ほぼ同時に、白露も床に手を伸ばした。

指先が触れた瞬間、志貴はほとんど反射で手を引っ込めた。白露が俯けた顔を上げる。間近で目が合い、ドクンと心臓が大きく跳ねた。自分の体の反応に驚き、思わず息をのむ。

「毎日、この棚を磨いてくれているそうだな」

長い指で布を拾い上げて、白露が言った。

「一日の業務の終わりに必ずここに来て、父の本の手入れをしてから帰るのだと聞いた。だからこの棚はいつも曇り一つなく綺麗なのだな。大事に扱ってくれてありがとう」

柔らかな笑みとともに面と向かって告げられて、たちまち頬が熱を持つのを覚えた。

「あ、いえっ」志貴はぶんぶんと首を横に振って言った。「せ、せっかく大切な本を寄贈してもらったんですから、みなさんに長く読んでもらえるように良い状態を保たないと」

「そうか」白露が嬉しげに微笑む。「屋敷の書庫にしまっておくよりも、ここに置く方が父も喜ぶだろう。俺よりもよほどシキの方が丁寧に扱ってくれるからな」

異常な速さで脈打つ心臓に志貴は狼狽《ろうばい》した。白露が拾った布を差し出してくる。ただ受け取るだけなのに、不自然なほど緊張する。そのせいで距離感を誤り、またもや指先が触れてしまった。

びりっと熱を持った痺れが全身を駆け抜けて、志貴は目に見えない何かに弾かれたみたいにして大仰《おおぎょう》に仰《の》け反った。

「うわっ」

「おい、何をしているんだ」

バランスを崩して手足をばたつかせる志貴を、白露が腕を摑んで引き寄せた。

反動で白露の逞しい胸板に顔を埋《うず》める羽目になる。「す、すみません」

声が上擦《うわず》る。急いで離れようとするも、なぜか白露は腕を志貴の腰に回し、首筋に顔を寄せてきた。

白露がすんと獣のように鼻をひくつかせる。においを嗅がれていることに気がついて、思わず体を硬直させる。

「……臭い。あの男のにおいがする」

低い声が呟いた。耳たぶを熱くしながら、志貴は瞬時に我に返った。

「あいつと一緒にいたのか」

不機嫌な低音が耳もとで問うた。反射的にぶるっと小さく身震いをした志貴の脳裏に、昼間の彪牙の言葉が蘇る。

——シノミヤと親しくしておられるシキ様のことが気になって気になって仕方ないようで、仕事も手につかないのだと……。

「あ、えっと、少し話をして……でも、篠宮さんは体調が悪そうだったので、すぐに部屋に戻りましたけど」

「すぐに？　それにしては、服にあの男のにおいがしみついてる」

白露の疑《うたぐ》る目。ぞくっと背筋が震えて、じわじわと頬が火照り出すのを感じる。

「し、篠宮さんがふらついて倒れそうになって、慌てて支えたから。たぶん、その時に……」

咄嗟に抱きとめただけだと正直に伝える。しかし白露の機嫌は晴れない。ぶすっとむくれたように呟いた。「気に入らないな」

途端に心臓が早鐘を打ち始めた。

どうやら白露は篠宮に嫉妬しているらしい。そのことを実感すると、体の奥からぶわっと熱の奔流がせり上がってきた。

どくどくとこめかみが脈打ち、心臓が痛いほど高鳴っている。体中をめぐる血液が沸騰したかのように熱く、汗が噴出してきた。

なんだ、これ——。

自分の体の異変に激しく動揺するも、どうしていいのかわからない。喉元まで押し寄せる熱の塊を無理やり飲み込むと、息苦しさが一層増した。

白露がまたすんと鼻をひくつかせた。

首筋に強く鼻先を押し付けてにおいをかがれて、ぞくっと全身の肌が粟立《あわだ》つ。

「甘いにおい……まさか、あの男のことを考えて」

「え？」

頭がくらくらする。意識が朦朧として、何も考えられなくなる。

まるで、ヒートみたいだ――。

ふいに首筋にぴりっと鋭い痛みが走った。

「あっ」志貴はびくんと体を震わせた。耳の下の薄い皮膚を白露にきつく吸われる。たちまち体の芯がどろりと熱した飴みたいに溶け出す感覚に包まれて、志貴は小刻みに震える下肢に懸命に力を入れて耐えた。鼓膜に心臓が張り付いているかのような爆音に眩暈がする。

「っ、ん……っ」

頬を撫でられて、鼻から甘ったるい声が抜けた。すでに下半身には抗えない熱が溜まりつつある。どうしよう、このままだとまた白露の前でみっともなく発情してしまう。なぜアルファでもない白露にばかり、体が反応してしまうのだろう。ここでは第二の性に振り回されることはないのだと、安堵すらしていたのに。

けれどもこれでまた、オメガの性を理由に縋《すが》れば、優しい白露は助けてくれるのではないか。

そんな邪《よこしま》な思考が頭を過った瞬間、ふといつかの白露の言葉が蘇った。

——シキと約束したからな。嫌われることは絶対にしない。心が寄り添わなければ意味がないのだから。

「……何を考えてる、シキ」

ふいに低い声が言ったかと思うと、白露がいつにない荒々しさで志貴の顎を摑んできた。強引に上向かされる。

熱で潤《うる》んだ視界に白露の端整な顔を捉える。きっと白露の鋭い嗅覚は、志貴の発するにおいの意味を察しているだろう。前回のように、欲情に流されるがまま、成り行き任せにしたくはないと思った。心が寄り添わなければ意味がない。その言葉が手放しかけていた理性を呼び戻す。恋心は自覚している。この気持ちをきちんと伝えなければ。そう自分に言い聞かせた途端、心臓が急激に膨らみ、肋骨《ろっこつ》を突き破るのではないかと思うほど激しい鼓動を打ち鳴らし始めた。

焦る志貴の目に、ぐっと白露の顔が間近に迫る。

瞬時にキスをされるのだとわかった。

だが、いつもとは何かが違う。これまでにも何度か唇を交わしているはずなのに、鼓動が痛いほど速まり、どうしていいのかわからなくなる。今、白露に触れられたら、心臓がはちきれてしまいそうだ。

咄嗟に志貴は両手を突っ張り、気づくと白露の胸板を押し退《の》けていた。

キスを拒まれた白露が驚いたように目を瞠る。

「――す」我に返った志貴は慌てた。「すみません。あっ、ゆ、雪月を迎えに行かないと。シスターと一緒に準備を手伝ってくれていて、でももう終わってると思うんで。待ってるはずですから、すぐに呼んできます」

茫然《ぼうぜん》と立ち尽くす白露の脇をすり抜けて、あたふたと駆け出す。顔が尋常ではなく熱い。耳まで真っ赤に茹《ゆ》で上がっているのが自分でもわかった。

もつれそうになる足を必死に動かして、図書館を出る。

背中にちりちりと焼けつくような視線を感じたが、恥ずかしくて振り返ることができなかった。


それからしばらく、仕事で忙しい白露とは屋敷でも顔を合わさない日が続いた。

朝目覚めても、いつも隣に寄り添うようにして寝ている大きな白狼の姿がない。使用人に訊ねると、とっくに出かけてしまったのだと、どこか戸惑う様子で言われた。帰宅も遅く、志貴が眠った後だ。少しでもいいから顔を見て話がしたい。

雪月を寝かしつけた後、志貴は白露の帰りを待っていたが、いつの間にか寝落ちしていた。もし眠っていても、白露が帰宅したら起こしてほしい。使用人にはそう頼んでおいたのに、気づくとベッドの上だった。白露が運んでくれたのだと、後になって知らされた。

会いたいのに、会えない。

会えないと思うと、当たり前のように顔を合わせていた日々が恋しくて堪らなくなる。たった数日。普通に暮らしていればあっという間に過ぎてしまう期間だ。それですらそわそわと落ち着かず、会えなくて寂しいという感情を、特定の誰かに対して抱くのは初めてのことだった。

その一方で、たとえ会えたとしても、間近に白露の体温を感じた途端、またこの体がはしたなく発情してしまったら——と考えて、急に怖くなる。ジレンマに悩まされる。

先日も、白露に触れられただけで頭も心臓もパンクしそうになり、その場から逃げ出してしまったくらいだ。

恋をするとはこういうことなのか。相手のことを想うと不自然に鼓動が跳ねて、胸が苦しくなる。まるでコントロールのきかない感情は厄介だが、心地よくもあった。とはいえ、あの雰囲気の中、白露を思い切り突き飛ばしてしまったのはさすがによくなかったのではないか。思い返しては反省ばかりしている。緊張と混乱が限界に達して、体が勝手に反応してしまった結果だった。

あれから、白露とまともに会話できていない。

今朝、四日ぶりに邸内で白露の姿を見かけた。急いで追いかけて声をかけたのだが、白露の返事は素っ気なかった。

——ああ、起きたのか。おはよう。悪いが、急ぐからもう出かける。

それきり、振り返りもせずに馬車に乗って出かけていってしまった。

多忙な彼なので多少の擦れ違いは仕方のないことだが、もしかしてと一抹の不安が胸を過ぎる。志貴がキスを拒んだことを白露は怒っているのではないか。仕事を理由に、白露に避けられているような気がしてならない。何より、白露からのスキンシップがあからさまに減った。どんなに急いでいても、出かけ際には見送る志貴と抱擁を交わすのが当たり前だったのに。

触れられると困るのに、触れてもらえないともやもやする。

身勝手な感情に心が掻き乱される。

いつものように教会に出勤し、子どもたちを出迎えてエントランスホールを行き来していると、ふと掲示板が目に入った。

教会創立記念祭を知らせる張り紙の横、同じ日に丸印がつけられた暦を見る。

気づけば、次の満月まで今日を含めてあと三日。

白露との約束の期限がいよいよ迫っていた。

■9■

篠宮に呼び出されて、人目を盗んで教会の倉庫に押し込まれたのは二度目のことだった。

相変わらず顔色が悪く、やつれ具合も気になったが、本人はそれどころではない様子で異様に興奮していた。

薄暗い中、篠宮が言った。

「志貴、すごいものを見つけたぞ」

彼はあれからずっと図書館に入り浸り、それらしい書物を片っ端から読み漁《あさ》っていた。

一方の志貴も召喚術に関しての知識を求めてこそこそと動いていた。領主邸には立派な書庫がある。最近の白露が留守がちなのは寂しい反面、都合もよかった。篠宮を一刻も早くもとの世界に戻してやりたい気持ちに変わりはない。ただし、白露に見つかったら志貴たちの計画は阻止されるだろう。白露の協力が得られない以上、自力ですべを探すしかない。

事情を話して篠宮とは秘密裏に行動することを約束し、教会図書館の捜索は篠宮に任せて、志貴は領主邸の書庫を調べることにした。雪月が寝た後、白露が戻って来るまでの間、一人でこっそり書庫を訪れては限られた時間で必要な情報を探して回った。

日中は、仕事の手が空くと篠宮と合流し、互いに得た情報を共有するようにしていた。

「すごいものってなんですか」

志貴はふいに込み上げてきた欠伸《あくび》を嚙《か》み殺して訊ねた。連日の夜更かしが祟《たた》っている。

篠宮も目を充血させて、傍の棚をごそごそと漁りだす。図書館で目ぼしいものを見つけたらまずはここに隠すことにしているようだ。

「図書館の奥の蔵書室に鍵のかかった本棚があるのを知ってるか？」

志貴はかぶりを振った。「いえ、初耳です」

「隅で布が被せてあって、最初は机かと思ったんだけど、めくったら小さな棚でさ。古い本が押し込まれてる小さなものなんだけど、なんとなく気になって神父様の隙をついて鍵を拝借したんだよ。そしたら、魔術関連の本が何冊か出てきた。その中に、これが」

本を開いて差し出されたページには、召喚術に関する記述が載っていた。ページの端に『異世界者による術の使用』とタイトルが打ってある。前領主の手記よりも専門的で詳細な内容だ。

更にめくると、『魔術石』の記載を見つけた。しかも石の絵まで載っている。

志貴は思わず顔を上げた。目が合った篠宮が頷く。

「これが『魔術石』ってことですか。思っていた石と違う」

「俺もそう思った。もっと鉱物っぽいものを想像していたんだけど」

「ていうか、これってどんぐり……？」

描かれた絵は、志貴がよく知る木の実にそっくりだった。帽子のような殻斗《かくと》もくっついているので、もうそれ以外には見えない。

「でも、この帽子の方は台座って書いてある。石自体はこのどんぐりの実の部分だろ。色は茶色じゃなくて赤色。この絵からすると、手で握り込めるほどの大きさかな。半透明の中に葉っぱみたいな文様が彫ってあるのか」

篠宮がページを眺めながら冷静に読み上げる。経年劣化による色褪《いろあ》せはあっても、赤色に塗られているのはわかる。金色の葉っぱの文様が見て取れた。その横のページには石を手で握った絵も添えられている。呪文を唱える時には石を握り締める必要があるらしい。

ふと、頭の端で何かがちかっと光った気がした。

「あれ？　この石って、どこかで……」

「知ってるのか」

篠宮が目を見開いて志貴の顔を覗き込んできた。

「いや、えっと、どうだったかな……こっちの記憶なのか、それともあっちにいる時に似たものを見ただけなのか、記憶が曖昧《あいまい》で」

「思い出してくれ。大事な手がかりなんだ」

篠宮が志貴の両肩を強く摑んで揺さぶってくる。

「うーん、子どものおもちゃで似たようなものがあったのかな……むこうの保育園……いや、違うな。やっぱり、もっと最近に見た気がする。赤くて楕円形の石……」

志貴は食い入るようにして魔術石の絵を見つめる。

ふいに脳裏に閃光が走った。

「——あ」

「思い出したのか」

「たぶん」志貴は頷いた。「とりあえず、一度屋敷に戻って確認してみないことには、まだなんとも言えませんけど」

だが、志貴には確信めいたものがあった。きっとあれがそうに違いない。光が見えた。


志貴は神父に急用を思い出したと適当な理由を作り、一度屋敷に戻る許可を得た。

その間に、篠宮が辻《つじ》馬車を手配してくれた。こちらの世界にはむこうのタクシーのように客を拾い、目的地まで乗せてくれる辻馬車がある。

——さっき、図書館を覗いたら、顔見知りになった御者のおじさんが今日も来てた。ここでいつも暇潰ししてるって言ってたし、客なんていないだろ。

毎日図書館に入り浸るうちに、いつのまにか知り合いができていたらしい。

まさか客が志貴だとは知らず、中年の気のよさそうな御者は驚いていたが、「花嫁様のためなら」と、事情も訊かずに快く乗せてくれた。

領主邸に到着し、御者に少し待っていてもらうように伝える。

志貴は急いで邸内に入り、鉢合わせてびっくりする使用人たちには忘れ物を取りに戻ったのだと言い訳をして私室に急いだ。

クローゼットを開ける。

すっかりこちらの衣装で埋め尽くされたクローゼットの床、隅に押しやられたリュックサックを引っ張り出した。

すでに懐かしいと思ってしまうそれを開ける。

「あれ……どこに入れたんだっけ……」

細々とした小物を絨毯《じゅうたん》の上にばらまき、ポケットも全部開けた。手っ取り早く引っくり返して上下に大きく振ると、ころんと何かが転がり落ちる。

「あった！」

赤い石がそこにあった。

いつの間にかリュックに入っていたものだった。もしかしたら保育園の子どもが私物のおもちゃを入れてしまったのかもしれないと思って、特に気にすることもなくそのまま存在を忘れていたのだ。

志貴は床に転がった赤い石を手に取り、確認する。

確かに金色の葉の文様が刻まれている。台座は見当たらなかったが、肝心の本体があれば問題ないだろう。

それにしても、なぜこれが志貴のリュックに入っていたのだろうか。思い当たるのは、レイカと擦れ違ったあの瞬間、彼女の手から直接リュックに押し込まれたと考えればつじつまが合う。

「とにかく、これで必要なものが揃った」

志貴は散らかした荷物を適当に纏めてクローゼットに押し込むと、石を握り締めて部屋を飛び出した。

どんっと顔面に衝撃がぶつかった。

「うっ」

前方に急に現れた何かに弾き返されて、志貴は思わずよろめく。

「おい、大丈夫か」

頭上から聞こえてきたその声で、志貴は瞬時に我に返った。咄嗟に自分の方に引き寄せるようにして志貴の腕を摑んでいたのは、白露だった。

「え」志貴は目を瞠った。「なんで、白露さんがいるんですか」

「それはこっちのセリフだ。教会にいるはずのお前がなぜここにいる」

仕事の合間に白露がたまたま屋敷に戻っていたと知り、志貴はひどく焦った。

「窓の外を見たら、知らない馬車が止まっていて不審に思ったんだ。客人かと訊ねたら、使用人からシキが戻っていると聞いて驚いた」

「あ」志貴は思わず声を上擦らせる。「そ、その、わ、忘れ物を取りに……」

「忘れ物？」

訝《いぶか》しむ白露がすっと目を眇めた。逃げるように視線が宙を泳ぎ、志貴は顔が引き攣るのを感じた。

じっと志貴を見据えていた白露が、ふと視線を外す。張り詰めた重たい空気を全身で掻き分けて進むように、ゆっくりと廊下を歩き、志貴の背後に回って長い手を床に伸ばした。

「忘れ物とは、これのことか？」

志貴は振り返ってぎょっとした。

白露の手には例の赤い石が載っていた。

思わずごくりと喉が鳴る。しまった、白露に見つかってしまった。一瞬、頭が真っ白になった志貴に、白露が首を傾げながら言った。

「なんだこれは？　綺麗なガラス玉だな。子どものおもちゃか」

「！」

志貴は顔を撥ね上げた。白露の不思議そうな表情が目に入る。もしかすると、白露は魔術石のことを知らないのではないか。魔術石の存在自体は知っていても、実際に目にしたことがなければそれがそうとはわからないかもしれない。

「そ」志貴は半ば反射で頷いた。「そうなんです。実は、子どもの持ち物を俺が間違って持って帰っていたみたいで。大事な物らしくて、失《な》くしてしまったと泣いてたから急いで取りに戻ったんです」

「ああ、そうだったのか」

白露が納得したように頷いた。志貴は内心ほっと胸を撫で下ろした。

白露が石を差し出してくる。志貴は礼を言って受け取った。

「それじゃあ、行ってきます」

「ああ、気をつけて。俺もすぐにまた出かけなければならない」

「そうなんですね。白露さんもお気をつけて」

志貴は白露を見つめた。久しぶりにまともに顔を合わせた気がする。嘘をついて魔術石を持ち出そうとしている罪悪感よりも、白露の声が聞けたことに浮かれてしまう自分がいる。

「あの、大丈夫ですか。最近、忙しすぎてきちんと眠れてないんじゃないですか。食事もなかなか一緒にとれないし、ちゃんと食べてますか」

心配になって思わず問いかけると、白露が軽く目を瞠った。

「ああ」頷き、微笑する。「寝てるし食べている。シキこそ、このところ夜遅くまで起きているようだと侍女が言っていたぞ。最近よく欠伸をしている姿を目にすると」

ぎくりとした。

「ええっと、なかなか寝付けなくて。創立記念祭の準備をしてたら、つい遅くまで……」

しどろもどろの返答だったが、白露は「ああ、そうだったな」と頷いた。

「記念祭はもう明日か。フリーマーケットの準備は順調か」

「はい。みなさんにも準備を手伝ってもらって、当日はたくさんお店が並ぶ予定です。子どもたちも楽しみにしてますよ。俺も商品が売れるようにチラシやポップ——商品の広告を作ったりしてます」

「そうか。だが、あまり遅くまで無理するなよ。明日に備えて今夜は早めに寝た方がいい。そういえば、最近、安眠効果の認められた果実の砂糖漬けが人気だと聞いてな。調べてさっそく取り寄せてみたんだ。先ほど厨房に渡しておいたから、今晩試してみてはどうだ。果実のエキスが染み出したシロップを湯に溶かして飲むといいらしい」

「あ……ありがとうございます。さっそく今夜いただきます」

白露の心遣いが嬉しくて、志貴は自然と顔を綻《ほころ》ばせた。避けられているのかもしれないと不安を覚えたが、杞憂だったようだ。こんなに志貴のことを考えてくれる人はどの世界にも他にいない。

胸が甘美な切なさにぎゅっと引き絞られる。

「あ、あの……」

「明日のことだが」

白露の声に、志貴は咄嗟に押し黙り顔を上げた。

「は、はい。記念祭のことですか？　白露さんもいらっしゃるんですよね」

「ああ、その予定だが……いや、そのことではなく——」

志貴は小首を傾げた。目が合い、なぜか白露が続けようとした言葉を飲み込む。

ふわふわとした沈黙が落ちた。

白露が一歩、志貴に歩み寄った。そっと手が頬に触れる。たちまち空気が密になった気がして、焦った志貴は反射的に目を閉じた。

キスをされるのだと思った。いつの間にかそういう空気を察することができるようになっていた。速まる鼓動に合わせて、白露の気配が間近に迫る。

ところが次の瞬間、ふっと白露が遠ざかったのがわかった。

頬に触れた手の感触も消えていて、志貴は戸惑いつつ、恐る恐る目を開けた。

手の甲に筋が浮くほど強く握り締めた拳が目に入った。目線を上げると、バツが悪そうに視線を逸らした白露が素っ気ない口調で言った。

「頬に埃がついていたぞ」

「え？」

咄嗟に頬に手をやると、「もう払った」と、白露が淡々と告げてくる。

「そろそろ戻った方がいいんじゃないか。馬車を待たせているんだろう」

「……はい、そうですね」

肩透かしを食らった気分だった。志貴は咄嗟にどういう顔をしていいのかわからず、頷くふりをして俯いた。

「それじゃあ、いってきます」

「ああ、気をつけて」

軽く会釈をして、白露に背を向ける。自然と早足になった。階段を駆け下りながら、自分の恥ずかしい勘違いに頬を熱くした。キスをされるのだとひそかに期待したのに、そうではなかった。胸を昂らせたのは志貴だけだったと知って、激しい羞恥が込み上げる。先日の教会図書館での一件はまだ自分の気持ちに体が追いついていなかったが、今回は素直に白露に触れてほしいと思った。触れたいと欲したのに——白露はそうではなかったようだ。

心臓に疼痛が走った。すっと心の隙間に冷たい風が吹き抜ける。

「……とりあえず、先にこっちを解決しないと」

志貴は手に握った赤い石をシャツの胸ポケットにしまった。教会では篠宮が志貴からの朗報を今か今かと待っている。石が見つかったと、これで愛息子《律》の誕生日に間に合うと、早く知らせて安心させてやりたい。

魔術石を手に入れたことで、先行きに光が差したような気がしていた。きっと、うまくいくはずだ。

馬車に揺られながら、志貴は急速に胸に広がりつつあるもやもやとしたものを、見なかったふりをして封じ込めた。

教会に戻ると、青白い顔をした篠宮が待ち構えていた。

子どもたちはまだ昼寝の時間で、辺りは静かだった。馬車から降りた志貴は、すぐさま篠宮に手を摑まれた。急いで建物の裏に向かい、人目を気にしながら倉庫に連れ込まれる。

「どうだった?」

振り返るや否や、飛びつくようにして問われた。志貴はシャツの胸ポケットから赤い石を取り出して言った。

「たぶん、これがその魔術石です。色も形も書にあった通りだし」

「この石がそうなのか」

しばらく魔術石をまじまじと見つめて、篠宮はほうと息をついた。

「ということは、これで俺たちはもとの世界に戻れるんだな」

「本に書いてあることが本当なら、条件は揃ったと思います。あとは、俺が例の呪文を唱えれば理論上は可能なはずなんですけど」

実際にどうなるかは実行してみなければわからない。だが、呪文が自分にだけ解読できたこと、そして偶然とはいえ、肝心の魔術石が最初から手元にあったことを考えると、やはり志貴はこの世界では特別な運と力を持っているのだと思えた。レイカが術を操って帰還したように、志貴にもそれが可能なのだと、自信が込み上げてくる。

「きっと大丈夫だ。志貴の力があれば、うまくいくさ」

篠宮が嬉々《きき》として声を上げた。

「明日だったよな、教会創立記念祭」

志貴は頷いた。「はい」

「子どもも大人も集まって、食事をしたり歌をうたったりして、みんなで祝うお祭りイベントだって聞いた。人がたくさん集まる中なら、俺たちがここから抜け出したって誰も気がつかないだろ。どうせ図書館には誰も来ない。呪文が書いてあるあの本を持ち出すのにも絶好のチャンスだ。場所は森の中がいいんだっけ？　ほら、俺が倒れてたっていう場所」

「レイカさん――前の花嫁が術を使った場所なので、異世界と繋がりやすい地盤なんだと思うんです。ゲンを担ぐ意味でも、同じ場所がいい気がして」

「そうだな。よし、じゃあ場所はそこにしよう」

篠宮が興奮気味に話を進めていく。教会創立記念祭は、二人が召喚術を行う第一候補に選んだ決行日だった。教会に多くの人が集まり、お祭り騒ぎに乗じてみんなの隙をつきやすい格好の一日。忙しい白露もこの日はイベントに参加する予定だが、顔を出す程度で昼間の限られた時間だけだ。その後、隣領に赴く予定が入っていると棗から聞いていた。

白露が現れる時間帯を外せば、難なく教会の外へ出られるだろう。神父やシスターたちはみんな忙しく、志貴たちの行動をいちいち監視しているわけではない。町の人たちもお祭りムードで浮かれているだろうし、町を出た先の森にまで目は向かない。邪魔が入ることはないはずだ。

篠宮は教会の見取り図まで自分で用意して、一人で着々と計画を練っていたようだ。志貴もそれを頭に入れた。

「よかった」篠宮が安堵の息をついた。「帰れなかったらどうしようかと思ったけど、律の誕生日には間に合いそうだ」

相変わらず顔色は悪く、げっそりと痩せていたが、嬉しそうに笑う様子に志貴もほっとした。召喚術を実行できる目処《めど》が立って、少しばかり肩の荷が下りた気分だった。もとの世界に戻れば、篠宮の体の不調もすぐによくなるだろう。調子を取り戻した篠宮が律と一緒にサッカー観戦をしている光景を想像する。彼の幸せな未来はあちらで待っている。なんとしてでも、篠宮をむこうの世界へ送り返してやりたい。

「よかったですね。律君、きっと楽しみに待ってますよ」

「ああ。それに、これで志貴も一緒に帰れるんだもんな」

篠宮の屈託のない笑顔に、志貴は思わず押し黙った。何も言わず、曖昧な笑みを浮かべるだけにとどめる。まだ興奮気味の篠宮が「あのさ、志貴」と、目を合わせてくる。次の言葉を継ごうとして口を開けた途端、急に咳き込みだした。

志貴は慌てて篠宮の背中をさすった。「大丈夫ですか」

「ああ、悪い。大丈夫、大丈夫」

そう言いつつ、篠宮は長身を預けるみたいにして寄りかかってきた。咄嗟に支えようとした志貴を、倒れ込むふりをして抱きしめてくる。

「篠宮さん？」

肩口から短い間隔で篠宮の浅い呼吸音が聞こえる。まるで全力疾走をしたあとのような乱れた息遣いとともに、篠宮が言った。

「志貴、向こうに戻ったら、一緒に暮らさないか」

「え？」

「いろいろと相談に乗ってもらったのに、迷惑をかけてしまって、志貴にはずっと申し訳ないと思っていたんだ。次に会った時には必ず志貴の力になるつもりで、必死にお前のことを捜していた。だけど、志貴に会いたいと思う気持ちはそれだけじゃなかった。俺は、志貴のことが好きだ」

思いもよらなかった告白に、志貴は言葉を失った。まさか、篠宮がそんなふうに自分を見ているなんて、考えもしなかった。

耳もとで篠宮が続けた。

「あのバケモノ——狼男が、我が物顔で志貴のことをツガイだの嫁だのと言っているのを聞いて、心底むかついたよ。こんなわけのわからない世界に引きずり込んでおきながら、志貴の気持ちを無視して勝手なことばかり言って、ふざけるなと腹が立った。志貴だって本当は怖かっただろ。でももう大丈夫だよ。一緒にもとの世界に戻ろう。戻って、その先もずっと、俺は志貴と一緒にいたいと思って――」

げほげほっと、再び篠宮が咳き込んだ。

反射的に志貴は腕を回して、篠宮の背中をさする。肩に体重がかかった。篠宮が志貴にもたれかかりながら懸命に息を整える様子が窺える。痩せた背中をさすっていると、徐々に篠宮の呼吸がゆるやかになってゆくのがわかった。「志貴にこうしてもらうと落ち着く……」篠宮がほっとしたように呟く。おそらくそれは、聖なる者の力のおかげだろう。

志貴は篠宮の背中を強く抱きしめた。少しでも楽になるように、両手に念をこめる。

「大丈夫です。明日、絶対にもとの世界に戻りましょう。必ず成功させてみせますから」

篠宮がふっと力なく笑う気配がした。

その時、ふいに何か物音が聞こえた気がした。志貴は振り返ったが、半開きの倉庫の扉が見えるだけだ。風が吹き、カタカタと古い扉が揺れる先で、数枚の黄色い落ち葉がかさかさと舞っていた。

■10■

心地よい水色の空が広がる中、教会創立記念祭は賑わっていた。

今年は例年よりも人出が多いと、神父が喜んでいた。目玉の一つはフリーマーケットで、格安で欲しい物が手に入ると評判だった。他人の使用した物を譲り受ける習慣がなかった人たちも、不要な物を持ち寄って、必要な人の手に渡る、物の循環に興味を持ったようだ。出店ブースはどこも大盛り上がりだった。

おいしい食べ物と酒も振るまわれ、楽しそうな民たちの様子を眺めながら、志貴は花嫁のお披露目式を思い出していた。あれからもう一月半も経ったのだ。

「あっ、シキ様。どうぞ、いろいろ見ていってください」「シキ様、お酒はどうですか。おいしいスープもありますよ」

歩いていると、たくさんの人から声をかけられた。これから子どもたちとのステージがあるので酒は断り、たっぷりの野菜が溶け込んだスパイシーなスープをいただく。この領地では、酒を飲みながらツマミにあたたかいスープを飲む風習がある。すでに空になった酒樽《さかだる》もあり、スープも飛ぶように売れているようだ。スープ担当の婦人たちがてんてこ舞いになって野菜を運び、いくつもの鍋をかき混ぜていた。

特設ステージでは志貴が子どもたちと一緒に出演した演目にたくさんの観客が押し寄せた。志貴を神聖視する領民たちは、志貴のオルガン演奏にまるで賛美歌を聞くかのようにうっとりと耳を傾け、一生懸命にうたう子どもたちのかわいらしいパフォーマンスには盛大な拍手を送っていた。

その他、様々な出店に列ができ、中庭では楽器を持ち寄った民たちの演奏で、大人も子どももも楽しそうに踊っている。踊りの輪の中に、友人たちと一緒にくるくる回っている雪月の姿を見つけた。人見知りの雪月はたくさんの大人たちに話しかけられていて、はにかみつつも嬉しそうに会話しておりとても楽しそうだ。少し前までは恥ずかしくて志貴の後ろに隠れてばかりいたが、小さな彼の大きな成長をとても喜ばしく思う。志貴は思わず頬を緩ませ、陽気な音楽に合わせて手を叩いて盛り上げた。

「盛り上がっているな」

ふいに声が聞こえて、志貴ははっと振り返った。

「白露さん！」

賑わう様子を見渡しながら白露が立っていた。棗もいる。二人とも朝から別件の用事で出かけていたのだ。

「お疲れさまです。今、来られたんですか」

「いや、実は少し前に到着して会場を見て回っていた。フリーマーケットは大盛況のようだな。発案者のシキに感謝していると、あちこちでお前への賛辞をもらった。シキが褒められると俺まで嬉しくなる。そうそう、シキと雪月たちのステージもちゃんと見ていたぞ」

「え、そうだったんですか」

「ああ、とてもよかった。特にシキの演奏が美しかった。あんなに繊細で心地いい音色は今まで聞いたことがない。シキにこんな才能があったことを知らなかった自分に憤りを覚える」

「そんな大袈裟《おおげさ》な」

志貴は笑った。「保育士ならあれくらいは弾けますよ。簡単なお遊戯曲ですから」

技術的にはたいしたことはない。専門学校で習うレベルだ。しかし白露は、そんなことはない、とても感動したと、真顔で褒め称《たた》えてくるので、かえって志貴は照れ臭かった。

「ところで、屋敷にオルガンを置こうと考えているんだが」

「え、屋敷にですか」

「ああ、もっとシキの演奏を聞いてみたくなった。誰もいない二人きりの場所で、シキの奏でる音楽を聞きながら静かに過ごしたい。短くてもいいんだ。ほんの少しでもあの幸せな音を感じられたら、きっととても有意義な癒しの時間になるはずだ。シキ、毎日俺のために弾いてくれるか？」

視線を甘く搦め捕るようにして言われて、たちまち志貴の胸は高鳴り出した。照れ臭さに思わず一度白露から視線を外す。

「も、もちろん。俺でよければ、弾かせてもらいます。白露さんは、どんな曲が――」

見上げた先、目が合った白露が微笑した。ふと微かな違和感を覚えた。いつもとはどこか違う、その笑んだ表情に、何か言い知れない切なさが垣間見えて、志貴は咄嗟に口を噤《つぐ》む。続けるはずだった言葉を無理やり飲み込んだ。

沈黙が落ちる。遠退《とおの》いていた楽器の演奏や人々の歓声が、一気に押し寄せるようにして耳に戻ってきた。

まただ。志貴は胸にもやもやとしたものが急速に広がっていくのを覚えた。

白露との間に見えない壁を感じる。距離を詰めたと思えば、浮かれてこちらが踏み出した途端、逃げるようにすっと一歩引かれる。埋まりそうで埋まらない不自然な距離感が、ここのところずっと気になっていた。

今夜が満月だと、白露は忘れているのではないか。いや、と志貴はすぐに否定した。そんなことはないだろう。だとすれば、彼の態度は何か意図がある上でのわざとのことなのか。白露が何を考えているのかわからない。わからなくて不安になる。志貴がこの一ヶ月半の間で出した答えは、果たして今の白露が望んでいることなのだろうか。

胸のもやもやが一層大きく膨らむ。

「白露様」ふいに棗が二人の間に割って入った。「そろそろお時間です。スピーチの準備を」

我に返ったように、白露が目を数度瞬《しばたた》いた。「ああ、わかった。行こう」

棗に頷いて返し、志貴に向き直る。

「それじゃあ、行ってくる。シキもこの祝祭を楽しんでくれ」

「……はい。スピーチ、頑張ってくださいね」

微笑んだ白露が思わずといったふうに手を伸ばし、志貴の頭を優しく撫でた。端整な顔に浮かんだ笑みはとても自然で、いつもの優しい笑顔に志貴は胸をときめかせながら、また白露のことがわからなくなる。

棗と連れ立って去っていく白露を見送り、志貴は溜め息をついた。その時、視界の端を見覚えのある影が横切った。篠宮がシスターと一緒に荷物の入った箱を運んでいた。今日は体調がいいと、自ら手伝いを買って出たのだ。どうせ今日でお別れなんだから。世話になったし、最後くらいは恩返ししないと……。

そんなふうに言って張り切っていたが、ひょろりと痩せ細った篠宮はやたらと額の汗を拭《ぬぐ》っていて、お世辞にも顔色がいいとはいえない。

傲慢《ごうまん》で自分勝手が多いとされる一般的なアルファ像とは違い、お人よしで面倒見がよく、律儀な篠宮はアルファの中でも親しみがあって話しやすく、そういうところに志貴は昔から好感を持っていた。学生の頃の一時期は、淡い恋心を抱いたこともあった。けれども今は違う。篠宮への好意は恋愛のそれではないと、はっきり自覚している。胸が苦しくなるほどの恋情をむける相手は別にいる。

篠宮がこちらに気づいた。目配せをしてくる。志貴は了解したと頷いた。

我らが領主、白露のスピーチに観衆が沸き、再びお祭りムードが盛り上がる。

志貴は白露の姿を捜したが、すでに教会での役目を終えて次の仕事に向かったと、見送った神父から聞かされてがっかりした。素晴らしいスピーチだったと伝えたかった——というのは口実で、もう少し顔を見て話がしたかった。先ほどのもやもやをまだ引き摺《ず》っているのか、なんだか胸騒ぎがする。

「これから、隣の領地に行くんだったっけ。今夜はちゃんと帰ってくるよな……？」

独りごちて溜め息をつく。

ぽん、と肩を叩かれた。驚いて振り返ると、篠宮が立っていた。

「どうした、なんて顔してんだよ」

「あ」志貴はかぶりを振った。「すみません。ちょっと考え事をしてたから、びっくりして」

「呪文を唱える練習でもしてたのか」と、篠宮が冗談めかす。

「荷物を取ってきた。これ、お前のリュック。軽いけど、忘れ物はないか」

「ありがとうございます。もともと、大したものは入ってなかったですから」

ふうん、と篠宮がリュックを渡してくる。今朝、倉庫に隠しておいた志貴の私物だ。一方の篠宮も麻袋を持っている。食材が入っていた使用済みのそれを拝借してきて、こちらに来た時に着ていたスーツ一式と、身につけていた貴重品を詰め込んであった。

あちらの服に着替えるとさすがに目立つので、服装は普段のままだ。

「まだ当分お祭り騒ぎは続きそうだな。さっき図書館に行ったら、建物の横でおばさんたちがスープを作っていたんだ」

「あんな場所で？」

「予想以上の人出でスープを仕込む場所がないって愚痴ってたぞ。だから図書館に入れなかったんだよ。けど、もうそろそろ移動してるだろ。今のうちに図書館から本を取ってこよう」

「あ、待ってください」

志貴は歩き出そうとする篠宮を引き止めた。「あの本なら――」

その時、どこからか甲高い悲鳴が聞こえた。

誰かが大声で叫ぶ。「火事だ！　図書館が燃えてる！」

志貴と篠宮は顔を見合わせた。急いで視線をめぐらせる。揃って二人は息をのんだ。図書館の方角、水色の空を割るようにして、大量の黒煙が噴き上がっていた。

※　※　※

ピクッと獣の耳が何かを察知した。

白露はおもむろに手綱を引いた。馬が停止する。

「どうかされましたか、白露様」

「今、何か聞こえなかったか」

棗が長い耳をピンと欹《そばだ》てた。狼族ほどではないが、兎族《うさぎ》も聴力にすぐれている。

「……あちらの方角が何やら騒がしいですね」

通り過ぎてきた街並みを振り返る。

「ああ。それに」白露は鼻をひくつかせた。「臭い」

風に乗って、微かな異臭が運ばれてくる。棗も鼻をすんと鳴らし、顔を顰めた。

「焦げ臭いですね」

「何かが燃えているな。火事か……？」

辺りを見渡す。ふいに遠くの空に黒煙らしきものが立ち上るのが見えた。棗も同じ光景が目に止まったのだろう。「白露様」と、焦った顔がこちらを向く。

「教会の方角です」

嫌な予感がした。

「……っ、急いで戻るぞ」

白露は手綱を操り、元来た道を引き返した。

馬を走らせながら、どうか違っていてくれと胸のうちで祈る。

しかし、街に戻った途端、耳が誰かの声を拾った。「教会から火が出ているってよ！」白露は舌を打った。手綱を握り締め、馬の速度を上げる。

まもなくして教会に到着した。

辺りは騒然としていた。つい先ほどまで創立記念祭で賑わっていた会場に笑い声はなく、悲鳴がそこかしこに響き渡っている。

熱風が吹き、目の前を火の粉が飛び散る。ごおおおっと炎が噴き上げる轟音《ごうおん》に、またあちこちで悲鳴が上がった。

白露は急いで馬を下り、シキと雪月を捜した。

雪月はすぐに見つかった。子どもたちは大人の誘導で門の外にいち早く避難していたからだ。

『兄様！』白露に気づいた雪月が短い四肢で転がるようにかけてきた。

「雪月、無事だったか。怪我はないな」

飛びついてきた真っ白な毛玉を抱き上げると、雪月がこくこくと頷いた。

『僕は平気。だけど、シキが……っ』

「シキはどこにいるんだ。さっきから捜しているんだが見当たらない」

この異臭の中では、自慢の嗅覚も使い物にならない。シキのにおいを辿れず、はがゆさが増す。

雪月の大きなまるい目がたちまち涙に溢れた。

『シキのこと、呼んだんだよ。でもシキ、ひとりであっちに走っていっちゃった』

「あっち？」

『けむりがもくもくしてる方』

雪月が指をさした方向、火元らしき図書館だ。

礼拝堂越しに真っ赤な炎が見えた。ぞっとした。

「なぜ、わざわざ危険な場所に行くんだ」

だが、ここにシキの姿がないということは、まだ教会の敷地内にいるということだ。

白露は周辺にいた民から火事の状況を聞き出し、とにかく早くここから離れて遠くへ避難するように指示した。まもなく消防団が到着するだろう。嚢にこの場は任せて、白露は火元の図書館の方へと走った。

息をするのも苦しいほどの熱風と異臭。礼拝堂を横手に一気に駆け抜けて、炎の上がる図書館の前まで辿り着く。茫然と立ち尽くす人影を見つけて、白露はぎりっと奥歯が鳴るほど強く噛み締めた。

「おい、ここで何をしている」

低く唸るように叫ぶと、シノミヤがびくっと震え上がった。両腕にこちらでは見慣れない奇妙な形の鞄を抱えている。シキのものだった。すっかり忘れ去ったみたいにクローゼットの奥にしまいこんであったそれを、最近引っ張り出した形跡があったことには気がついていた。ここまで持ち出したのも本人だろう。胸を締め付けるような焦燥に駆られる。

「シキはどこだ」

「あ、あ、あれ、あの……」

「しっかりしろ、はっきりと話せ。シキはどこにいる」

びくっと震え上がったシノミヤが、ようやく目の焦点を合わせて上擦った声で言った。

「ほ、本を取りに……あれだけは、持ち出さないと……って、一人で火の中に入っていって」

「あの中にいるんだな」

シノミヤがこくんと頷く。

「お前はすぐに避難しろ。ここにいたら消防団の邪魔だ」

「で、でもまだ志貴が……」

その時、バリバリッと轟音が鳴り響き、建物の一部が崩れた。ゴオッと炎が一気に膨れ上がる。

「シキは命をかけても俺が必ず助けだす。さっさと行け」

白露は有無を言わさぬ声で低く命じると、誰かが消火のために汲《く》んだであろうバケツの水を頭から被った。

どうか、無事でいてくれ。シキ——。

祈りながら、真っ赤に燃え盛る図書館に飛び込んでいった。

■11■

志貴は陳列棚のガラス戸を開けて、立派な革表紙の書を取り出した。

「よかった。無事だ」

ほっと胸を撫で下ろす。

火はまだ図書館の中まではまわっていなかった。少し前まで、建物の横で婦人たちがスープを作っていたと聞いた。おそらく火の不始末だろう。傍に燃料が置いてあったのも運が悪かった。火は一気に燃え上がり、風に煽《あお》られて、図書館に燃え移った。

志貴たちが駆けつけた時には、もう手が付けられないと消火活動をしていた男性たちも諦めて逃げ出すところだった。彼らはみんなすでに避難しただろう。

——志貴、何する気だよ。ここにいたら危ない、早く逃げないと。

追いかけてきた篠宮は、図書館に向かう志貴を止めようとした。図書館が火事だと聞いて、最初は篠宮も志貴と同じことを考えたに違いない。だが、召喚術に必要な呪文はすでに志貴が事前に別の紙に一言一句すべて写しとり、折り畳んでリュックの中に入っている。だから原本を持ち出す必要はない。そう伝えると、篠宮は安堵して気が抜けたようだった。

だから、なぜ志貴があえて炎の上がる図書館に危険を冒してまで本を取りに行くのか、理解できなかっただろう。

篠宮の制止を振り切って、志貴は火の粉が舞い散る中を突っ切った。

熱風が吹き荒れ、真鍮製のドアノブはすでに熱を持っていて触ると熱かった。たぶん手のひらを火傷しただろうけど、そんなことはどうでもよかった。入ってすぐの通路を真っ直ぐ、突きあたりの陳列棚を目指す。

無事に棚から件《くだん》の書を回収して、志貴はひとまず安心した。

上着代わりに羽織っていたシャツを急いで脱ぎ、本をくるむ。火の粉が飛び移らないよう、シャツごとしっかりと胸に抱きしめた。

踵を返す。扉は開け放ったままだ。熱で外の景色がゆらゆらと歪んでいたが、出口はふさがっていない。建物の側面がバリバリと猛獣かなにかに食い荒らされているような音を立てて軋《きし》み、中は灼熱の暑さだ。古い壁の隙間から煙もどんどん入ってきていて、天井の辺りは真っ黒だった。

早くここから出ないと——。

志貴はできるだけ低い姿勢を保ち、煙を吸わないよう腕を鼻と口に押し当てながら、もと来た通路を引き返した。

その時だった。まるで雷鳴が轟いたかのような轟音が鳴り響く。次の瞬間、目の前に天井が落ちてきた。

通路が真っ二つに分断され火の海と化した。

あっという間に辺りが炎に包まれた。本が所狭しと並べられた書棚を赤い火がめらめらと舐めるように次々とのみこんでゆく。

志貴は焦った。

「まずい、逃げ道が……っ」

煙が目に沁《し》みた。げほげほと激しく咳き込む。涙目になりながら、シャツにくるんだ本を強く抱きしめる。ふと脳裏を過ぎったのは白露の顔だった。何か物言いたげな表情に胸の奥がぎゅっと潰れる。

意識が朦朧としてきた。このまま自分はここで焼け死ぬのだろうか……。また白露の顔が浮かんだ。今度は笑顔だった。こんな状況なのに胸がときめく。白露にもう一度会いたい。死にたくない。そうだ、死ぬわけにはいかないのだ。自分はまだ、白露に何も伝えていない。志貴の気持ちを尊重し、信用して今日まで待ってくれた白露に今度こそ答えなければ。もらった言葉に返す言葉はもう心の中にきちんと準備している。

「……しっかりしろ。死んでたまるか」

自らを鼓舞し、志貴は辺りを見回した。本棚にもあちこち火が回っていたが、どこか抜け道はないか。いっそ出口を目指すよりも引き返して、奥の小部屋に逃げ込んだ方がいいかもしれない。小さいが窓があったはずだ。

志貴は咄嗟の判断で踵を返そうとした。その時、ふいに何か異質な音が聞こえた。

はっと志貴は顔を撥ね上げた。口と鼻を手で覆いながら、必死に耳を澄ませる。顔を熱風になぶられ、燃えるように熱い。さっきのは空耳だったのだろうか。いや、違う。あれは、あの声は確かに――。

パチパチと炎が爆《は》ぜる音に混じって、獣の遠吠えのようなものを耳が捉えた。

「――っ、白露さん！」

志貴は反射的に叫んでいた。

姿が見えたわけではない。だが、白露が傍にいるのを確信する。

「白露さん！　白露さん！　俺、ここにいます。聞こえますか！」

闇雲に叫んだその時、『シキ！』と、炎の向こう側から応じる声が聞こえた。

「白露さん！」

力いっぱいその名を呼ぶ。次の瞬間、炎の海をものともせずに飛び越えたそれが、志貴の前に着地した。

紅蓮《ぐれん》の炎を割って現れたのは、雪のような白銀の毛並みを持つ大狼。

『シキ、生きているな。無事だな』

「白露さん……っ」

その姿を目にした途端、志貴は感極まって言葉を詰まらせた。白露が素早く志貴の胸元を見やり、大事に抱きしめていたそれを認めて『目的は果たしたな』と確認する。

『早く乗れ。もうこの建物ももたない。急いでここから脱出するぞ』

白露の声で瞬時に我に返った。志貴は頷くと素早く白露の背に乗り上げる。上体を低くして太いふさふさの首にしがみつく。

すぐさま白露が体勢を立て直し、飛び越えてきた炎の海に再び飛び込んでゆく。

志貴を背に乗せながら、降りかかる大量の火の粉をすべて避《よ》けるような俊敏な動きで、白露は炎の中を突き進んでいった。

出口が見えた。

もう扉は燃えてなくなり、まるで火の輪くぐりのようになっていた。

あと少しで外に出られる。そう思った矢先、黒煙が充満する高い天井からメキメキと軋む音とともに火柱が落ちてくるのが見えた。

「白露さん、上！」

志貴は叫んだ。猛スピードで走っていた白露がはっと顔を上げる。だが、間に合わない。大きな火柱が白露と志貴を目掛けて落ちてくる。

お願い、助けて――！

誰にともなくただ反射的に心の中で祈った、その時だった。ピカッと、白露にしがみつく志貴の胸元が光った。光は瞬く間に膨張し、まるで膨らみすぎた風船がパンッと割れるようにして、目前まで迫った火柱ごと周囲の炎を一瞬で弾き飛ばした。

その反動で火の海だった通路が割れて道ができる。

白露が逞しい四肢で地面を強く蹴った。一気に駆け抜けると、火の輪をくぐって外に飛び出る。窯《かま》の中のような熱気から逃れて、冷たい空気を全身に浴びた。肺に新鮮な空気を取り込んだ瞬間、激しく咳き込む。助かったのだ。そう実感した途端、全身の力が抜けて、志貴は白露の背から地面に転がり落ちた。

『シキ！』

驚いた白狼が叫び、次の瞬間、変化を解いてヒトガタの白露が現れた。

「大丈夫か、しっかりしろ」

「だ」志貴は脱力した体を身じろがせて、笑みを浮かべた。「大丈夫です。安心したのか、ちょっと力が抜けちゃって」

心底心配げに白露が志貴の顔を覗き込んでくる。胸がぎゅっと潰れる思いだった。

「白露様、ご無事で」入れ違いに駆けつけた消防団員たちが次々と炎に向かってゆく。すぐに放水が開始された。

みるみるうちに炎の勢いが衰えていく様子を眺めながら、志貴は上半身を起こした。

白露が焦ったように手を差し伸べて言った。

「無理をするな」

「もう平気です。すみません、ご迷惑をおかけして……え」

起き上がると同時に、白露に抱きしめられた。

「よかった、シキが無事で。あの火の中に飛び込んでいったと聞いた時は、本当に心臓が止まるかと思った」

息ができなくなるほどの強い抱擁に、志貴は胸が詰まるのを覚えた。ふいに泣きそうになる。もしかしたら、もう二度と会えないかもしれない。冗談ではなく本気でそんな思いが頭を過ぎった瞬間があったから、こうやって白露と抱き合っていることが奇跡のようだった。

「ごめんなさい、心配かけて。でも、この本だけはどうしても助けたくて」

志貴は視線を地面に向けた。シャツにくるんだ本が放ってある。焦げたシャツが風で捲れて、濃茶の革表紙が現れる。

「よかった、無事に持ち出せて」

「なぜだ！」

白露が苛立ち混じりに叫んだ。「たかだか本のために、お前は命を捨てる気だったのか。それほどまでにもとの世界に――」

「たかだかじゃないですよ。だってこれは白露さんの大事なお父様の形見じゃないですか」

白露の声に被せるようにして、志貴は咄嗟に言い返していた。

「もちろん、命を捨てるなんて、そんなつもりはまったくなくて……ただ、火事だと聞いた時、真っ先にこの本のことが頭に浮かんだんです。それでなんとかしなきゃと思って……」

気がついたら炎の中に飛び込んでいた。

白露のためにこの本だけは守りたかった。父親の思い出とともに手記のことを語ってくれた時の白露を思い出して、居ても立ってもいられなかったのだ。

白露が虚をつかれたような顔で志貴を見つめていた。

「……形見か。そうか、シキはそんなことを考えながら動いていたんだな」

再び強い力で抱きしめられた。まだ正常値に戻りきっていない速い鼓動を聞きながら、志貴もおずおずとその広い背中に手を伸ばす。抱き返そうとした寸前、白露が低めた声でぼそっと言った。

「それに比べて、俺は自分のことばかりだ。なんとも情けない」

耳もとで自嘲めいた吐息が聞こえた。

「シキが危険を顧みず、必死になってこの本を取りにいったのは、あの男と一緒にもとの世界に戻るためだと思っていた。これは、そのために必要不可欠な術具の一部だからな」

「え？」

「シキがこの世界からいなくなる呪文が書いてある本など消えてしまえばいい。心の中ではそんなふうにすら考えていたんだ。あの男にシキを渡したくなくて、みっともない独占欲や嫉妬心で頭がいっぱいだった。まさか、図書館が火事になるとは思わず、シキが本を探しに火の中に飛び込んでいったと知った時は肝が冷えた。本当の意味でシキが消えてしまったら、俺は一体どうすればいいのかわからない。こんなことなら、こそこそと動き回る二人に妙な対抗心を燃やさず、もっと早くシキをもとの世界に戻してやればよかったと——」

「ちょっ、ちょっと待ってください！」

志貴は慌てて白露の言葉を遮った。

「何か、おかしな勘違いをしてませんか」

顔を上げた白露が押し黙る。「勘違い？」

「はい」志貴は目を合わせて頷いた。「確かに、俺は召喚術の使用について白露さんに却下されてからも、白露さんには内緒で動いていました。でもそれは、篠宮さんを息子さんの誕生日に間に合うように戻してあげたかったからです。俺自身が戻るためではないですよ」

白露が大きく目を見開いた。

「シキが、戻るためではない……？」

鸚鵡《おうむ》返しに呟き、いつになく動揺した素振《そぶ》りで忙《せわ》しなく視線を宙に泳がせる。

「だが、あの男が言っていたじゃないか。一緒に戻ろうと、戻ってともに暮らそうと。そのために必死になって魔術石と必要な呪文を手に入れたのだろう？　それにシキも——シノミヤと抱き合って、了承していたではないか」

志貴は驚いた。なぜそれを白露が知っているのだろうか。

まじまじと見つめると、白露がバツが悪そうな顔をして白状した。「あの石が、子どもの持ち物のわけがない。シキが俺に嘘をついて、魔術石を持ち出そうとしていることはわかっていた。

シノミヤと何か企んでいることにも薄々気づいていたから、何も知らないふりをしつつ、昨日こっそりと志貴のあとをつけたんだ」

そうして志貴と篠宮が教会の倉庫で落ち合って話しているのを、白露は聞いていたのだ。

志貴は戸惑いがちに確認した。

「白露さんは、あの石が魔術石だって、最初から知ってたんですね」

白露が一つ息をつき、頷いた。

「ああ、あれはもともと父が所有していたものだ。うちの宝物庫にあったものを、レイカが持ち出したんだ。おそらく、彼女を唆《そそのか》した術師が盗むよう指示を与えたんだろう。屋敷に魔術石があることをどこかで耳にしたのだろうな」

すでに白露によって捕らえられた件の悪徳術師は、レイカが使用した後、魔術石を回収するつもりでいたという。稀少な石なので、裏では高値で取引きされているらしい。

ところが、石はレイカが握り締めて時空をわたり、その途中で志貴のリュックに紛れ込んだ。

そうして再びこちらの世界に戻ってきたのである。

「気を失ったシキを屋敷に連れて帰り、荷物を確認させてもらった際に、盗まれたはずの魔術石を所持していることに気がついた。だが、シキは何も知らないようだったから、レイカの仕業だと考えるべきだろう。彼女がもう不要になって投げ捨てたものを偶然シキが拾ったか、あるいは、彼女が意図的にシキの荷物に忍ばせたか」

志貴が自分の意思で拾ったわけではないのでおそらく後者だ。

「どちらにせよ、魔術石は俺のもとには返らずシキの手に渡った。これも運命だろう。その瞬間から、もしかしたらまたあの時と同じように、人間が魔術石を使う日が来るかもしれないと、俺は心のどこかでは覚悟していたのかもしれないな」

「どうして」志貴は訊き返した。「魔術石を俺の荷物から回収しなかったんですか。魔術石がなければ、いくら俺が『聖なる力』を持っていても召喚術は使えないんですよね」

白露が一瞬遠い目をしてみせ、「どうしてだろうな」と、ぽつりと呟いた。

「……試したかったのかもしれない。シキが本当に俺の運命の相手なのか。たとえ俺から逃れるすべを手に入れたとしても、逃げずに傍にいてくれるかどうか。時期が来て、シキとの交渉が決裂したら、その時はもとの世界に戻すと約束をしたが、それまでシキが本当に俺から逃げ出さずにいるかどうかは半信半疑だった。雪月の件や保育園の件ではその人柄や働きぶりから信頼していたものの、一方で、俺はまだシキを全面的に信用しきれていなかった。シキが魔術石を発見して、その正体を知った時、どういう行動をとるのか興味があったんだ」

白露は過去の自分を再確認するかのように、音節を区切りながら続けた。

「だがそのうち、そんなことはどうでもよくなった。シキと一緒に暮らす日々は思った以上に楽しくて、石のことなどすっかり忘れてしまっている自分がいた。シキが俺にそうさせたんだ」

次第に互いの距離が縮まってゆくのを、志貴だけでなく、白露もまたそうと感じていたのだ。

この先もずっと、志貴は自分の傍にいてくれるはずだ。そんな根拠のない自信すら持つようになっていたのだと、白露は自嘲気味に笑った。

「心が通い合ったつもりでいたから、シノミヤが現れて、シキの気持ちが揺れ動いていることに焦りを覚えた。彼のために自分の力を使いたいとシキが言い出した時は、怒りすら込み上げてきた。もし、魔術石の存在に気がついたら、シキもあの男と一緒に俺の前から消えてしまうかもしれない。それは絶対に嫌だった。だが同時に、シキが泣く姿を見たくないと思う自分もいて、俺はどうしていいのかわからなくなってしまった」

視線を交わした白露が、ふっと寂しげに眉尻を下げた。

「レイカのように、好いた相手を想って泣かれるのはこたえる。シキのそんな姿を想像するだけでつらかった。自分が愛した者には笑顔でいてほしい。たとえ、その隣にいるのが自分でなくとも、シキが幸せならそれでいい。時には自分の想いを殺してでも、相手の幸せを願う。人を好きになるとはこういうことなのかと、初めて知った。だからもし、シキがあの男と二人でこの世界から去ることを決めたのなら、俺は引き止めないつもりでいたんだ」

ふいに心臓に疼痛が走るのを、志貴は覚えた。白露に隠れて、篠宮と二人で内密に動いていたつもりだったが、実際はすべて見抜かれていたのだと知る。気づいていながら、白露は志貴を止めようとはしなかった。見て見ぬふりをしてくれていた。志貴がそうと決めたのなら、その時は志貴を手放してもいいと本気で考えていたのだろう。

志貴は白露に黙って行動に移したことを申し訳なく思う一方で、納得がいかなかった。

「……俺がこっちの世界からいなくなったら、白露さんの呪いは解けないままなんですよ」

「仕方ない」白露が微笑した。「その時はどうにかして別の方法を見つけるしかないだろうな。俺の呪いも領地の行く末も、もとはすべてこちらの世界の問題だ。シキの気持ちはシキのものだ。無理やりこちらに引きとめたところで、シキの心が手に入らなければ意味がない。以前の俺なら、領地や民を守るためなら別にそれで構わないと思っていただろう。だが今は違う。シキには笑っていてほしい。俺は、シキの笑顔も守りたいんだ。だから、シキの選択を尊重し、時が来たらいさぎよく手放す覚悟もしている」

想いを嚙み締めるように告げられた白露の言葉が骨身に沁みた。

このたった一月半の間で、白露に起こった明らかな気持ちの変化。その理由が自分であることに、志貴は激しく胸を震わせた。

白露がなんとも言えない笑みを浮かべたまま続けた。

「だが、頭ではわかっているつもりでいても、心はどうにもままならないものだな。いざシキがその決断にむけて着々と事を進めていることを知ると、やはり手放したくない気持ちが込み上げてきて、己の想いを抑え込むのに必死だった。シキをむこうの世界に帰したくない。でもシキには幸せになってほしい。相反する気持ちに板挟みになっていたんだ」

「白露さんはやっぱり勘違いをしていますよ」

志貴はもう一度同じ言葉を口にした。

「俺と篠宮さんの話を立ち聞きしていたみたいですけど、たぶん最後までは聞いてないですよね」

問うと、白露が怪訝そうに眉根を寄せた。

「……さあ、わからないな。二人が抱き合っているのが見えて、それ以上はその場にいるのが耐えられなかった」

すっと目線が逸らされて、志貴は複雑な気分だった。抱き合っていた、という表現は少々語弊がある。

「あの時は、篠宮さんの気分が悪そうだったので背中をさすっていたんです。こんなふうに」

志貴は手を伸ばし、白露の背中をそっとさすった。大きな体がぴくっと震える。

「彪冴先生からは、俺には癒しの力があるのだと言われました。篠宮さんも、俺に寄りかかっているだけで気分の悪さが大分落ち着くようなので――白露さんが見たのは、そういう場面です。あと、篠宮さんとはちゃんと話もついてます。俺は彼と一緒にむこうの世界に戻るつもりはないと、はっきり伝えました」

もとより志貴の心は決まっていた。篠宮の告白は思いもよらなかったもので驚いたが、志貴の気持ちが揺らぐことはなかった。

――こっちに来て、ずっと抱えていたオメガの劣等感に悩まされることがなくなりました。むこうではないがしろにされてきた俺の気持ちを、白露さんは一番に考えてくれた。自分が誰かにとても大事にしてもらえる幸せを、初めて感じることができたんです。その幸せを俺も大事にしたい。白露さんや雪月と離れたくない。領地やここの人たちを白露さんと一緒に守っていきたい。それが俺の出した答えです。

だから篠宮と一緒に戻ることはできない。志貴の決断に篠宮は納得できなかったようで、しつこく説得してきたが、最後は諦めて「わかった」と言ったのだった。

志貴の話を聞いた白露は、寝耳に水のような顔をした。ぽかんと志貴を凝視している。何か言いたいが、うまい言葉が見つからない。そんな困惑ぶりが窺える。

志貴は白露と目を合わせて言った。

「俺はこの世界に残ることを決めました。それが俺の幸せだって気づいたから。ここに来るまでの俺は、家族もいない上に、第二の性に囚われたままで、この先もずっと一人で生きていく覚悟でいろいろなことを諦めていました。だけど白露と出会ってからの俺は、これまで生きてきた中で一番自分らしく生きている気がして、すごく楽しかった。白露さんや雪月と一緒にごはんを食べたり、遊んだり、眠ったり。まるで本当の家族になったような気分で、自分に居場所ができたみたいで嬉しかった」

白露は夢と現《うつつ》の狭間《はざま》にいるみたいな顔をしている。

「……俺も、シキと一緒にいるだけで胸があたたかくなって、ひどく幸せな気分になる。こんな気持ちは初めてだ。シキがずっとここにいればいいのにと、もう数え切れないほど何度も考えた」

己を落ち着かせるようにゆっくりと息を吸って吐き、少し上擦った声で白露が訊いてきた。

「本当に、ここに残ってくれるのか？」

志貴ははっきりと頷いた。

「ここにいさせてください」

「それは、偽りではなく本物の俺の花嫁に――ツガイになってくれるということか」

「はい。幸せにしてくれるんですよね？」

訊き返すと、一瞬泣きそうな表情を浮かべた白露がふっと微笑した。強張っていた頬の筋肉がようやく緩む。

「ああ、もちろん。シキを誰よりも幸せにすると約束する」

甘い視線に搦め捕られて、俄に胸が高鳴った。

志貴も思わず顔をほころばせて、ずっと言いたかった言葉を伝える。

「俺も白露さんの笑った顔が大好きなんです。俺は白露さんの隣でその笑顔を守っていきたい。この先もずっとあなたと一緒にいたいです」

たちまち白露が破顔した。そわそわしながら嬉しそうに問うてくる。

「シキ、くちづけをしてもいいか」

いちいち訊かなくてもいいのにと苦笑しつつ、どこまでも律儀な白露に、志貴は頬を熱くしながら応じた。

「俺も、したいです。俺からしてもいいですか」

白露が一瞬目を瞠った隙をついて、志貴は伸び上がるようにして目の前の唇に自分の唇を重ねた。短いくちづけを解き、照れ臭さに顔を俯ける。

「……今のはずるいぞ」

「え？」

すると、白露の手が志貴の顎を捉えた。強引に上向かされたかと思った次の瞬間、今度は白露の方から覆い被さるようにして唇を奪われる。

「……んぅっ」

先ほどより少し長めのくちづけをかわして見つめあう。まるで甘味を食べたあとのような甘ったるい空気がくすぐったい。自然と互いにふわっと笑みがこぼれた。言葉もなしに目で語り合い、再びどちらからともなく唇を寄せ――。

「んふんっ、ごほんごほん」

わざとらしい咳払いが割り込んで来たのはその時だった。はっと我に返ると、少し離れた場所に水銀色のローブを着た男性が立っていて、ぎょっとした。

いつのまにか図書館の火災は鎮火しつつあった。懸命に消火作業を続ける消防団を背景に、ローブの男は呆れたような顔でこちらを見ていた。

「あー……」男が言った。「緊急だと王都まで出向いて来るものですから、王への挨拶もそこそこに急いで駆けつけたわけですが、私は一体なんの茶番を見せつけられているんですかね。これ、もう私の出番はないのでは？　もっとも、私の術などなくとも、お二人ならめくるめく二人だけの世界へ簡単に飛んでいけそうですが」

■12■

遠くの山並みがオレンジ色に燃えている。夕日が山際に差し掛かり、ゆっくりと沈んでいく様は、熟した杏《あんず》が押し潰されているみたいだった。夕暮れの涼しい風の中、ねっとりとした甘い芳香を嗅いだような錯覚を起こす。

じきに日が暮れる。

志貴たちはすでに薄暗くなった森の中を急いでいた。道があるところまでは馬車で、森の中は徒歩で移動する。

先頭を歩くのは棗だ。篠宮が続き、志貴ともう一人、ローブの男――白いトラ耳と尻尾を持つ、見た目は人間の感覚で三十代半ばぐらいの青年が追いかける。

青年の正体は召喚師だった。王命により王都にいた彼は、連日送られてくるしつこいほどの白露からの要請についに根負けして、一時的に駆けつけてくれたのである。にべもなく断り続ける召喚師に、白露は直《じか》に王都まで会いに行って頭を下げたというから驚いた。

無理を承知で、それでも志貴のためにと、白露は召喚師との交渉を重ねていたのだ。

――シキが魔術石の使用方法に気づく前に、召喚師を呼び戻したかった。ぎりぎりになったが間に合ってよかった。聖なる力をもってしても、必ずしも術が成功するとは限らない。父の手記にも書いてあったはずだ。ここから先は、召喚師《プロ》の力を借りてくれ。

白露に言われて、志貴は例の手記にそんな記載があったことを初めて知った。自分たちにとって都合のいい箇所しか目を通していなかったから、当該の注意事項のページは見落としていたのだ。

確認すると、聖なる力を持つ者は魔術石を使えば簡単に術を操ることができる反面、使い方を誤れば、その代償が大きいことも記されていた。聖なる力には個人差がある。特に、自身の身に余る高位術を使用した場合、命を落とす危険もあるのだと。その一文を目にして、今更ながらぞっとした。以前、白露にも言われたことだった。だがあの時は、白露が志貴に計画を断念させるために使った方便だと思っていた。

止めたにもかかわらず、志貴が篠宮と二人でもとの世界に戻る方法を自力で見つけだそうとしていることを知って、白露はさぞやきもきしたに違いない。志貴は最初から篠宮だけを戻すつもりでいたが、白露にはそれも疑わしく映っていたのだろう。いらない誤解を与えて不安にさせてしまった。

誤解が解け、互いの心を確かめ合った後も、火事の後始末で一人現場に残ることになった白露は落ち着かない様子だった。

これから召喚師の力を借りて篠宮をむこうの世界に送り届けてくる。無事に送ったら、志貴は必ず白露のもとに戻る。そう約束したが、白露はやはり何か言いたげな表情で、不安そうに志貴を見つめていた。

そんなに信用がないのだろうか。少々不満に思う一方、民の話を聞きつつもちらちらとこちらを気にしている白露がなんだか妙にかわいくて、志貴は馬車に向かいながら一人胸をときめかせた。仕舞いには白い狼の尻尾が心細げにぱたぱたと振れ始めたものだから、白露を取り囲む民たちが心配しだしたほどだ。

志貴は居ても立ってもいられなくなり、思わず引き返してしまった。

——白露さん！

なぜか戻ってきた志貴に白露がきょとんとする。志貴は思いきってその首を抱き寄せると、耳もとに口を寄せて告げたのだった。

——今夜は約束の満月です。急いで戻るので、身を清めて待っていて下さいね。

思い返しては赤面するほど、我ながらなんて大胆なことを口走ったのだろうと後悔する。今更ながら恥ずかしくてたまらなくなる。その時の白露がどんな顔をしていたのかも思い出せない。

「それにしても、白露様は随分とご機嫌でしたね」志貴の回想に割り込むようにして、召喚師が話しかけてきた。

「あんなに嬉しそうに尻尾を振って見送ってくださるとは、ちょっと不気味なくらいでしたが。美しい毛並みがあちこち焼け焦げてお労《いたわ》しい姿かと思いきや、何かいいことがあったのでしょうかねえ。ふふ」

まるで脳内を見透かされたような絶妙なタイミングで話題を振られて、志貴は大いに焦った。

「おっと、危ない」動揺して軽くよろけた志貴の腕を引き、召喚師が笑みを含んだ声で言った。「そこ、木の根が張り出していますよ。気をつけて」

先を歩いていた棗の声が聞こえてきた。

「着きました。このあたりが、シノミヤさんが倒れていた場所です」

見覚えのある崖下に到着する。あの時は暗くてよくわからなかったが、志貴がレイカと入れ代わったのもこの場所だと聞いた。

「なるほど」

召喚師が辺りを見渡して言った。「時空が開いた形跡が微かに残ってますね。このままにしておいては、今後また関係のない異世界人が時空の穴に引っ張られてこちらにやってくるかもしれない。白露様にも頼まれたので、事が済んだら塞いでおきましょう。——さて」

振り返り、志貴と篠宮を順に見やる。

「それでは、始めましょうか。こちらへどうぞ」

召喚師が手を差し伸べてきた。志貴は篠宮と顔を見合わせた。篠宮が再確認する。

「本当に、一緒に帰るつもりはないんだな」

志貴は頷いた。「はい」

篠宮が何かを言いかけて開けた口を、結局一言も発することなく閉じた。

僅かな沈黙を挟み、再び口を開く。

「わかった。それじゃ、元気でな」

篠宮が二人分の荷物を抱え直した。志貴のリュックは魔術石を取り出した後、篠宮に預けた。中にはアパートの鍵などが入っている。きっともう戻ることはないだろうからと、篠宮が志貴の代わりに諸々の処理を引き受けてくれたのだ。

「篠宮さんもお元気で。律くんに誕生日おめでとうって伝えてください」

「ああ、ありがとう」篠宮が真っ向から志貴を見つめて微笑んだ。「いろいろと世話になったけど、志貴がいてくれて心強かった。なんだかもう、すっかりこっちの住人みたいに馴染んでるんだもんな。むこうよりも、こっちの方が志貴にとって居心地がいいんだなって伝わってきたよ。また子どもたちと一緒に笑っている志貴の姿を見ることができてよかった。こっちでも保育士を続けろよ」

「はい」志貴も微笑んで頷く。

篠宮が一瞬、躊躇うような素振りをして、言った。

「悔しいけど、志貴と白露さんはお似合いだよ。志貴のことを一番に考えて大事にしてくれる人だって言ってたけど、それもわかった気がする。あの人は志貴のことが大好きだよな。お前もそう。お互いのことしか頭になくて、火の中に迷いなく飛び込んで行く姿を見たら、お前がこっちの世界に来たのは最初から決まっていた運命だったんだって、いろいろと腑に落ちた。幸せにな」

白い歯を見せて笑う篠宮を前に、志貴は思わず込み上げてきた熱いものをぐっと堪《こら》えた。

「はい。こんなことを言うのもなんですけど、篠宮さんがこっちに来てくれてよかった。もう会えないかもしれないと思っていたから、会えて嬉しかったです。昔からオメガの俺にも分け隔てなく接してくれて、いい意味でアルファらしくない篠宮さんに憧れてました。学生の頃から今まていろいろとお世話になりました。感謝してます。ありがとうございました」

篠宮が苦笑した。「なんだか我が子を嫁に出す親の気分だな」

「幸せになります」と、志貴も笑う。

召喚師から声がかかった。何もなかった地面には、すでに魔法陣が浮かび上がっていた。指示を受けて、篠宮が魔法陣の中に足を踏み入れる。召喚師はふと思い出したように志貴を振り返り、淡々と言った。

「白露様から受けた当初の依頼とは状況が変わってしまったようなので、念のためお訊きしますが、志貴様はどうされますか？　今なら二人纏めてもと来た場所まで送ることが可能ですが」

事務的な口調で問われて、志貴は苦笑しながらきっぱりと首を横に振った。召喚師が承知したと頷く。傍で見守っていた棗がほっと安堵の息をついたのがわかった。魔法陣の中から篠宮が笑って手を上げた。「じゃあな、志貴」

志貴も手を上げて見送る。「はい。篠宮さんもどうぞお元気で」

召喚師が呪文を詠唱する。するとたちまち魔法陣が発光し始めた。光の粒子が螺旋《らせん》状に舞い上がり、やがて眩《まばゆ》い光の渦が篠宮を飲み込んでいった。

屋敷に戻った頃には、辺りはすっかり夜の帳《とばり》が下りていた。

静まり返った邸内を早足で歩き、志貴は見慣れた重厚なドアの前に立った。今朝も見かけたドアが、なぜだかとても恋しく感じられて、ようやくここに戻って来られたと安堵する。

ひとつ深呼吸をし、白露の書斎のドアをノックした。

すると、ガタンッ、ゴンッ、ドサドサドサッ、と中から騒がしい物音が聞こえてきた。

びっくりした志貴は急いでノブを捻った。

「白露さん、大丈夫ですか！」

ドアを開けて中に飛び込むと、なぜか部屋の中央で、外套《がいとう》を着たままの白露が片膝を抱えて蹲っていた。はっと白露が顔を撥ね上げる。いつになく慌てふためいた様子の彼と目が合うと、端整な顔がたちまち朱に染まった。

「凄い音がしましたけど、どうされたんですか」

「なっ、なんでもない」赤面する白露が動揺した素振りで立ち上がる。「少し足をぶつけただけだ」

視線を室内に向けると、白露越しに倒れた椅子が見えた。そういえば、テーブルの位置も不自然にずれているし、床には書物が散らばっている。

白露が椅子を起こす。志貴も書物を拾い集めてテーブルに置いた。

「ぶつけた足は大丈夫ですか」

「ああ、平気だ。少し考え事をしていたせいで、ノックの音に過剰に反応してしまった」

「ああ、なるほど。そうとは知らずにすみません、驚かせてしまって」

「いや、シキが悪いわけじゃない」

途端に白露の口調がもごもごと歯切れの悪いものになる。

「なんというか、その、なかなか戻ってこないから、心配になってな。必ず帰ってくると、頭ではわかっていても、万が一のことがあったらと考えると、落ち着かなくて……」

バツが悪そうに告げてくる白露は、耳まで真っ赤になっていた。

万が一、志貴の意思が直前で変わって、篠宮と手を取り合いもとの世界に戻ってしまったら——と、そんな不毛な妄想に取りつかれていたらしい。着替える余裕もなく、居ても立ってもいられず部屋の中をいったりきたりする白露の姿を想像して、志貴の胸はきゅんと高鳴った。

こんなに大きくて屈強な男なのに、なんてかわいい人なのだろう。愛《いと》しくて抱きしめたくなる。

「万が一なんて、あるわけないじゃないですか。そんなに俺は信用がないですか」

自然と浮かんでしまう笑みを堪えつつ問うと、途端に白露が狼狽した。

「いや、そうじゃない。そうじゃないんだが……その、とにかく心配だったんだ。シキの顔をもう一度見るまでは、何が起こるかわからないのだから」

ぼそぼそと言いながら歩み寄ってくる。目の前に立った白露に志貴は抱きしめられた。

「よかった、戻ってきてくれて」

ふわりと包み込んでくる白露からは、冷たい夜気の気配がした。

志貴も両手を伸ばし、その逞しい背を抱きしめる。白露がよく志貴にそうするように、首筋に鼻先を押しつけて胸いっぱいに息を吸い込んだ。白露のにおい。ほっと安堵するとともに、体の奥で耐え難い熱が生まれるのを感じた。

「すぐに戻るから待っていてくださいって、白露さんと約束したじゃないですか」

「そうだったな」と、白露が微笑を零す。

「シノミヤは無事に戻ったんだな」

「はい」

「そうか、それならよかった。雪月もお前が戻るまでは寝ずに待っていると、先ほどまで駄々を捏《こ》ねていたんだが、睡魔に勝てずに眠ってしまった。明日、顔を見せて安心させてやってくれ」

「わかりました。雪月も今日は本当に疲れたでしょうから」

「シキも疲れただろう」

「俺は大丈夫ですよ。白露さんこそ」

「俺も平気だ。シキの顔を見たら、そんなものは一瞬で吹き飛んだ。むしろ、力が漲《みなぎ》っているくらいだ」

肩口に寄りかかる白露の髪が揺れる。頬にあたった毛先がしっとりと湿っていた。外套を着たままの体も冷え切っている。

白露は志貴が言った通りに、森の池で清めの儀式を済ませて、今ここにいるのだ。

そのことに気づいた途端、志貴はかあっと頬を火照らせた。

「シキ」と、白露が耳元で囁いた。

とろけるような甘い声に胸が震える。

「……名前、白露さんに呼ばれるの、好きです。心が温かくなる」

白露に呼ばれると、これまでは他人と区別するためのただの記号にすぎないと思っていた自分の名が、なにか特別なもののように感じられた。

——志貴です。緋山《ひやま》志貴。

——シキか。美しい、いい響きだ。口に馴染む素敵な名だな。とても気にいった。

思えばあの時から、白露に呼ばれるたびに、徐々にこの名がしっくりと身に馴染んでゆく感覚があった。今では自分の名が好きだと胸を張って誇れる。

「もう一度、呼んでもらえますか」

「いくらでも呼んでやる。シキ、……シキ、……シキ」

鼓膜に直接熱い息を吹き込むようにして何度も名を呼ばれて、ぶるっと体の芯が震えた。

「……白露さん、まだ髪が濡れてる。池の水、冷たかったでしょう」

火照らせた頬に湿り気を感じながら声が上擦る。

「いや」と、白露が苦笑した。

「いろいろと考えていたせいか、水温などまったく気にならなかった。むしろ興奮に沸き立った体を鎮めるにはちょうどよかったのかもしれない」

急に色を帯びた声音に、志貴はぞくりと背筋を戦慄かせた。

今宵は一月半ぶりの満月。

満月の夜は、この世界では特別な意味を持つ。獣人の性フェロモンが最高潮になり、子をなすのに絶好の一夜と言われているのだ。

満月は、人間の体にも少なからず影響を及ぼすとも聞いたが、それがなくとも、志貴の体はそろそろ異変が起こり始める時期だった。現に先ほど、白露の体臭を思い切り嗅いだ瞬間から、下腹部に覚えのある熱が急速に膨らんでゆくのを感じていた。ヒートだ。

自覚した途端、がくんと下肢から力が抜けた。まともに立っているのも難しく、すがりつく志貴の背中を白露が咄嗟に支える。

「シキ？　どうした」

「体が……熱くて……」

「まさかヒートか」

「……っ」

どろりと後孔が濡れるのがわかった。

初めて抱かれた時のことを思い出し、すぐにもそこに白露が欲しいと体が疼く。だが、理性が吹き飛び、獣の如くセックスのこと以外何も考えられなくなるようないつものヒートとは違って、朦朧とする中にもまだ意識をつなぎとめていられる状態だ。

この熱い体の疼きは、決してヒートによるものだけではないのだと、わかってほしい。

「白露さん、好きです。俺は、白露さんとツガイになりたい。今夜からは代理じゃなく、正式なツガイとして、抱いてくれませんか」

熱で潤んだ目で見上げると、白露の喉仏が大きく上下するのがわかった。

「ずっとその言葉が聞きたかった。俺も、シキが大好きだ。ようやく俺のものになってくれた。俺だけの唯一人《ただ》の愛しいツガイ。どれほどこの瞬間を待ち侘《わ》びたことか——」

顎を摑まれ、上向かされる。すぐさま唇を塞がれた。

「……んっ」

深いくちづけに翻弄される。熱い舌が奥までもぐりこみ、息もできないほどに志貴の口内をくまなく蹂躙《じゅうりん》し始めた。

「……ふ、んぅっ」

舌を絡め合いながら、白露に誘導されて寝室に移った。足の裏が半ば宙に浮いているような感覚で歩き、しばし足がもつれる。よろけそうになるとすぐさま白露に引き上げられて、気づくとベッドに横たわっていた。

白露はすでに外套を脱ぎ捨てていた。切羽詰まったようにシャツのボタンを外し、あっという間にその美しい裸体をさらけだす。

志貴も倣《なら》って衣服を脱いだ。途中から白露にも手伝ってもらって、ほどなくして生まれたままの姿になった。

「……あ、お風呂……俺、汗を掻いたままで」

水で清めた白露とは違って、志貴は一日走り回ったままの状態だ。恥らう志貴に、白露が微笑んだ。

「このままで構わない。俺はシキのにおいが好きだ。今夜はいつも以上に甘美なたまらなくいいにおいがする」

首筋に鼻先をこすりつけるようにして言われる。

気づいたことがある。白露が言う甘いにおいというのは、もしかして志貴の白露への好意に体が反応して発しているものなのではないか。そう考えると、心当たりがいくつもあった。いつからか、志貴は白露のことを意識するようになって、今はもう好きで好きでたまらない。そんな想いが体からも染み出して、敏感な白露の嗅覚に届いたのだろう。

抱き合うと、密着した肌越しに心音が聞こえた。どちらのものなのかわからないほど、互いに脈打ち、興奮しているのが伝わってくる。

白露が再び唇を塞いできた。貪り合いながら、ベッドに組み敷かれる。

ここ最近は、一人で眠ることが多かった。たとえ狼姿だったとしても、白露のいないこのベッドは広すぎて、ひどく寂しかった。

本当はもっと早くこうしたかったのだと、抱き合って気がついた。

カーテンが開いたままの窓から月明かりが差し込む。

満月の光に照らされて、白露の鍛え上げた体の陰影がくっきりと浮かび上がった。

色気の滴る裸体に思わず息をのむ。同時に、目が肌に刻まれた痛々しい痣を捉えた。屈強な体を縛りつけるこの忌々しい痣から早く白露を解放してやりたい。志貴の愛で呪いを解くことができるのなら、一刻も早くそうしたかった。

志貴は手を伸ばし、白露の広い背中を抱きしめた。深いくちづけを交わしながら、すでに硬く張り詰めた自身がもどかしくてたまらない。

早く、白露が欲しい――。

身じろぐと、下腹に挟まれた性器が擦れ合った。もうどちらともはちきれそうにそり返っていて、触れた瞬間、痺れるような快感が脳天まで突き抜ける。

「あっ」

鼻にかかった甲高い声が漏れた。目で確認しなくとも、白露の怒張は覚えていた。火傷しそうなほど熱くて太いそれで、奥深くまで貫いて欲しい。縦横無尽に掻き回されたらどんなに気持ちがいいだろうか。

想像しただけで興奮し、志貴は思わずぶるりと胴震いする。無意識に腰が揺れた。物欲しげに喉を鳴らすと、白露が欲情に掠《かす》れた声で言った。

「シキ、これが欲しいか?」

「……ん、欲しい、です……ぁっ」

いきなり腰を抱き寄せられたかと思うと、くるりと反転させられた。獣の格好になった志貴を、背後から白露が抱きしめてくる。指をすり合わせるようにして凝《しこ》った胸の粒を摘まみながら、汗の浮いた項《うなじ》にキスを落とし、肩甲骨、背中と、順に唇を這わせる。触れられたところから熱を帯び、志貴は小刻みに震えた。

白露の指が後孔にかかる。

「ンあっ」

とうとう腕で自分の体重を支えきれなくなり、顔から崩れ落ちた。だが白露の愛撫《あいぶ》は止まらず、尻を高く突き上げる格好《かっこう》になった志貴の秘部を執拗にいじり倒す。

「ああ、もうこんなにトロトロじゃないか」

「……ふ、あぅ……っ」

潤滑油などなくとも、指で抜き差しされるそこから、どろりと愛液が溢れ出るのが自分でもわかった。

どの世界にいたとしても、このオメガの性質は変わらないのだろう。これから先も定期的に起こるヒートとは付き合っていかなければならないが、それを以前のように憂鬱には思わなかった。これからの自分には、白露というパートナーがいてくれると思えば、ヒートも怖くない。むしろ愛する相手とのめくるめく情欲の日々に胸を躍らせる自分がいる。

後孔から指が引き抜かれた。すると今度は、指に代わって別のぬるりとした感触が差し入れられる。

「あ……ひ、やっ……」

ぴちゃぴちゃと卑猥《ひわい》な水音が聞こえ出した。唾液を啜る音がして、小さな孔に先を尖らせた舌が出入りする。

「ふ……ぁ、やだ、そんなとこ……」

そこを舐められているのだと知ると、志貴は恥ずかしくて泣きたくなった。だが、すぐに羞恥を超えて快楽が押し寄せてきて、やめてと懇願する言葉とは裏腹に、もっとと誘うように腰が揺れるのを止められない。

白露も気づいているだろう。口淫が一層激しくなる。白露の唾液と混ざって、どぷりと自分の体液が大量に溢れ出すのを感じた。

気持ちよさに眩暈がする。すっかり濡れそぼった入り口を舌で嬲《なぶ》られながら、体の奥にともった熱のもどかしさに身悶える。舌では届かない、もっと奥。これでは足りない。

「……ん、あぁ……っ、もう、舌じゃなくて……」

別のものが欲しいのだと、細い腰を揺らしながら志貴は訴えた。

舌を引き抜いた白露が、浅い息遣いで唸るように言った。

「あまり煽られると、抑えが利かなくなるぞ」

志貴はシーツに押し付けた顔を力なく横に振った。そんなものはしなくていい。だってすでに、白露のまるで凶器のようなそれが猛々しく反り返っているのを知っている。

「……いい……から、早く……来て」

白露が何か言った気がしたが聞き取れなかった。すぐさま両側から腰を摑まれて引き寄せられる。

「シキ、入れるぞ」

潤んだ窄まりに切っ先があてがわれ、凶暴な熱の塊が一気に中に押し入ってきた。

「ああぁ――っ」

まだこれが二度目だというのに、志貴の後ろはやすやすと白露を飲み込んでゆく。苦痛よりも圧倒的に快楽の方がまさり、太い陰茎に狭い肉壁を荒々しく擦られてはひとたまりもなかった。

白露が豪快に腰を揺すり、最奥まで貫く。直後、志貴の張り詰めたものはあっけなく爆ぜた。

一度射精したあとも、なおも昂りは収まらず、早々に首を擡げ始める。

「ンあぁっ……あ、あっ」

達して敏感になっている奥を白露が容赦なく突き上げてきた。

快楽に溺れながら、志貴はあられもなく喘ぐ。白露の荒い息遣いも聞こえてくる。激しく腰を打ちつけながら、情欲にまみれた声が「シキ」と言った。

「シキ……愛してる」

「んっ、お、俺も……白露さんのことを、愛してる……っ」

「シキと番になりたい」

「うん。俺も、白露さんとツガイになりたい」

白露がつながったまま、突然ぐうっと伸び上がった。角度を変えて、切っ先が一層深く志貴を抉る。背を弓形《ゆみなり》に反らせて嬌声を上げた。

圧し掛かってきた白露が志貴の髪を払って言った。

「ここを、噛んでもいいか」

指先がそっと項を撫でた。まるで繊細なガラス細工を扱うみたいに怖々と触れられて、志貴はぴくっと首を竦めた。

「シキのすべてがほしい」

白露はこちらの世界の意味ではなく、志貴たちの世界における『番』のことを言っているのだ。アルファとオメガの間でのみ交わされる番の契約。

志貴はこくこくと頷き、白露によく見えるように自ら長めの襟足を払った。まだ誰にも触られたことのない場所を初めて白露に差し出す。

「うん、噛んで。白露さんに噛んでもらいたい」

項にやわらかい唇の感触が押しあてられた。ぞくっと産毛が逆立った直後、肌に食い込むようにして歯を立てられる。

ぴりっとした痛みが走って志貴は小さく悲鳴を上げた。途端に溢れ出した涙は、痛みによるものではない。独占欲を剝き出しにして、志貴のすべてを奪おうとする白露が嬉しかったからだ。

獣人の白露に噛まれても、番の契約が成立するわけではない。けれども、これで志貴は白露のものになったのだと、強く実感した。幸福感にまた涙が溢れる。

「すまない、痛かったか」

すすり泣く志貴を気づかい、白露が噛み痕《あと》を癒すように優しく舐めながら言った。志貴は違うのだと首を横に振る。

「嬉しくて……。これで、どちらの世界でも俺は白露さんのものだから」

一瞬、白露が言葉を失うように息をのんだ。

「俺も、どこにいてもシキだけのものだ。シキ、大好きだ。愛してる」

背後から抱きしめられて、キスを交わす。

白露が一旦腰を引いた。すぐさま志貴を仰向けにすると、再び中に入ってくる。そのまま腰に腕が回り、強い力で抱き起こされた。中で白露の角度が変わって、深々と抉るように突き刺さる。

「ひっ、や……ぁっ」

向かい合う格好で白露の膝に乗り上げた志貴は、真下から串刺しにされた。これまでよりも更に奥まで膨らみきった欲望を埋め込まれて、目の前にチカチカと火花が散る。

「次は俺も一緒にイかせてくれ」

白露が力強く突き上げてきた。

跳ね上がった体が自分の重みで沈み、ますます深く白露を飲み込む。

達したばかりだというのに、恐ろしいほどの勢いで再び射精感が込み上げてきた。淫猥な水音を立てながら、激しく掻き回されて、どろどろにとけてしまうような快楽に身を委ねる。

「あ、あ、も、もう、ダメ……っ」

「イっていいぞ。俺も、もうもたない……っ」

一際激しく最奥を貫かれた。

「ああっ!」

二度目の射精に引き攣らせた体をびくびくと震わせる。ほぼ同時に、白露も志貴の中に滾る欲望を迸らせた。驚くほど長い射精を全身で受け止めながら、志貴は多幸感に包まれしばし意識を手放した。


頬をやわらかな獣毛にくすぐられて、志貴はふっと意識を取り戻した。

ほんの短い間、気を失っていたらしい。気づくと、白い狼の大きな体が志貴を包み込んでいた。

志貴は気だるい体を捩り、両腕を伸ばしてその太い首に抱きつく。白露が愛しげに目を細めた。

「痣、消えましたか？」

訊ねると、白露がかぶりを振った。『いや、まだだ』

「……そうですか」

『そんな顔をするな。心配しなくとも、近々消えるはずだ。そんな気がする。俺のこの手の勘は当たるんだ』

白露はそう言い、志貴の頰をぺろぺろと舐める。くすぐったさに笑いが溢れた。

美しい毛並みを撫でていると、指先が引っかかる箇所があった。見ると、毛の一部が焦げて縮れている。教会で見た時には気がつかなかった。

「毛が焼き切れてる。綺麗な毛並みがこんなことになって……痛みますか」

『平気だ。少し毛が焦げただけで皮膚はなんともない。ヒトガタの時はまったくわからないんだがな』

苦笑を零す白露に、ほっと胸を撫で下ろす。とはいえ、真っ白な毛並みの中、不自然にそこだけ毛が短く、ぽかんと穴が開いたように見えるのが痛々しい。労わるようにそっと優しく撫でながら、志貴はそういえばきちんと伝えてなかったと、改めて感謝の言葉を告げた。

「火事の中、助けにきてくれてありがとうございました。正直、炎に囲まれてパニックになっていたから、白露さんの声が聞こえた時は本当に嬉しかった。神様が現れたのかと思った」

燃え盛る紅蓮の炎を越えて、颯爽と現れた真っ白な狼。炎を掻い潜《くぐ》って志貴を助けに来てくれたその姿は神々しいほどで、朦朧とする意識の中、本気でそう思ったのだ。

『神というなら、それは志貴の方だろう。聖なる力のおかげで、天井から落ちてきた火の塊に潰されずにすんだんだ』

「いえ、それはたぶん俺の力じゃなくて」

志貴はかぶりを振った。あの時の奇跡のような出来事を志貴も気になっていた。天井から焼け落ちてきた火柱が二人の頭上に迫った瞬間、何か目に見えない力が働いて、火柱ごと周辺の炎を弾き飛ばしたのである。

「あれはきっと、お父様が助けてくれたんだと思います」

『父が？』

白露が怪訝そうに首を傾げた。志貴は頷く。

「あの瞬間、胸に抱えていた本が光ったんです。その直後に不思議な現象が起きて、無事に脱出することができました。お父様が俺たちを守ってくださったんですよ」

思わずといったふうに、白露が開け放ったドアの先を見つめた。明かりを消し忘れた隣室には、ベッドの上からちょうどテーブルが見える。書物が積み重ねてあり、一番上には濃茶の立派な革表紙が置いてあった。

『そうか、父が守ってくれたのか』

ふいに白狼の輪郭《りんかく》が揺らいだかと思うと、次にはヒトガタの白露がそこにいた。志貴を抱き寄せ、嬉しそうに微笑む。

「きっと母と一緒に、俺たち兄弟と俺の愛しい伴侶を見守ってくれているのだろう」

「そうですね。お二人に感謝しないと」

できることなら彼らに一目会ってみたかった。その想いが叶うことはもうないのだけれど、両親の代わりに志貴が白露の傍にいて、この先もずっと支えていくことを胸に誓う。

ちらっと見上げると、白露と間近で目が合った。

たちまち空気が濃密になるのを感じる。

白露がゆっくりと距離を詰めてくる。志貴は無意識に自分の下腹に手を添えて、そっと目を閉じた。白露の体の痣が一日も早く消えますようにと、願いながら。

■13■

鮮やかな緑を透かして木漏れ日が降りそそぐ。

頭上ではぴちゅぴちゅと鳥のさえずりが聞こえ、時折飛び立つ羽音が鳴り響いている。頭上を覆う枝葉の向こうに広がる空が青い。暦では秋だが、まだまだ暖かく少し動けばじんわりと汗ばむ陽気だ。

志貴がこちらの世界に来て、もう一年が過ぎた。

白露のツガイとしてすっかり馴染み、屋敷の者や領民たちとも良好な関係が築けている。代理嫁だった頃に抱えていた後ろめたさや申し訳なさを感じることはもうない。堂々と白露の隣にいられる日々が幸せだった。

心地いい風を感じながら、志貴は小道を歩いていた。

屋敷から程近い、森の中。

もう何度も行き来しているので、この辺りは庭のようなものだ。

しばらくすると甲高い子どものはしゃぎ声が聞こえてきた。静かな森に響き渡る楽しそうな笑い声。

「あーあ、今日もびしょ濡れかな」

ざざっと風が吹きぬけた。

木々に囲まれた道の先から水のにおいがする。笑い声とパシャパシャと跳ねる水音が近づくにつれて自然と笑みが零れ、やがて開けた場所に出た。

キラキラと木漏れ日を反射する川の水面《みなも》の眩しさに僅かに目を眇める。

『あっ、シキ！』

最初に気がついた雪月がぱあっと顔を輝かせた。水遊びをしてすっかり濡れそぼった姿で川から上がると、ブルブルッと小さな体を震わせて水滴を飛び散らす。

もふもふの状態より一回り小さくなった雪月がトテテと駆け寄ってくる。志貴は声を上げて笑った。

「やっぱり今日もびしょ濡れだ。うちの家族はみんな水遊びが大好きだよね」

『うん！　楽しいもん。皓河《こうが》が一番はしゃいでる』

雪月が振り返った。やわらかな草が生い茂る川岸にちょこんと座っている小さな小さな白狼。こちらも毛玉のような獣毛が水を含んで萎《しぼ》み、一層小さくなっている。

両手に乗ってしまうほどの赤ん坊狼を見やり、志貴は自分の顔が盛大に緩むのを自覚する。

まさか自分の腹から狼の子が生まれてくるとは。

少し前までの自分には想像すらできなかった出来事が実際に起こっているのだから、人生とは不思議なものである。

皓河は志貴と白露の間に生まれた待望の第一子だ。生後三ヶ月。ヒトガタにはまだなれないが、人の子とは違ってすでに短い獣の足で駆け回り、言葉も少しずつ話せるようになってきた。

草むらに座らされた皓河は、四肢をばたばたと動かして大はしゃぎしている。興奮した様子で前肢に持っていたおもちゃをぽーんと放り投げた。

ぽちゃんと川に落ちるのを見て、きゃっきゃと無邪気に笑う。すぐに「勘弁してくれ」と声が聞こえてきた。「おい、皓河。もう投げるなとさっき言ったばかりじゃないか。探すのは大変なんだぞ」

『あうあう、きゃーうっ』

せっかく作ってみせた怒り顔も、愛息子の笑顔でたちまち脂下《やに》がる。膝下ほどの浅い川で仁王立ちをする白露がやれやれと項垂れた。

鍛え上げた半裸の白露の体に、もうあの忌々しい痣はない。

脇から腰にかけてぐるりと荊《いばら》のように巻きついていた紫色のそれは、ある日突然、まるで最初から何もなかったかのように消え去ったのだ。志貴の妊娠が発覚したのは、その翌日のことだった。

領民たちは以前と変わらず平穏な暮らしを送っている。白露とこの地に降りかかった呪いはきっと解けたに違いない。この先も災厄は起こらないと信じている。

志貴に気づいた白露が微笑み、手を振ってきた。

志貴も手を振り返すと、白露が皓河にちらっと視線をやりながら、何やら目配せをして訴えてくる。本当にやんちゃな息子で困る。そう言っているのが伝わってきて、志貴は声を上げて笑った。白露が水底に沈んだおもちゃを探して川に潜る。

志貴は皓河の傍に歩み寄った。すると、皓河が突然よちよちと歩き出し、川縁《かわべり》ぎりぎりまで進んで水面を覗き込もうとする。「皓河、そっちに行ったら危ない」焦った志貴は慌てて荷物を投げ出して走った。その瞬間、目の前を白い子狼が過ぎった。風のように草むらを駆け抜けながら、瞬時にヒトガタに変化する。六歳の男の子の姿になった雪月が、今にも川に顔を突っ込みそうになっていた皓河を抱き上げた。

「もう。ダメだよ、皓河」

『あーい。ゆじゅ、ぱちゃぱちゃ』

「ひとりでぱちゃぱちゃしちゃダメ。メッだよ。危ないからね。シキ、皓河は大丈夫だよ」

雪月が皓河を頭上に掲げて言った。志貴はほっと胸を撫で下ろす。「ありがとう、雪月。助かった」

雪月がにこっと笑う。皓河はよくわかっていないのだろうが、きゃっきゃと嬉しそうに声を上げてはしゃいでいた。

幼くして叔父《おじ》になってしまった雪月だが、皓河をとてもかわいがってくれている。皓河も雪月のことが大好きだ。叔父と甥の関係だが、兄弟のように仲良しな二人だ。

雪月が数年ぶりに狼の姿からヒトガタに変化してみせたのは、二月ほど前のことだった。

その時も、やんちゃな皓河がベビーベッドを乗り越えて落ちそうになったところを、雪月が助けてくれたのである。子狼のままだと皓河を受け止め切れない。そう考えて、気がついたら人の姿になっていたというから、皓河を助けたい一心で無意識の変化だったのだろう。

環境の変化や自身の成長によって、徐々に心の枷《かせ》が外れてゆき、本来の姿を取り戻したに違いない。

両親を亡くして心を閉ざしてしまった弟が再びヒトガタに変化した姿を見て、白露は感極まっていた。志貴も初めて人の姿をした雪月と対面して感激したのだった。

それ以降、雪月はヒトガタに変化することが増えた。保育園にもヒトガタで通い、皓河の面倒も積極的にみてくれる。また、白露の仕事ぶりを見て、兄のようになりたいのだと将来の目標を話してくれた。ゆくゆくは白露の仕事を手伝うべく、勉学にも励んでいる。

そんな頼もしい雪月を見ながら、皓河もすくすくと逞しく、優しく育ってほしいと願う。

志貴は急いで子どもたちに駆け寄った。「雪月、ありがとう」雪月から皓河を引き取り、無邪気に笑っている息子に言い聞かせる。

「皓河、川に一人で近づいたらダメって言っただろ。雪月がいなかったらボチャンッて落ちてたところだぞ。雪月お兄ちゃんに『助けてくれてありがとう』は」

『あーとッ』

皓河がぺこりとお辞儀をした。濡れそぼった毛が変な形に捻れて顔に張り付き、逆さ絵の髭面《ひげづら》おじさんみたいになっている。志貴と雪月は思わずプッと吹き出してしまった。

「何をそんなに笑ってるんだ」

振り返ると、川から上がった白露が怪訝そうに立っていた。手には皓河が投げたおもちゃを持っている。

きらきらと水滴を散らしながら、髪を掻き上げる美しい佇まいに、志貴は思わず目を眇めた。相変わらずの色男ぶりだ。半裸姿なんて見慣れているはずなのに、どうしてこうも新鮮に映るのだろうか。毎日白露に新たな恋をしている気分だ。

どぎまぎしながら、志貴は抱いている皓河の顔を向けた。

「見てよ、この皓河の顔。もじゃっとした髪と髭が生えておじさんみたいでしょ」

『あーい!』

得意気に両前肢を上げてみせる皓河の顔を見やり、白露もプッと吹き出した。

「なんだその顔は」

「でしょ。やっぱり笑うよね。さっき、川に落ちそうになって、雪月お兄ちゃんが助けてくれたんだよ」

「なに」白露が皓河のふくふくした頬をつまむ。「まったく、こいつめ。雪月、助けてくれてありがとうな」

白露に感謝されて雪月は嬉しそうだった。皓河だけが不満げにぶうと口を尖らせている。

「さあ、お昼にしようか。お弁当を持ってきたよ」

志貴は準備してきた敷物を広げて、バスケットを置いた。先ほど投げてしまったが、中身は大丈夫なようだ。料理長と一緒に作ったピクニック弁当である。

「うわあ」と、雪月と皓河が目を輝かせた。皓河も食べられるものが増えてきて、目に付いたものは何でも手を出したがる。「いただきます」『ましゅっ』子どもたちが夢中になって食べるのを微笑ましく思って眺めながら、志貴は白露にサンドイッチを差し出した。「どうぞ」

「いただきます」かぶりついた白露が美味そうに咀嚼《そしゃく》して言った。

「やはり、サンドイッチはシキの作るロールサンドが一番だな」

「うん、僕もシキのサンドイッチが大好き」『しゅき！』

三人に揃って褒められて、志貴ははにかむように笑った。「ありがとう。いっぱい食べてね」

しばらく食事を楽しみ、食べ終えたそばから子どもたちはさっそく活動を再開する。狼に変化した雪月に皓河は一生懸命くっついてまわっている。

「子どもは元気だな」

白露が笑いながら、大きく伸びをした。「いい天気だ。大人はちょっと休憩するか」少し体勢を変えると、そのまま背中から倒れ込む。倒れた先は志貴の膝の上である。

膝枕をしながら、白露がじっと志貴を見上げてきた。

「？　どうかした？」

小首を傾げると、白露がいやと微笑んで言った。

「おいしい食事と、子どもたちの笑い声と、そしてこんなにかわいい最愛の妻に囲まれて、俺はなんて幸せ者なんだろうと思ってな」

「……なにそれ」

笑いながら、頬が熱くなるのを感じる。

「俺もすごく幸せだよ、あたたかい家族に囲まれて。俺が一番ほしかったものを、白露さんがくれたから」

一瞬、脳裏にちらついた過去の記憶。だがそれも、白露の嬉しそうに微笑む顔が向けられると瞬時に霧散した。

自分が一番自分らしくいられる場所。それがここだと、ここがお前の居場所なんだと、そう言ってもらえているようで、胸が詰まった。嬉しさに泣きそうになって、志貴は喉もとに迫り上がってきた熱いものを急いで飲み込んだ。

崩れた表情を誤魔化そうと、咄嗟に視線を逸らす。すると、日差しを浴びて照り輝く男の肌が目に飛び込んできて、それはまたそれで焦ってしまうのだった。

「……本当に綺麗に消えたよね。痕も何も残ってない」

張りのある滑らかな肌を見やり、何とはなしに指先でその場所をなぞった。途端に白露の逞しい胸筋がぴくっと跳ねる。

白露が志貴の指を摑み、責めるような目で見上げてきた。「おい……誘っているのか？」

「え？」志貴は我に返った。「いやっ、い、今のは、そんなつもりじゃなくて」

「嘘をつけ。あんなに意味深に触れておいて」

ふいに白露が肘《ひじ》をついて上体を起こした。そうかと思うと、流れるような動きで志貴と体の位置を入れ代わる。あっという間に押し倒されて、気づくと視界が反転し、志貴の方が白露を見上げていた。

「え？　えっ、え？」

「たまには太陽に見守られながらというのも悪くないな」

やわらかい木漏れ日を背に受け、嬉しげに志貴を見下ろす白露がにやりと笑う。

志貴は焦った。

「ダ、ダメだって。子どもたちがいるのに、こんなところで――」

野暮な言葉を奪うように、ちゅっと優しく唇を塞がれる。美しい琥珀《こはく》色の瞳に微かな欲情を滲ませて、白露が名残惜しそうに志貴を見下ろして言った。

「残念だが、続きは家に戻ってからだな。シキのあの時の姿は刺激が強すぎて、さすがにあいつらにはまだ早い」

意地悪く片方の目を瞑《つむ》ってみせる。

「……っ！」

志貴は声にならない悲鳴を上げて頭上を睨めつけた。

と、その直後、志貴の顔の両脇に手をついていた白露の体が、突然「うっ」と深く沈み込んだ。一瞬、白露の顔が間近に迫り、志貴も驚いて大きく目を見開く。目の端に小さな影を捉える。見上げると、白露の肩越しにそれぞれぴょこんと顔を出す小さな影が二つ。ヒトガタの雪月と皓河だ。

「兄様、シキのこといじめないでよ」『めっ、めっ』

ぺしぺしと赤ちゃん狼の小さな前肢に頭を叩かれて、白露が不満げに項垂れた。

「……いじめてない。お前たち、急に飛び乗るなと何度言ったらわかるんだ。危うくシキを潰しそうになったぞ。悪戯《いたずら》っ子たちにはお仕置きをしてやらないとダメなようだな」

いきなりがばっと白露が起き上がった。

途端にバランスを崩した雪月と皓河がころころんと白露の背中から転がり落ちる。雪月も子狼に戻り、草むらに転がった二人はきゃーっと甲高い声で叫びながら逃げてゆく。「待て、お前たち」白露が叫んだ。子どもたちがまた楽しげなはしゃぎ声を上げる。

「さて、もうひと遊びするか。シキもあいつらを捕まえるのを手伝え」

白露に手を引かれ、志貴も笑いながら立ち上がる。反動を利用して、ふいに白露が抱き寄せてきた。志貴の耳元に口を寄せて囁く。

「今夜はあいつらが眠ったら、散歩に出かけないか」

「え？」

「月に見守られながらするのも悪くないぞ」

「っ！」

たちまち火照った耳を押さえた。動揺する志貴の顔を覗き込むようにしながら、白露がおかしそうにくつくつと喉を鳴らす。志貴は思わず睨みつけた。

「そんな顔も、相変わらずかわいい」

甘ったるい微笑みを浮かべた白露が手を差し伸べてくる。志貴はもうと溜め息をつき、白露の手を取った。再び頬が熱を持つのを感じる。

「そういうところは、相変わらず憎らしいんだから。でも……そこも全部ひっくるめて愛してるよ」

白露が目をぱちくりとさせた。ふっと思わずといったふうに息を漏らし、破顔する。

「俺もシキのすべてを愛してる。もうどうにもならないくらい、俺の中はシキでいっぱいだ」

いとおしげに志貴を見つめて、手の甲にくちづける。空気が甘く濃密になる。

『兄様、シキ！』『ダッ、マッ』

雪月と皓河に呼ばれた。

途端に二人の世界から現実に引き戻される。目を合わせた志貴と白露は笑い合った。

「行くか」

「うん」

世界は幸せに満ち溢れている。

志貴は白露と手を取り合い、二人を待つかわいい子どもたちのもとへと走り出した。

白狼領主の幸せな甘い生活

昨日から降り続いた雪は一晩かけてしんしんと積もり、朝になると窓の外には一面の銀世界が広がっていた。

丘陵に建つ領主邸から見える限り、森も町も真っ白に染まっている。澄んだ空気にやわらかな陽光が差し込み、きらきらと雪に反射して、町一帯に宝石がちりばめられているようだ。

白露《はくろ》は眩《まぶ》しさに目を眇《すが》める。

ふいにきゃっきゃと元気な声が聞こえてきた。窓を開けて見下ろすと、白銀の中をころころと何かが転げまわっている。雪玉がひとりでにぽんぽんと跳ねたかと思えば、雪にまみれた子狼が大はしゃぎであちこち飛び跳ねているのだった。愛息子《まなむすこ》の皓河《こうが》である。雪を見るのは生まれて初めてで興奮が抑えきれない様子だ。

その横には愛《いと》しの妻の姿があった。朝目が覚めて、ベッドの隣にすでに志貴《しき》の姿がないことを少々不満に思ったが、やれやれこういうことだったか。

「こら、そんなに暴れたら埋まっちゃうよ」

志貴が注意した矢先、ぴょーんと大きく飛び跳ねた子狼が次の瞬間ぼすっと雪に埋まった。後ろ肢《あし》だけが雪から飛び出して、子ども特有のピンクの肉球を天に向けてぴくぴく震えている。「皓河！」と、志貴が慌てて雪を掻《か》き分け息子を救出する様子を眺めながら、白露はくくくと喉で笑った。まったく、わんぱくすぎるのも困ったものだ。

そういえば、雪が大好きな者がもう一人いた。白露とは随分年の離れた実弟の雪月《ゆづき》も、両親が生きていた頃は雪が降れば彼らを庭に連れ出し大はしゃぎしていた。夢中になって雪にまみれる皓河に幼い弟の姿が重なって、自然と頬が緩む。子どもは雪遊びが大好きなのだ。

ふいに回想を破るように「兄様？」と声がかけられた。

振り返ると、寝室のドアを開けて雪月が立っていた。六歳になり、周りと比べても小柄だった体はこの一年で見違えるほど大きくなった。志貴と出会ってからの心身の成長は目覚ましく、更に皓河が生まれてからは本当の兄弟のようによく面倒を見てくれる。白露は兄として、雪月をとても頼もしく思い、これからの活躍を楽しみにしている。

雪月が少しびっくりしたように言った。

「兄様、起きていたの。声をかけても返事がないから、まだ寝ているのかと思った」

「ああ、悪い。ちょっとぼんやりしていたんだ。おはよう、どうしたんだ？」

「皓河がいなくて。こっちの部屋にいるのかと思って捜しに来たんだけど……」

その時、キャウッと楽しそうな笑い声が外で上がった。白露は雪月を手招く。

窓の外を指さすと、雪月は白露の横から首を伸ばして覗《のぞ》き込んだ。ちょうどその下では、懲《こ》りずに飛び跳ねた皓河がまた頭から雪に埋まり、志貴が掘り起こしているところだった。

「こんなところにいたのか。シキも一緒だ」

淡々とした口調ながら、弟がうずうずしだすのを兄は見逃さなかった。

「雪月」白露は命じる。「狼の姿になってみろ」

「え？」

雪月が目をぱちくりとさせた。早くしろと視線で急《せ》かすと、彼は戸惑いながらも両手をぎゅっと握り、意識を集中させる仕草をしてみせる。次の瞬間、ポンッと小さな白狼に変化した。

白露はその場にしゃがんで、子狼と視線を合わせた。

「見事だ。変化が上手《うま》くなった。もうヒトガタにも難なく変化できるようだし、成長したな」

頭を撫《な》でてやると、雪月が嬉《うれ》しそうに首を竦《すく》めた。

「よし、俺たちも遊ぶか」

言い終わるや否や白露も狼の姿になった。その鮮やかな変化に雪月がほうと感嘆の息をつき、尊敬の眼差《まなざ》しを向けてくる。白露は誇らしさと嬉しさが綯《な》い交ぜになった気分を嚙《か》み締める。

以前の弟はとてもこんなふうには兄を見てくれなかった。両親を亡くしてから心を閉ざし、白露ともほとんど目を合わせなかったのに、志貴との出会いによって彼の止まっていた時間が再び動き始めたのだ。そのおかげでぎこちなかった兄弟の関係性も大きく変化した。

白露は長い鼻を雪月に向けた。

一歩近づき、雪月の首を銜《くわ》えるとひょいと持ち上げる。そのまま窓枠に飛び乗った。前半身はほぼ外に出ており、雪月に至っては宙ぶらりんの格好だ。

『え？　えっ？　に、兄様？』

動揺し、必死に目だけで振り返った雪月と視線を交わす。白露はにやっと笑うと、次には思い切り首を振って銜えていた雪月を宙高く放り投げた。『ギャーッ、死んじゃうー！』雪月の悲鳴が澄んだ空に響き渡る。青空に白い弧を描く子狼を追いかけるようにして白露も外に飛び出した。華麗なジャンプで雪の上に着地する。ほぼ同時に、すぐ横の雪の山にぼすっと雪月が頭から埋まった。後ろ肢をじたばたとさせる雪月を白露は苦笑しながら引っ張り上げた。『狼がこのくらいの高さから飛び下りたぐらいで死ぬわけがないだろ。しかも下はふかふかの雪だぞ。怖がりめ』

雪の中から出てきた雪月は涙目だ。『に、兄様が、きゅ、急に放り投げるから……っ』

頬を膨らませキッと睨《にら》まれて、思わずたじろいだ。息子にも弱いがこの小さな弟にも弱いことを白露は自覚している。背を向けてしまった雪月をすまん、悪かったと必死に宥《なだ》めていると、さくさくと雪を踏み鳴らして志貴と皓河が駆け寄ってきた。

「びっくりした。急に飛び下りて来るんだもん。二人とも真っ白だから、屋根から雪が滑り落ちてきたのかと思ったよ。あれ、どうしたの？」

『シキ！』と、雪月が白露から逃げるようにしてピョンッと志貴の足に飛びついた。よじよじと木登りの如《ごと》く志貴の体をよじのぼって甘えるように抱きつく。

「なんだよ、兄弟喧嘩《げんか》してたの？　涙も洟《はな》も出てるぞ。ほら、こっち向いて」

笑いながら志貴が上着のポケットからハンカチを取り出し、雪月の顔を拭いてやる。一方の白露はバツが悪く、ふわふわの雪を踏み固めるようにその場をぐるぐると歩き回る。どうにもいたたまれず黙ってヒトガタに戻った。

そこにころころと雪玉が転がってきた。

白い雪玉が突然パチッと目を開ける。黒々としたまるい目が白露を見上げて言った。

『ととさま、だっちょ！』

腹を向けて寝転びながら両前肢を差し出してくる愛息子に苦笑を零《こぼ》す。この秋から志貴が働く教会保育園にも通い始めて、随分と言葉を覚えた。まだまだ舌足らずだが大人が驚くほどよく喋《しゃべ》る。白露は皓河を抱き上げた。「全身雪まみれになっているから雪のお化けかと思ったぞ」

『おばけ？』

皓河がおびえたようにキョロキョロと辺りを見回す。『どこ？　おばけいる？』

「ほら、そこにいるぞ」

『キャーッ』と皓河が耳もとで叫び、白露の首にひしとしがみついてきた。子どもの甲高い声に耳がキーンとなりながら、白露は「冗談だ。うそうそ、お化けなんていないいない」と宥める。

皓河が『ととさま、いじわる。きやい』と頬を膨らませた。「嫌いなんて言ってくれるな。ととさまは皓河のことが大好きだぞ」かわいさ余って思わず柔らかい獣毛を顔で掻き分けるようにしてぐりぐりと頬擦《ほおず》りをしてやると、途端に皓河が短い四肢を突っ張って抵抗した。

『いちゃい。ととさま、じょりじょりするからいやー』

ペシッと肉球で白露を拒絶し、我が子が腕の中からピョーンと逃げ出す。ころんころんと雪の上を転がって志貴の足もとまで辿《たど》り着くと、雪月と同様によじよじとのぼり、母の腕に収まった。そうして、皓河自ら志貴の顔に毛むくじゃらの頰を押しつける。『かかさま、すべすべねえ。つるつるしてきもちぃー』

「そう？　皓河ももふもふで気持ちいいよ。雪月ももふもふ。二人ともかわいいからすりすりしたくなっちゃう」

志貴が両手に子狼を抱えて交互に頰擦りをする。二人が嬉しそうにはしゃぐ声を聞きながら、白露の胸が切なくきゅんと鳴った。愛しい者たちが幸せそうに笑っている。とても心温まる光景なのに、なぜこんなにも寂しい気持ちになるのだろう。

ふといつか聞いた領民の話が脳裏に蘇《よみがえ》った。

――うちの子たちは四六時中母ちゃんにべったりで、私が抱き上げると泣くんですよ。父ちゃんはいや、母ちゃんがいいと泣かれて、本当に参っちゃいますよねえ。いい加減、父ちゃんにも懐いてほしいもんです……。

その話を志貴にしたら、元保育士の志貴は子どもにはよくあることだと笑っていた。特に父親が母親と比べて子どもと接する時間が少ない場合は仕方がないことで、いつも一緒にいる母親に安心感を覚えて、かかわりが少ない父親に不安を感じるのは自然なことなのだそうだ。

確かに皓河も雪月も、領主の仕事が忙しく屋敷を留守にしがちな白露よりも志貴と過ごす時間が圧倒的に多い。とはいえ嫌われているわけではないはずだが、やはり志貴の方が安心するのだろう。肌はすべすべだし、抱き心地は申し分なく、とてもいいにおいがする。加えてすべてを優しく包み込み、受け入れる心の広さを持っているのだから、志貴に懐く子どもたちの気持ちが白露も非常によくわかった。白露だって今すぐにでも志貴に抱きつきたいのだ。おはようのキスもまだだし、子どもと競って思う存分頬擦りしたい。

ふいに子狼たちと目が合った。ところが二人ともすぐにぷいっとそっぽを向き、あろうことか白露に見せ付けるようにして志貴の両側からすりすりと頬擦りをしてみせたのである。

大人げなくムッとする白露だったが、髭《ひげ》が伸びた頬を擦《さす》りながらなるほどと思い直して頷《うなず》いた。

これが噂《うわさ》に聞く『パパイヤイヤ期』というものか。

朝食後、子どもたちのリクエストで『かまくら』なるものを作ることになった。

志貴が以前暮らしていた異世界の冬の風物詩であり、雪で作った家のようなものだという。皓河と雪月がどうしてもその雪の家を作りたいと言い出し、志貴が絵に描いた完成図を元に白露はせっせと雪を集めて積み上げていった。力仕事ならお手の物だ。

みんなで協力し、数時間かけてドーム形の雪の家、かまくらが完成した。

さっそく四人でかまくらに入ってみる。

「すごく広いね。素人《しろうと》にはなかなかこの大きさのかまくらは作れないよ。俺もこんな大きなかまくらに入ったのは初めてだ」

志貴が感動の声を上げる。それだけで白露は嬉しくなる。頑張った甲斐《かい》があった。

子どもたちも物珍しげにかまくらを見上げている。冷たい雪でできているのに、不思議と中は暖かく感じられた。

「むこうの世界では冬の間はこの家で暮らすのか？」

訊《たず》ねると、志貴が笑って首を横に振った。

「さすがにそれはないよ。でも、かまくらの中で火鉢とか七輪を焚《た》いて暖をとったり、お鍋を持ってきて食事をしたりすることができるよ。俺はやったことないけど」

「なるほど。ではやってみるか。確か携帯焜炉《こんろ》があったはずだ」

白露は腰を上げると、雪月を連れてかまくらを出た。納屋にしまってあった小型焜炉を引っ張り出し、雪月には料理長に頼んで食材を入れてもらったカゴを持たせる。志貴と皓河が待つかまくらに戻って、白露はさっそく焜炉の準備を始めた。過去には夜営の経験もあり、流行《はや》り病《やまい》で領地が大変だった時には率先して炊き出しを行った。火の扱いには慣れている。手際よく火を焚き、雪月に持たせたカゴを引き寄せる。中から取り出したものを三人に配った。

「これ、マシュマロ？」

志貴がすぐに言い当てた。このところ街で流行っている菓子である。白露が『マシュマロ』を知ったのはつい最近だが、志貴のもといた世界にも同じ菓子が存在するらしい。自分は経験したことがないけれど、それを火で炙《あぶ》って食べる様子がとてもおいしそうだった。そう志貴が話していたのを思い出し、昨日部下に店を教えてもらって仕事終わりに買って帰ったのだ。

「これをどうすればいいんだ？」

訊ねると、「えっとね、確かこれをこうやって……」志貴がふかふかのマシュマロを串に刺して火に近づけた。自分も初めてやるのだと戸惑いつつも、器用に串をくるくると回しながら全体をゆっくりと火で炙る。

するとマシュマロの表面に軽く焦げ目がつき始める。いい頃合いで引き上げると、志貴はふうふうと息を吹きかけてマシュマロを頬張った。

はふはふと湯気を吐き出しながら食べる志貴に白露は訊ねた。「どうだ？」

「おいしい！　初めて食べたけど、こんなにふわふわでとろとろになるんだ。焦げた表面がパリッと香ばしくて食感も違って楽しいよ」

ぱあっと花が開いたような志貴の笑顔を前にして、白露はまだマシュマロを食べてもいないのになんだかとても満たされた気分になる。喜んでもらえたのが嬉しく、俄に頬が緩むのが自分でもわかった。満足していると、両脇から雪月と皓河にねだられた。

『こうがもまんまるたべる！』『兄様、ぼくも食べたい！』

「わかったわかった。お前たちにも作ってやるから待っていろ。こら皓河、あまり火に近づきすぎるな。マシュマロより先にお前が焦げるぞ。雪月、一緒にやってみるか？」

興味津々《しんしん》に顔を突き出す皓河を志貴が抱き上げる。そわそわしていた雪月が大きく頷き、ぽんっとヒトガタに変化した。白露に教えてもらいながらぎこちなく串を火に近づける。皓河が『まんまるとろとろふっかふか！』と自作の歌を歌いだし、志貴が笑いながら手拍子を打つ。かまくらの中に甘いにおいがたちこめる。しばし家族団らんを楽しんだ。

焼きマシュマロを満喫した子どもたちは、もうかまくらの外に出て雪遊びを始めている。残った最後のマシュマロを火で炙りながら、志貴がくすりと笑って言った。

「まさか、こっちの世界で自分がマシュマロを焼くとは思わなかったな。むこうにいた頃の俺はこういうイベントとは縁がなかったから。こんなふうにみんなとやれてすごく楽しかった」

そろそろかなと、串を火から引き上げる。ふうふうと息を吹きかけて、志貴がマシュマロを半分齧《かじ》った。

隣でその様子をなんとも愛おしく思いながら見つめていると、視線に気づいた志貴が「食べる？」と訊《き》いてきた。

「ふうふうしてくれ」

「いい大人が皓河みたいなこと言わないでよ」と笑いつつも、志貴は湯気の立つマシュマロに軽く息を吹きかけて冷ましてくれる。「はい、あーん」と冗談めかして串を差し出してきた。

白露は「あーん」と子どものように口を大きく開ける。志貴がまた声を上げて笑った。

志貴の頬に小さな白いものが付着している。白露は口を動かしながらおもむろに指の腹でそれを拭《ぬぐ》った。「マシュマロがくっついていたぞ」

「あ、本当だ」志貴がおかしげに笑う。「俺も子どもみたいだな」

「確かにそのつるんとした肌は生まれたての子どもそのものだな。シキは髭が生《は》えないのか?」

不思議に思って問うと志貴が一瞬きょとんとした。首を傾《かし》げて、少し恥ずかしそうに答える。

「もともと薄い方なんだけど、皓河を産んでからはほとんど生えなくなっちゃって。変かな?」

志貴の体にそんなことが起きていたとは知らなかった。出産後のホルモンバランスの変化だろうか。今度医者に聞いてみようと思いながら、白露は首を横に振った。

「ツルツルと滑《なめ》らかな肌で羨《うらや》ましい。俺の頬擦りは痛いんだそうだ。さきほども皓河に、ととさまはジョリジョリするから嫌だと逃げられた」

肩を落とすと、志貴が面食らった表情をしてみせた。すぐにおかしそうに吹き出す。

「俺は白露さんの頬擦り好きだけどな」

「……ジョリジョリしていても?」

「うん、していても。白露さんには変わりないから」

「俺もシキがツルツルだろうとジョリジョリだろうと構わない。どちらもシキだからな」

微笑《ほほえ》み、顔を寄せてそっと口づける。

軽く鼻先を触れ合わせた後、志貴が伸び上がるようにして頬擦りをしてきた。白露も志貴を抱きしめながら頬を擂《す》り寄せる。志貴と触れ合うとほっとする。こうしているだけで心も体も満たされて彼を愛《いと》しく思う気持ちが際限なく溢《あふ》れ出す。

遠くで子どもたちのはしゃぎ声が聞こえた。楽しそうな笑い声が響き渡る。

「……幸せだな」

抱き合いながら志貴がしみじみと言った。白露も自然と笑みがこぼれる。

「ああ、幸せだ。俺とシキと、あの子たちと。みんな一緒にずっとこんな日々が続けばいい」

志貴と出会うまで、自分の幸せなど考えたこともなかった。父から受け継いだ領地と民を守ることが白露の使命だった。それが、いつからか志貴との未来を想像するようになった。志貴のことをもっと知りたくなり、一緒にいたいと願うようになっていた。

愛している。白露とこの世界に残ることを選んでくれた志貴に心から感謝する。大好きだ。

ふと目を合わせた志貴がにっこりと微笑んだ。

「そうだね。あの子たちの成長を見守りながら、ずっとずっと一緒にいようね」

穢《けが》れのない美しい笑顔に僅《わず》かに目を眇めて、白露はそっと胸の中で誓った。この笑顔が涙で曇らぬよう、今ある幸福を守るためなら自分はなんだってするだろう。

「ああ、ずっと一緒だ」

志貴が笑みを深める。白露も微笑み、甘い幸せを噛み締めるように唇を重ねた。

あとがき

このたびは『異世界Ωと白狼領主の幸せな偽装結婚』をお手に取っていただき、ありがとうございます。

あれこれ詰め込んだ一冊になりましたが、その頃疲れていたのか、癒しのもふもふが書きたいというのがスタートでした。

結果として、雪玉みたいなころころとした子狼が書けて楽しかったです。一見触ったら冷たそうだけど、実際に抱き上げたらふっかふかのもふもふで、そのやわらかい獣毛にひたすら顔を埋めたくなるような、そんなちびっこ狼のイメージです。大人狼の方も偽装花嫁に手を出さないように必死に我慢してもふもふを提供します。主人公の傷ついた心をふわふわとやさしく包んでくれるやさしい狼さんたちです。

主人公がそれまで生きてきた世界は窮屈で、理不尽なこともたくさんあったので、異世界に強制的に引きずり込まれてのもふもふスタートは、彼にとって悪くない第二の人生の始まりではないかなと思いながら書きました。主人公のことを大切にしてくれる大人狼と子狼に囲まれての異世界生活を、みなさまにも楽しんでいただけたら嬉しいです。

今作は文庫ではなく四六判で出していただけることになり、いつもと仕様が異なります。大判になっていいなと思ったのは、やはりイラストページが大きいことでしょう。

今回そのイラストをご担当いただいたのは亀井高秀先生です。

まず驚いたのは、ラフと聞いていたのに、もうこれ完成原稿ではないのですか？　と疑問に思うくらい丁寧に細部まで描きこまれたイラストが届いたこと。しかもカバーイラストや口絵は数パターン提案していただき、どれもこれも素敵すぎて、担当様と「なんてもったいない」と泣く泣く一枚に絞らなければなりませんでした。白とゴールドの上品なカバーイラストに惹かれてこの本をお手に取った方も多いかと思います。私もカラー原稿を拝見した時は本当にうっとりして、しばらく見惚れていました。かっこよくて美しいメイン二人に加えて、子狼たちもかわいく描いていただいて眼福です。お忙しい中、美麗なイラストの数々をどうもありがとうございました。

担当様にも本当にお世話になりました。

今回は特に、原稿はあってもここに至るまでに時間がかかりまして、担当様が頑張ってくださってようやくみなさまにお届けできる形になりました。

毎回楽しみなのが、担当様から送られてくるイラスト指定なのですが、今回も「あ、ここを入れてくれた！」と、ひそかにイラストを見たいと思っていた場所がしっかり入っていたので、テンションが上がりました。色っぽいシーンはもちろん大事なのですが、個人的にちょっとした日常のやりとりや、なんでもないほのぼのとしたシーンのイラストが好きなのです。今回もそんな場面をイラストで見ることができて嬉しかったです。

担当様にはご迷惑をおかけしてばかりですが、いつも感謝の気持ちでいっぱいです。本当にどうもありがとうございました。

また、この本の制作に携わってくださった各関係者の方々に心より御礼申し上げます。

そして、最後になりましたが、読者のみなさまへ。

私を含めときたま現実逃避したくなる人も、そうでない人も、本の中でちょっぴり異世界トリップをしてついでにもふもふ体験もオプションでついてきて、そんな感じで少しでもほっこり楽しんでいただけたらこれほど嬉しいことはありません。甘いものを摘まみながら、ほっと一息つける読書時間になれば幸いです。

ここまでお読みいただき、どうもありがとうございました。

榛名　悠

初出
異世界Ωと白狼領主の幸せな偽装結婚……書き下ろし
白狼領主の幸せな甘い生活…………………書き下ろし

異世界Ωと白狼領主の幸せな偽装結婚

2024年4月30日　第1刷発行

著者　榛名《はるな》 悠《ゆう》

発行人　石原正康

発行元　株式会社　幻冬舎コミックス
〒151-0051　東京都渋谷区千駄ヶ谷4-9-7
電話　03（5411）6431［編集］

発売元　株式会社　幻冬舎
〒151-0051　東京都渋谷区千駄ヶ谷4-9-7
電話　03（5411）6222［営業］
振替00120-8-767643

印刷・製本所　中央精版印刷株式会社

検印廃止

ISBN978-4-344-85408-6　C0093　Printed in Japan

幻冬舎コミックスホームページ　https://www.gentosha-comics.net